W0370475

Valerie Wilson Wesley

Ein Engel über deinem Grab

Roman

Aus dem Amerikanischen von Gertraude Krueger

Diogenes

Titel der 1994 bei G. P. Putnam's Sons, New York,
erschienenen Originalausgabe:
›When Death Comes Stealing‹
Copyright © 1994 by Valerie Wilson Wesley
Umschlagfoto: ›Brooklyn, DeKalb Subway Station‹
Foto von Gerhard P. Müller, Dortmund
Handkoloriert von Heinz Wohner, Dortmund

Dem Andenken meiner Mutter
Mary Spurlock Wilson
gewidmet

Alle deutschen Rechte vorbehalten
Copyright © 1996
Diogenes Verlag AG Zürich
200/96/8/1
ISBN 3 257 06125 0

Oh, what you goin to do
When Death comes stealing in your room?
O my Lord, O my Lord
What shall I do?

TRADITIONAL

1

Bist du das, Tamara?« fragte die Stimme am Telefon. Ich hatte ihn sofort erkannt, gab aber keine Antwort. DeWayne Curtis war der allerletzte Mensch, mit dem ich an diesem Sonntagmorgen reden wollte, zumal ich noch gar nicht aufgestanden war.

»Bist du das?« fragte er noch einmal.

»Wer soll es denn sonst sein? Du hast doch meine Nummer gewählt, oder nicht?« sagte ich schließlich.

»Ich muß mit dir reden, Tamara. Es ist dringend. Ich bin in einer Telefonzelle unten am Parkway.«

»Was?!« schrie ich entsetzt in den Hörer und stützte mich im Kissen auf. Daß DeWayne Curtis nach wie vor meinte, ich hätte mich stets nach seinen Bedürfnissen zu richten, machte mich nach wie vor wütend. Als ich ihn vor fünfzehn Jahren kennengelernt und geheiratet hatte, war ich jung und dumm genug, seine überhebliche Selbstsucht für Charakterstärke zu halten. Inzwischen war ich klüger geworden. »Was willst du von mir?« fragte ich, ohne Höflichkeit vorzutäuschen. Unser Sohn Jamal war in seinem Zimmer und schlief vermutlich noch, da brauchte ich meine wahren Gefühle nicht zu verbergen; ich konnte mit DeWayne reden, wie es mir paßte. »Sag, was du von mir willst, und laß mich ansonsten in Ruhe.« Ich wollte mir ganz in Gedanken eine Zigarette aus der Nachttischschublade nehmen, wo sie früher immer lagen, dabei hatte ich doch vor einem halben Jahr aufgehört. Alles nur wegen DeWayne.

»Ich muß mit dir reden«, wiederholte er, diesmal noch dringlicher. »Es ist etwas passiert, und ich muß mit irgendwem darüber sprechen. Ich muß zu dir kommen, Tammy.«

Aha, jetzt bin ich wieder Tammy, dachte ich. *Also ist es ernst.* Er hatte mich nicht mehr Tammy genannt, seit ich ihn verlassen hatte. Eine Weile sagte ich gar nichts; ich wollte ihn warten lassen. Draußen regnete es; ich hatte noch nicht die Augen geöffnet, als ich schon hörte, wie die Tropfen gegen die Scheibe des Dachfensters schlugen, das ich letzten Sommer einbauen ließ. Irgendwie freute mich der Gedanke, daß DeWayne Curtis da draußen im Regen stand und wartete, bis ich zu einem Entschluß kam. Eigentlich hatte ich an diesem Morgen zu nichts richtig Lust gehabt, als – friedlich und ungestört – im Bett zu bleiben und mir höchstens den Kopf zu zerbrechen, ob ich eine Kanne von dem Blue-Mountain-Kaffee aufsetzen sollte, den ich von meinem alljährlichen großkotzigen Ausflug nach Negril mitgebracht hatte, oder ob ich mal von meiner Koffeinsucht lassen und mir eine Tasse Red-Zinger-Tee aufbrühen sollte.

»Tammy«, sagte DeWayne noch einmal. Ich stieß einen Seufzer aus. »Tammy, Terrence ist gestern gestorben. Terrence ist tot.«

»Grundgütiger Himmel.« Ich setzte mich auf. »Laß mir ein paar Minuten Zeit, damit ich mir was anziehen kann, DeWayne, und dann komm her.«

Ich legte auf, blieb noch einen Moment so sitzen und dachte darüber nach, was er mir da eben erzählt hatte. Bei dem Leben, das der Junge führte, war es eigentlich nur eine

Frage der Zeit, daß er zu Tode kam, aber ich konnte mir auch vorstellen, wie DeWayne jetzt zumute war. Was Frauen anging, war er ja ein verdammtes Schwein, aber seine Söhne liebte er und sorgte auch für sie. Der einzige Zug an ihm, den ich wirklich achtete. Nichts hätte ihn schlimmer treffen können, das wußte ich.

DeWayne hatte vier Söhne von verschiedenen Frauen, darunter Jamal, den ich ihm geschenkt hatte. Der sechzehnjährige Hakim stand Jamal altersmäßig am nächsten, und ich hatte ihn in den fünf Jahren, die wir zusammen waren, mit großgezogen, aber die beiden anderen kannte ich im Grunde gar nicht. Gerard war ich ein paarmal begegnet; das war der, den DeWayne mit seiner weißen Frau Emma hatte. Terrence, den gerade verstorbenen Sohn von seiner ersten Frau, hatte ich noch seltener gesehen. Soweit ich das beurteilen konnte, waren Terrence wie Gerard die typischen Verlierer: Terrence hatte sich mit Crack eingelassen, und Gerard hatte immer etwas Bösartiges an sich und so ein verrücktes Glitzern in den Augen, als wollte er lieber eine Uzi rausziehen und einen abknallen, als anständig Guten Tag zu sagen. Mit fortschreitendem Alter waren DeWaynes Gene offenbar besser geworden; Jamal und Hakim machten sich beide gut.

Ich versuchte mich zu besinnen, wann ich Terrence das letzte Mal gesehen hatte, aber es wollte mir nicht einfallen. Ich hatte ihn nur als Kind in Erinnerung. Bei unserer ersten Begegnung kam er uns besuchen, als ich mit Jamal aus dem Krankenhaus heimkehrte. Da war er ein achtjähriger Junge mit großen Augen und wußte genau, daß seine Mama Delores mich aus tiefster Seele haßte, aber er brachte seinem neuen Brüderchen trotzdem ein Album von Grandmaster Flash and the Furious Five und eine Flasche Apfelsaft mit. Er war linkisch und dürr, und ich konnte weder eine Ähnlichkeit mit seinem Daddy bei ihm erkennen noch mir vorstellen, ob mein Sohn ihm in irgendeiner Weise gleichen würde. Wer weiß schon, was einem Kind im Laufe des Lebens alles widerfahren wird. Ich habe keine Ahnung, wann Terrence auf die schiefe Bahn geraten ist und sich mit Crack eingelassen hat und warum er im Leben so viel mitmachen mußte. Aber mit zweiundzwanzig zu sterben, das hatte er nicht verdient – kein Mensch hat das verdient.

»Hey, Ma, kannst du mir ein paar Dollar geben?« Mit dieser Frage durchbrach Jamal meine Gedankengänge; er war mit einem Satz in meinem Zimmer und ließ sich zu mir aufs Bett plumpsen. Allem Anschein nach war er im Laufe des Sommers ganze dreißig Zentimeter in die Höhe geschossen, aber noch nicht recht in seinen Körper hineingewachsen. Er lief herum wie ein Giraffenbaby, bestand praktisch nur aus langen staksigen Beinen, hatte aber immer noch ein Kindergesicht, woran auch der Anflug eines Schnurrbarts nichts ändern konnte. Wenn ich ihn anschaute, sah ich immer meinen toten Bruder Johnny vor mir.

»Ich muß mit dir reden«, sagte ich. Er sah mir in die Augen, und der Ausdruck von Angst huschte über sein Gesicht.

»Was ist denn?«

»Dein Daddy hat eben angerufen. Terrence ist gestern gestorben.«

Er sagte nichts, doch seine Augen füllten sich mit Tränen, und er schaute rasch weg, damit ich sie nicht bemerkte. Er sah seine beiden älteren Brüder nur etwa ein, zwei Mal im Jahr, sprach aber immer liebevoll von ihnen – er stellte sich wohl vor, sie hätten eine Beziehung miteinander, wie er sie sich wünschte. DeWaynes Frauen und die Kinder, die er mit ihnen hatte, lebten in einer anderen Welt als wir, doch für Jamal waren diese Welten anscheinend miteinander verbunden. Für ihn waren die nicht vorhandenen Blutsbande zwischen ihm und seinen Brüdern ganz besonders stark.

»Wie ist er gestorben?« fragte er, ohne mich anzusehen.

»Crack«, sagte ich. Genau wußte ich es nicht, nahm jedoch an, daß ihn das umgebracht hatte. »Hat dein Daddy dir erzählt, daß Terrence Crack nimmt?«

Jamal nickte. Ich hatte keine Ahnung, was DeWayne ihm erzählte und was nicht, und ich fragte nur selten. Ihre Beziehung war ihre Sache, ich hielt mich da möglichst heraus. DeWayne war ein Schwein, und ich konnte nur hoffen, daß diese schlichte Wahrheit Jamal, wenn er sie schließlich entdeckte, nicht so nahegehen würde wie mir damals.

Ich nahm ihn in die Arme und drückte ihn fest an mich, und er versuchte sich nicht loszureißen. Körperlich war er jetzt erwachsen, und der Unterschied zu dem kindlichen Körper von vor einem Jahr versetzte mir einen kurzen Schock. Mit seinen vierzehn Jahren hielt er sich für einen Mann und trat bisweilen auch so auf, doch ich sah noch immer den kleinen Jungen in ihm. Einen Augenblick später machte er sich los.

»Ist es noch lang bis zu... zu der Beerdigung? Ich

möchte mich von ihm verabschieden.« Seine Stimme überschlug sich, jetzt kam das Kind zum Vorschein.

»Dein Daddy kommt in ein paar Minuten vorbei, da kannst du ihn fragen, was er arrangiert hat.« Er nickte und ging in sein Zimmer, und ein paar Minuten später dröhnte die Stimme von Ice Cube hinter der geschlossenen Tür hervor.

Ich zog Jeans und das T-Shirt von der Howard University an, das ich mir letztes Mal in Washington gekauft hatte, ging in die Küche und machte mir eine Kanne mit starkem jamaikanischem Kaffee. Dann setzte ich mich an den Küchentisch und schaute hinaus in den Regen.

Drei Dinge im Leben liegen mir am Herzen: meine Unabhängigkeit, mein Sohn Jamal und mein Seelenfrieden. De-Wayne Curtis hatte die Macht, mir zwei davon zu versauen. In den letzten Jahren habe ich einige seelische Belastungen aus meinem Leben verbannen können: Ich war nämlich mal bei der Polizei. Der eine oder andere würde vielleicht sagen, daß ich den Unverschämtheiten nicht gewachsen war, die ich mir da – als Schwarze, als Frau – gefallen lassen sollte, und da mag durchaus etwas dran sein. Ich wußte, wer ich bin, und wollte mich denen zuliebe nicht ändern. Vor fünf Jahren habe ich gekündigt, und die Detektei Hayle Investigative Services, Inc., wurde geboren. Seither mache ich vieles anders. Früher habe ich geraucht; jetzt kaue ich Kaugummi. Ich esse kein Schweinefleisch mehr (außer den Grillrippchen am Nationalfeiertag) und halte mich nach Möglichkeit von De-Wayne Curtis fern. Doch Blut ist dicker als Wasser, wie mein Bruder Johnny zu sagen pflegte. Als der starb, war ich zwanzig, und darum hab ich wohl auch mit einundzwanzig DeWayne geheiratet. Alles nur aus lauter Kummer.

Jetzt bin ich über dreißig und damit zu alt, es einfach hinzunehmen, wenn mir etwas oder jemand den ganzen Tag verderben will. Und doch taucht DeWayne wie ein Stehaufmännchen immer wieder in meinem Leben auf, und ich kann auch gar nicht so furchtbar viel dagegen tun. Ich darf doch meinem Sohn nicht den Vater vorenthalten. Meine Seelenruhe steht allerdings auf einem anderen Blatt, und die war in Gefahr, als ich ihm an dem Morgen beim Kaffee gegenübersaß.

»Ich habe den Jungen geliebt, Tamara. Ich habe den Jungen geliebt. Warum geht ständig alles schief? Warum darf ich nicht glücklich sein? Warum verliere ich alle, die ich liebe?« Die Fragen kamen alle auf einmal heraus und verbanden sich zu einer weinerlichen Litanei des Selbstmitleids.

Einen Moment lang musterte ich ihn schweigend. Mit über vierzig sah er noch immer so gut aus wie damals als Dreißigjähriger und wohl auch als Zwanzigjähriger, nur hatte er jetzt auch noch Geld und eine gehörige Portion Frechheit dazu. Wenn er wollte, brachte er mit seinem Charme jeden Nonnenschlüpfer zu Fall, und das wußte er auch. Selbst an diesem Morgen wirkte er bei all seinem Elend noch wie eben den Seiten eines vornehmen Herrenmagazins entsprungen. Er hatte es sich nicht nehmen lassen, ein dunkelgraues Hemd aus Waschseide anzuziehen, das wie angegossen saß und gut zu der anthrazitfarbenen

Hose paßte. Am Handgelenk blitzte ein goldenes Uhrarmband von teurer Raffinesse. Ich sah an ihm vorbei aus dem Küchenfenster und sann darüber nach, daß das Laub an dem großen Kastanienbaum im Nachbarhof schon fast abgefallen war und daß der Fliederstrauch, den Jamal vor dem Haus gepflanzt hatte, wohl nicht bis zum Frühjahr durchhalten würde. Dann fiel mein Blick auf das im Morgenregen glitzernde Dach von DeWaynes neuem silberfarbenen Lexus. Als ich wieder zu ihm hinschaute, bemerkte ich die Tränen in seinen Augenwinkeln. Ich hatte DeWayne Curtis schon in so mancher Stimmung erlebt, aber ich hatte ihn noch nie weinen sehen.

»Magst du noch Kaffee?« fragte ich. Er nahm an und trank ihn hastig aus. »Wenn ich doch nur was sagen könnte, DeWayne, außer daß es mir leid tut.«

»Es reicht schon, daß ich herkommen durfte, Tammy.«

»Nenn mich nicht Tammy«, sagte ich scharf. Das war sein Kosename für mich gewesen, als wir noch zusammen waren, und als ich ihn jetzt zum vierten Mal an diesem Morgen aus seinem Mund hörte, wurde mir kotzübel. Er sah mich an, erst verwundert, dann gekränkt. Ich schaute schnell weg. Es hatte Jahre gedauert, bis ich über diesen Witz von einer Ehe hinweggekommen war, da wollte ich jetzt nicht seine jähe Verletzlichkeit erleben und keine trügerische Nähe empfinden.

»Ich hatte nicht die Absicht, dich zu beleidigen. Ich wollte nur sagen, es war nett von dir, daß ich vorbeikommen durfte.« Sein Ton war gehässig und sarkastisch; das war der DeWayne, den ich kannte.

»Ich hab's nicht böse gemeint«, sagte ich versöhnlich.

Der Mann hatte schließlich Kummer; ich war ihm überlegen. »Du sollst mich nur nicht Tammy nennen.«

»Wir waren immerhin mal verheiratet.« Jetzt kam wieder der alte Charme zum Vorschein. »Das war mit die schönste Zeit meines Lebens.«

Ich erstickte fast an meinem Kaffee. Er schenkte mir keinerlei Beachtung und starrte einen Moment lang die Wand über meinem Kopf an. Ich warf einen verstohlenen Blick auf die Uhr. Er war jetzt zehn Minuten da, und von mir aus konnte er wieder gehen.

»Tam ... Tamara«, sagte er nach einer Weile. »Ich muß dir etwas sagen, was ich noch keinem Menschen erzählt habe.« Sein eindringlicher Tonfall ließ mich aufhorchen. »Terrence – war nicht der erste. Er war nicht der erste.«

»Der erste was?«

»Er war nicht der erste, der gestorben ist.«

»Wie meinst du das?«

»So, wie ich es sage«, entgegnete er ungeduldig.

»Wovon redest du?« Es sollte nicht wütend klingen, hörte sich aber doch so an, und ich nahm es nicht zurück. »DeWayne, wie meinst du das?«

»Hör mir doch zu, verdammt, er ist nicht der erste von meinen Jungen, der gestorben ist.« Er packte mich fester an der Schulter, als er vielleicht wollte, um der Forderung nach Aufmerksamkeit Nachdruck zu verleihen. Ich machte mich ärgerlich los, doch sein verzweifelter Tonfall erschreckte mich. »Er war nicht der erste von meinen Söhnen, der gestorben ist«, wiederholte er.

Es geht ihm noch schlechter, als ich dachte, schoß es mir durch den Kopf.

»DeWayne, du hast vier Söhne«, sagte ich geduldig. »Du hast Terrence verloren. Ich weiß, das geht dir sehr nahe, und ich teile deinen Kummer, aber du hast nur *eins* von deinen Kindern verloren und nicht zwei.«

Er sah mich ungläubig an, durch mich hindurch. »Hab ich dir denn nie von meinem Sohn in Virginia erzählt, in Salem? Er war da unten und ich hier oben... ich hab dir wohl nie von ihm erzählt.«

Jetzt packte mich die Wut mit solcher Wucht, daß ich sie fast auf der Zunge schmecken konnte. *Noch eine Lüge, das kennen wir ja!* dachte ich und ärgerte mich dann über mich selbst, daß ich ihm die Macht gab, mich immer noch zu verletzen. Lügen war für DeWayne Curtis so natürlich wie für andere Männer das Fluchen. Während unserer fünfjährigen Ehe hatte er mich ständig angelogen – vom Preis für einen Beutel Kekse bis zu Geschichten, wo er die Nacht verbracht hatte.

»Du hast also noch ein Kind?« Ich schenkte mir Kaffee nach und wich seinem Blick aus. Ich trank einen Schluck und bemühte mich, ihn meine Gefühle nicht erkennen zu lassen. Das war das einzig Gute, das ich bei der Polizei gelernt hatte. Ich konnte so mühelos mit den Augen lügen wie der kaltschnäuzigste Typ draußen auf der Straße. Er antwortete bedächtig, sein Ton wurde plötzlich vertraulich.

»Ich war erst zweiundzwanzig und wollte mich gerade auf eigene Füße stellen. Mein erster Sohn.« Er wandte den Blick ab, woraus ich schloß, daß ich immer noch nicht die ganze Wahrheit zu hören bekam, aber ich wollte ihn nicht bedrängen. »Die Mutter war zwanzig. Das war 1969. Die

Zeit der Befreiung, aber nicht dort unten, nicht in dieser Stadt. Wenn da eine Frau schwanger wurde, mußte sie das Kind austragen. Aber es war keine Liebe zwischen uns. Nicht so wie zwischen dir und mir.«

Ich ließ das auf sich beruhen.

»Aber ich bin mit dem Jungen in Kontakt geblieben, und sie hat ihm meinen Namen gegeben. Sie hat ihn DeWayne genannt.«

»Hatte sie auch einen Namen?«

»Willa. Ich habe ihm zukommen lassen, was ich konnte, und zumindest wußte er, daß er einen Daddy hatte, auch wenn ich ihm nicht so ein Daddy war wie meinen anderen Jungen, das konnte ich nicht. Aber jetzt ist er tot.«

»Wann ist er gestorben?«

»Vor einem Jahr. Gestern vor einem Jahr. Am vierten Oktober, Tamara. Am gleichen Tag wie Terrence, Herrgott noch mal.« Ein Frösteln überlief mich. Das Leben gab DeWayne tatsächlich einen Fußtritt nach dem anderen. Aber ich hatte schon Merkwürdigeres gehört. Als ich bei der Polizei war, hatte ich so viel Entsetzliches ohne Sinn und Verstand erlebt, daß ich mich nicht mal mehr darüber aufregen konnte – mit ein Grund, warum ich da aufhören mußte. Der heimtückische Tod liegt ständig und überall auf der Lauer; er kann bei jedem anklopfen, wann immer es ihm beliebt, und DeWayne war da keine Ausnahme. Ich übrigens auch nicht. Aber vielleicht bekam DeWayne ja nur seinen gerechten Lohn.

»Tamara, da ist etwas im Gange. Da ist etwas gegen meine Kinder im Gange, und ich weiß nicht, was ich dagegen tun kann.«

»DeWayne, manche Sachen passieren einfach so... es liegt ein Jahr dazwischen...«

»Warum am selben Tag, ausgerechnet am selben Tag, genau ein Jahr später? Ich trauere noch um meinen ersten Sohn, und dann so was – als ob mir da einer was sagen will, das ich nicht hören möchte. Da stimmt was nicht, Tamara, das spüre ich doch. Du weißt, wie gut mein Instinkt funktioniert. Du weißt, damit liege ich immer goldrichtig. Es gibt da einen Zusammenhang, jemand knallt mir da was vor den Latz und macht mich fertig mit einem Zusammenhang, den ich nicht kapiere.«

»Da ist kein Zusammenhang, DeWayne. Es ist einfach nur ein entsetzlicher Zufall. Wie ist dein erster Sohn gestorben?«

»Erschossen. Ein Überfall, sagt die Polizei. Er ist von der Arbeit nach Hause gekommen, und da hat ihn jemand erschossen.«

»Das ist jetzt ein Jahr her, hat man den Täter gefunden?«

»Vor ein paar Monaten haben sie sich einen jungen Burschen geschnappt. Er sitzt noch in Untersuchungshaft. Ein Junge, kaum älter als Hakim. Freunde von ihm sollen behauptet haben, daß er es war. Angeblich hatte er DeWayne Juniors Brieftasche und Autoschlüssel.«

»Und wie ist Terrence gestorben? Eine Überdosis?«

Er sah auf seinen Schoß hinunter. Vielleicht packte ihn jetzt zum ersten Mal die Scham darüber, wie sein Sohn gestorben war, wie er ihn hatte leben lassen. Plötzlich sah er alt aus, ich wußte auf einmal, wie er als Greis aussehen würde, mit Falten im Gesicht und ohne Zähne.

»Yeah«, antwortete er schließlich, immer noch mit gesenktem Kopf. »Tamara. Da ist doch was nicht in Ordnung. Daß diese Jungen so früh sterben mußten, meine Kinder...«

»Es ist nicht in Ordnung, daß sie so jung waren«, sagte ich, »und schließlich hast du sie geliebt und trauerst um sie wie noch nie.« *Und,* dachte ich im stillen, *jetzt packt dich endlich das schlechte Gewissen, wie du mit ihrer Mama umgesprungen bist und daß du nicht richtig für sie da warst. Das ist nicht in Ordnung mit dir.*

Er fing lautlos an zu weinen, die Tränen liefen ihm nur so über das Gesicht. Jamal kam in die Küche und setzte sich neben ihn. Ich ließ die beiden allein, ging ins Wohnzimmer und machte die Küchentür hinter mir zu, aber ein paar Minuten später kam DeWayne herein und setzte sich zu mir.

»Tammy, kannst du nicht in die Wohnung von meinem Jungen gehen und mal schauen, was du da findest?«

Darauf war ich nicht gefaßt. »Da ist nichts zu finden, DeWayne.«

»Geh doch mal hin und schau dich um. Für die Polizei war er nur ein ganz gewöhnlicher Junkie, mehr nicht. Vielleicht haben sie etwas übersehen. Der Junge wollte die Finger vom Kokain lassen. Er hatte seit zwei Monaten nichts mehr genommen. Er wollte clean werden. Daran ist er nicht gestorben. Ich bezahle dich auch, Tamara, ich weiß ja, daß du das Geld brauchen kannst. Ich zahle dir den doppelten Satz, plus Spesen.«

Das ließ mich unwillkürlich aufhorchen. Geld, das machte DeWayne erträglich. Geld. Darauf lief es letzten Endes immer hinaus. Und er hatte recht. Ich brauchte das

Geld. Es lief jetzt besser als in den ersten Jahren nach meiner Kündigung bei der Polizei, als alle – einschließlich meiner selbst – mich für verrückt hielten. Seither ging es bergauf, aber diesen Monat war das Geschäft flau. Im Frühjahr hatte ich Hochsaison – da stach die Männer der Hafer, und sie betrogen ihre Frauen, da rissen Kinder aus, um sich in der Welt umzusehen. Einer war hinter dem anderen her und bereit, mich für meine Dienste zu bezahlen. Doch wenn es auf den Winter zuging, lief niemand von zu Hause weg. Die Pflichtverteidiger schusterten mir ab und zu mal einen Fall auf Honorarbasis zu, doch auch diese Quelle schien im Oktober stets zu versiegen. Ich konnte eindeutig ein paar Dollar gebrauchen.

Jamal kam herein, setzte sich zu uns und verfolgte gespannt, was wir sagten. Als er mich anschaute, lag ein Flehen in seinem Blick, das ich nur aus seinen Kindertagen kannte, wenn er sich sehnsüchtig etwas wünschte.

»Okay, DeWayne«, sagte ich nach einem Moment. »Ich geh rüber in Terrences Wohnung und schau nach, ob ich da etwas finde.« Jamal warf mir einen dankbaren Blick zu, und ich nickte zurück. *Ich tu's für dich,* dachte ich und lächelte ihm kurz zu. *Und für Terrence, den dürren kleinen Jungen von einst, der sich über die Wünsche seiner Mama hinweggesetzt und dir seinen Segen gebracht hat.*

2

Newark ist eine Stadt mit einem zähen Leben – eine alte Kämpfernatur, die sich einfach nicht unterkriegen läßt. Johnny hat mir immer erzählt, wie es früher auf der Broad Street aussah – Kinopaläste, Warenhäuser, Spitzenmusiker, die *zuerst* in Newark Station machten, und Samstag abends war vor lauter Trubel kein Durchkommen. Doch nach den Unruhen von '67 ist alles anders geworden.

Ich bin in der Central Ward, in den Hayes Homes groß geworden. Als ich zehn war, schlug die Polizei gleich bei uns um die Ecke einen Taxifahrer zusammen, und man munkelte, sie hätten ihn umgebracht. Die Leute aus Newark lassen sich nichts gefallen, sie gingen auf die Straße. Als sich die Wogen glätteten, war nichts mehr so wie früher. Wer Geld hatte – ob viel oder wenig –, ging weg. Meine Eltern zogen ein Jahr später nach East Orange. Doch im Innern meines Herzens bin ich immer noch ein Mädchen aus Newark, und daran wird sich auch nichts ändern.

Jetzt kommt allmählich einiges zurück, ein Straßenzug nach dem anderen steigt aus der Asche auf, wie dieser berühmte ägyptische Vogel. Meine Heimatstadt hat schon allerlei durchgemacht, aber sie rappelt sich immer wieder hoch und gibt einfach nicht auf.

In den siebziger Jahren gab es eine heiße Phase, wo Grundstücke in bester Lage billig waren, und da konnte sich DeWayne ein Stück Land am Branford Place sichern. Es sah nach Geld aus, hatte aber noch den Modergeruch des Verfalls an sich.

Am Montag rief er mich zweimal an und weinte sich weiter über Terrence und den mir unbekannten Sohn aus, daher versprach ich ihm, Dienstag vormittag zu Terrences Wohnung zu gehen und ihm abends nach der Trauerfeier zu berichten, was ich herausgefunden hatte. Von seinem Büro am Branford Place hielt ich mich möglichst fern. Ich hatte Angst, das Schicksal könnte wieder mal gegen mich sein und irgendein Spinner, den DeWayne übers Ohr gehauen hatte, käme hereinspaziert und würde ihm eine Kugel durch den Kopf jagen und mir gleich mit, bloß weil ich zufällig da herumstand.

Vor ein paar Monaten war ich dort gewesen und hatte Geld für Jamal abgeholt. DeWayne erledigte alles bar, nie per Scheck. Er war an einen hinter einem geschmacklosen Bild verborgenen Safe gegangen, hatte dreihundert Dollar in Zwanzigdollarscheinen herausgeholt und sie mir in einer fettigen Tüte von McDonald's überreicht, die ich angewidert in die Handtasche steckte.

Während unserer jahrelangen Beziehung hat mir DeWayne nie genau erzählt, wie er sein Geld verdient, aber es war anscheinend immer reichlich davon da. Im ersten Jahr unserer Ehe war ich zu dumm, um Fragen zu stellen. Im letzten war ich zu schlau. Als ich meine Zulassung als Privatdetektivin hatte, brachte ich mir als erstes bei, wie man etwas gegen einen Menschen in die Hand bekommt, ohne daß er es merkt, und das probierte ich gleich an DeWayne Curtis aus. Er besaß ein paar Clubs in East Orange sowie einen in New Brunswick und war stiller Teilhaber an mindestens zwei kleinen Gemischtwarenläden in der Central Ward von Newark. Ich hatte gehört, er sei Mitglied einer Autoschieberbande, und es gingen Gerüchte, er und sein Zuträger Basil Dupre hätten die Finger ganz tief in der Geldwäscherei für die Mafia. Man konnte ihm aber nie etwas anhaben. Er war verschlagen wie eine Ratte.

Als ich die Eingangshalle seines Hauses betrat, stieg Modergeruch aus dem Teppich auf. Die Wasserflecken an der abblätternden Asbestbetondecke bildeten Dollarzeichen, was mich an den Zweck meines Besuchs erinnerte.

Der Flur im fünften Stock, wo DeWayne sein Büro hatte, war menschenleer, und ich durchquerte ihn rasch, doch beim Eintreten blieb ich wie angewurzelt stehen. Bei meinem letzten Besuch hatte es hier genauso übel ausgesehen wie in der Eingangshalle. Die faustgroßen Blumen an den Wänden bissen sich mit dem billigen roten Sofa, das genau wie der Couchtisch mit Zigarettenbrandflecken übersät war.

Doch jetzt war DeWayne offenbar richtig zu Geld gekommen. Nun war alles in einem weichen Cremeton gehalten, und das schokoladenbraune Cordsofa sah nagelneu aus. An den Wänden hingen geschmackvoll arrangierte Drucke von Collagen von Romare Bearden und Varnette Honeywood. Die neue Empfangsdame, Nachfolgerin der kaugummiblasenknallenden Sister mit der künstlich verlängerten Haarpracht und den goldenen Klunkerohrringen, die bei meinem letzten Besuch dort gesessen hatte, brachte zweifellos einen Hauch von Klasse mit.

»Kann ich Ihnen helfen?« Sie artikulierte jedes einzelne

Wort wie bei einer Theaterprobe. Ihre Stimme klang anders, als man es erwartet hätte; es war eine hohe, liebliche Kinderstimme, die irgendwie nicht zu ihrem Gesicht paßte. Sie war dicklich – mein toter Bruder Johnny hatte das immer »gesund« genannt – und machte den Eindruck, als sei sie mit Maisbrei und gebackenem Landschinken groß geworden. In ihrem altmodischen grauen Kostüm wirkte sie zehn Jahre älter, als ich sie geschätzt hätte, aber sie war hübsch auf eine Art, die sich nicht aufdrängte. Anheimelnd hübsch.

Möchte mal wissen, ob er die auch bumst, dachte ich im stillen. Normalerweise fand DeWayne Mittel und Wege, hübschen jungen Dingern – und auch einigen nicht ganz so hübschen – an die Wäsche zu gehen, wenn sie bei ihm arbeiteten. Ihre rosa Seidenbluse hatte ich vor ein paar Wochen bei Bloomingdale's gesehen, und so viel konnte DeWayne ihr schlechterdings nicht zahlen, daß sie sich die leisten konnte.

»Ist Mr. Curtis da?«

»Nein, leider nicht.«

»Guten Tag, ich bin Tamara Hayle.«

»Ich weiß, wer Sie sind.« Die Sister hatte eine ganz schön kesse Lippe. Ich beschloß, das zu ignorieren.

»Mr. Curtis hat gesagt, ich soll vorbeikommen und mir die Schlüssel zu der Wohnung seines, äh, verstorbenen Sohnes abholen. Hat er sie für mich hinterlegt?« Ich versuche immer, Bekannten von DeWayne gegenüber mein Verhältnis zu ihm möglichst nicht zu erwähnen. Je weniger man über Fehler der Vergangenheit redet, desto besser.

»Ach ja«, sagte sie mit einem sittsamen kleinen Nicken.

Sie griff in die Schublade und holte ein Schlüsselbund heraus, das sie mir reichte. Mir fiel auf, daß an der Hand ein paar Fingerspitzen fehlten. Ob das wohl ein Geburtsfehler war oder ein Unfall? Sie bemerkte meinen Blick, ballte die Hand zur Faust und legte sie wieder in den Schoß.

»Ich soll Ihnen sagen, die Adresse ist Avon Avenue zweihunderteinundvierzig, hier in Newark.« Sie sprach es Nu-rirk aus, wie es manche Einheimische tun, aber ich glaubte nicht, daß sie von hier war.

Die Avon Avenue war früher einmal eine vornehme Straße gewesen und hatte immer noch ein Flair von »Reiche Leute spielen im Garten« an sich, aber sie war doch heruntergekommen. Die älteren und größeren Häuser waren jetzt zum Teil mit Brettern vernagelt, aus anderen waren Wohnheime geworden; manche der neuen Bewohner waren zwielichtig, die meisten aber ganz solide. Terrence hatte wohl zur ersten Kategorie gehört. Ich sah noch einmal zu der Empfangsmadam hinüber, die jetzt wieder auf ihre Arbeit schaute. Ich fragte mich, woran sie wohl so angestrengt arbeitete, daß es ihre ganze Konzentration verlangte.

»Neu hier?« fragte ich nach einem Moment, wohl wissend, daß sie neu war.

»Seit ein paar Monaten«, sagte sie und blickte auf, dann sah sie wieder zu ihrer Arbeit hinunter. »Na ja, ich bin seit Mai hier.« Sie hatte einen weichen südlichen Akzent, den sie zu verbergen suchte, doch am Wortende schlich er sich immer wieder ein.

»DeWayne hat wirklich etwas aus dem Laden gemacht.« Ich warf noch einen Blick durch das Büro und versuchte

Konversation zu machen. »Ist er zu Geld gekommen? Miss...« Ich hielt inne und wartete, daß sie mir ihren Namen sagte.

»July.«

»Miss July.«

»Nein, July ist mein Vorname.«

»Sind Sie im Juli geboren?«

»Nein. Im Oktober. Meine Mama hatte einen seltsamen Humor.«

Wir lachten beide. Jetzt erkannte ich den Akzent, es war der eines Menschen vom Lande, der wie ein Städter reden will, und er berührte einen Nerv tief in meinem Innern – eine Unsicherheit, die sich verstecken will, das Bestreben, immer besser zu werden, ohne zu merken, daß es auch so schon ganz okay ist. Ihr Lachen war mädchenhaft scheu, auf ihren Wangen erschienen kleine Grübchen. Das Lächeln gefiel mir.

»Manchmal schäme ich mich für meinen Namen«, sagte sie schüchtern, ohne mir direkt in die Augen zu sehen, als spräche sie mit jemand am anderen Ende des Zimmers. Ich unterdrückte den Impuls, über meine Schulter zu blicken. »Er klingt so hinterwäldlerisch.«

»Heutzutage geben die Leute ihren Kindern alle möglichen Namen, von Evangelista Canonica bis hin zu Penis Brown, da ist July – egal, wann Sie Geburtstag haben – doch vollkommen in Ordnung«, sagte ich beruhigend. »Woher kommen Sie denn?«

Sie blickte erstaunt auf, als wäre ich ihr zu nahe getreten. Die Abwehr war wieder da.

»Weiter weg.« Sie zuckte mit den Schultern.

»Wieviel weiter weg?«

»Florida«, sagte sie schließlich. »Ich bin in South Florida aufgewachsen. Wissen Sie, welcher Schlüssel für welche Tür ist?«

Ich betrachtete die Schlüssel.

»Dürfte nicht allzu schwer herauszufinden sein. Es sind ja nur drei.« Ich hielt sie hoch und zeigte sie ihr, für den Fall, daß sie es vergessen hatte.

Sie war älter, als ich zunächst angenommen hatte, Anfang Dreißig, vielleicht nur ein paar Jahre jünger als ich, aber nicht alt genug für das Kostüm, das sie da anhatte. Es war ein Kostüm für eine ältere Frau und erinnerte mich an meine Tante, die mich nach dem Tod meiner Eltern auch immer so anziehen wollte, bis meine große Schwester Pet einschritt und ein Machtwort sprach. Es sah aus wie von ihrer Mama ausgesucht – oder von meiner Tante.

»Wann hat denn die Renovierung angefangen?« fragte ich mit einem Blick durch das Büro.

»Bevor ich kam«, sagte sie.

»Sieht gut aus.«

»Kann ich nicht beurteilen. Ich hab es ja vorher nicht gesehen.« *Wieder eine Sackgasse.*

»Okay, July. Bis bald«, sagte ich und wandte mich zur Tür. Vor dem Hinausgehen drehte ich mich noch einmal um und warf ihr eine Abschiedsbemerkung zu. »Jammerschade, wie es mit dem Jungen zu Ende gegangen ist. Er war ein netter Kerl.«

»Für einen Junkie ja«, sagte sie. Ihre unverblümte Art verblüffte mich und warf mich für einen kurzen Moment aus dem Konzept.

»Ich dachte, er hätte es jetzt endlich geschafft«, sagte ich. »War er je hier?« Die Frage hatte ich mir überhaupt nicht überlegt, es war reine Routine. Der Mensch ist ein Gewohnheitstier, und nach fünf Jahren im Geschäft hatte ich gelernt, daß die besten Informationen immer in den beiläufigen Bemerkungen eines Hausmeisters, eines Krankenwagenfahrers oder einer Empfangsdame stecken, die nichts zu verbergen haben und keine eigenen Interessen verfolgen.

July wirkte einen Augenblick verwirrt und lächelte dann ein trauriges Grübchenlächeln. »Sie meinen Terrence?« fragte sie und beantwortete dann ihre eigene Frage. »Er war ein paarmal hier, um DeWayne zu besuchen, aber mit mir hat er nie allzuviel gesprochen, und ehe man sich's versah, war er auch schon tot. Tja, so ist das Leben nun mal. Kurz und schön.« Sie sagte das ganz beiläufig dahin, wie ein Kind, das in aller Unschuld eine so grausame Bemerkung fallen läßt, daß man ihm am liebsten ins Gesicht schlagen würde.

Ihr Blick wanderte wieder zu ihrer Arbeit, sie hatte die Hand zur Faust geballt und den Stift im Mund. Ich war entlassen.

Hoffentlich bumst er die nicht auch! sagte ich mir beim Weggehen und stellte gleich darauf fest, daß es mir im Grunde egal war. Jetzt hatte ich andere Dinge im Kopf: Wie lange ich wohl brauchen würde, um zur Avon Avenue zu fahren, Terrences Wohnung in Augenschein zu nehmen, Jamals Anzug aus der Reinigung zu holen, etwas zum Abendbrot zu machen, die Trauerfeier hinter uns zu bringen und dann so schnell wie möglich wieder nach Hause zu kommen. Keine Zeit. Sie reichte nie.

Außerdem mußte ich mit Jamals Kummer umgehen. Er brauchte Zeit zum Trauern, das war mir klar. Aber sein Leben sollte so schnell wie möglich wieder normal werden. Ich wollte ihn vor den Seiten von DeWayne beschützen, die mir Angst machten – Geld aus obskuren Quellen und in Hamburgertüten verstaut, Halbbrüder, die einen frühen Tod fanden. Ja, wir würden zu der Trauerfeier gehen. Jamal würde weinen und sich seiner Trauer hingeben. DeWayne würde mich dafür bezahlen, daß ich mir Terrences Wohnung angeschaut hatte, und dann würde unser Leben sich wieder um Mathearbeiten, Basketballspiele und Ausschlafen am Sonntagmorgen drehen. Je eher wir das alles hinter uns brachten, desto besser. Ich sah auf die Uhr, drehte den Zündschlüssel meines '82er Jetta Diesel um und fuhr in einer stinkenden Abgaswolke los zur Avon Avenue, um zu sehen, was es da zu sehen gab.

3

Seit Sonntag hatte es nie richtig aufgehört zu regnen, und auf dem Weg zur Avon Avenue fielen schon wieder Tropfen. Es war ein frostiger Tag, viel zu kalt für Oktober; bei der feuchten Luft, die durch das gesprungene Ausstellfenster meines Jetta drang, mußte ich wieder an Geld denken – daran, daß ich keins hatte.

Das Haus, in dem Terrence gewohnt hatte, ragte wie ein Schlachtschiff am Rande der Avon Avenue auf. Es war das größte Gebäude weit und breit – so unheimlich, alt und häßlich, daß die Kinder es zu Halloween bestimmt mit Eiern bewarfen. Mehrere hohe Bäume und wuchernde Hecken hielten die Sonne von dem Haus fern, und als ich die alte Eisenpforte davor aufmachte, knarrte sie wie in einem Horrorfilm.

Ich läutete zweimal, und als niemand kam, schloß ich vorsichtig mit den Schlüsseln aus DeWaynes Büro auf.

»Hallo, ist da jemand?« rief ich beim Eintreten mit einem nervösen Blick durch die Eingangshalle. Man weiß ja nie, ob nicht ein leicht erregbarer Idiot plötzlich durchdreht und einen umlegt, weil er meint, man wäre ein Einbrecher. Ich ging ein paar Schritte weiter hinein. »Ist da jemand?« schrie ich noch einmal ins Leere.

Die Eingangshalle war grau und mit einem abgetretenen braunen Teppich ausgelegt, bei dem stellenweise die Dielen durchguckten. Zwei klapprige Schirmständer enthielten Schirme verschiedener Größe, die alle irgendwie kaputt waren. Eine grüne Glasvase mit rosa Plastikrosen, die auf einer Kredenz an der Wand stand, sollte mal wieder abgestaubt werden. Die vier Türen auf der anderen Seite der Halle waren geschlossen. Es roch feucht und dumpf wie in einem Keller nach dem Regen. Irgendwo drang Stimmengemurmel aus einem Fernseher, und von den oberen Stockwerken kam Radiomusik heruntergeweht.

»Was wollen Sie hier?« bellte eine tiefe Krächzstimme aus dem Nichts. Ich erstarrte. Das klang, als habe da jemand eine .22 auf meinen Hinterkopf gerichtet. Wie immer, wenn ich überrascht werde, spürte ich einen raschen Adrenalinstoß; ich drehte mich um und stand einer winzigen alten Frau in einem verblichenen gelben Nachthemd gegenüber, deren rundes Gesicht die Farbe und Form einer Kastanie hatte. Sie kam mir vage bekannt vor, ein Gesicht, das man schon irgendwo gesehen zu haben meint, sich aber nicht mehr erinnern kann, wo und mit wem.

»Was wollen Sie hier?« fragte sie.

»Entschuldigen Sie die Störung«, sagte ich und gab mir redlich Mühe, so zu tun, als hätte ich das Recht, mitten in ihrer Eingangshalle zu stehen. »Ich bin Tamara Hayle. Ich bin Privatdetektivin. Terrence Curtis' Vater, DeWayne Curtis, hat mich gebeten, Ermittlungen zu dem Tod seines Sohnes anzustellen.« Ich hielt kurz inne, damit sie das alles verdauen konnte. »Ich würde gern in sein – in Terrence Curtis' Zimmer gehen und mich dort umschauen, wenn das geht?« Ich sagte das als Frage und nicht als Feststellung, was es eigentlich war.

»Nein, das geht nicht«, sagte sie und musterte mich argwöhnisch. »In seinem Zimmer umschauen? Was wollen Sie denn da? Der Junge ist tot. Schlimm genug, daß er hier in meinem Haus gestorben ist, und keiner ist gekommen und hat in sein Zimmer geschaut. Laßt die Toten in Frieden ruhen. Friede ihrer Asche. Das ist meine Meinung.«

Sie sog entrüstet die Luft durch die Zähne und begann dann zu nicken; sie trug eine lange blauschwarze Perücke, die aussah, als wäre sie in aller Eile aufgesetzt worden.

»Der Junge ist gestorben. Tot. Keinen Sinn, darüber zu reden. Keinen Sinn, in sein Zimmer zu schauen.« Sie legte den Kopf schief und schaute mich dann wieder an, als sähe sie mich zum ersten Mal. »Ich bin Miss Lee«, sagte sie. »Die Hausbesitzerin. Was wollen Sie denn wissen?«

Für einen Moment war ich nicht ganz sicher, ob sie mich verstanden hatte, ob sie senil war oder mich einfach nur ärgern wollte.

»Ich heiße Tamara Hayle«, fing ich noch einmal an. »Ich bin Privatdetek–...«

»Haben Sie mir doch schon erzählt, wer Sie sind und was Sie wollen. Ich weiß bloß nicht, ob ich Sie in das Zimmer von dem Jungen lassen soll, wo keine Polizei dabei ist und nichts.« Sie war eindeutig nicht senil. Ich entschloß mich, ihr reinen Wein einzuschenken.

»Ich bin mit Ermittlungen zu dem Tod von Terrence Curtis beauftragt. Ich war einmal mit seinem Vater verheiratet.« Ich schlug einen förmlichen Ton an und fügte das mit meiner Beziehung zu DeWayne erst nachträglich hinzu. Ihre Miene veränderte sich nicht. »Der Junge, Terrence, war mit meinem Sohn verwandt, und ich habe seinem Vater und meinem Jungen versprochen, der Sache nachzugehen.«

»Mit seinem Daddy verwandt? Seinen Daddy kenn ich.« Mir fiel auf, wie sie das sagte und wie sie mich mißtrauisch beäugte, aber ich ging der Sache nicht nach. DeWayne hatte seine Finger in vielen Töpfen und kannte viele Leute.

»Also, ich möchte mich nur mal in seinem Zimmer umschauen«, sagte ich. »Ob es da irgend etwas Merkwürdiges gibt. Ich bleibe nicht länger als fünf oder zehn Minuten. Es ist ein Gefallen für seinen Daddy.«

Sie kniff leicht die Augen zusammen. »Die Polizei war schon da. Sie waren am Samstag da, als sie den Jungen abgeholt haben, und gestern waren sie wieder da und wußten gar nicht, was sie suchen sollten, und gefunden haben sie auch keinen Scheiß.«

Das Wort »Scheiß« versetzte mir einen Stich. Es erstaunt mich immer wieder, wenn Frauen über sechzig solche Wörter in den Mund nehmen, obwohl ich eines Tages wahrscheinlich selbst dazugehöre.

»Ich muß das Zimmer wieder vermieten«, fuhr sie fort. »Schlimm genug, daß der Junge hier gestorben ist, und jetzt schnüffeln auch noch Sie hier herum.«

»Zehn Minuten? Mehr brauche ich nicht. In zehn Minuten bringe ich nichts durcheinander. Ich bin bestimmt nicht hier, um irgendwie Unruhe zu stiften. Da ist nichts, das weiß ich so gut wie Sie.« Ich versuchte, sie mit einem Augenzwinkern zu beruhigen, und tätschelte ihr den Arm. »Ich will nur seinem Daddy einen Gefallen tun. Es ist wirklich nur eine Kleinigkeit, glauben Sie mir. Wissen Sie, es ist doch mein Job. Ich werde dafür bezahlt.« Ich hob das Wort »bezahlt« hervor. Geld. Ganz vertraulich von einer Sister zur anderen.

Sie musterte mich intensiv, den Mund zu einem schmalen Strich zusammengepreßt. Wahrscheinlich erwog sie verschiedene Möglichkeiten, was mich erstaunte, weil es im Grunde wirklich nur eine Kleinigkeit war. Doch manche Leute mögen es einfach nicht, wenn andere ohne triftigen Grund in ihrem Haus herumschnüffeln, und vielleicht hatte sie ja recht. Ich wollte schon sagen, sie solle das Ganze vergessen, wieder in ihr Zimmer gehen, die Perücke zurechtrücken und da weitermachen, wo ich sie unterbrochen hatte, ich würde mich trollen und mich um meine eigenen Angelegenheiten kümmern, da fiel mir das Geld wieder ein.

»Zehn Minuten«, wiederholte ich und legte eine kleine Bitte in meinen Tonfall.

»Zehn Minuten und mehr nicht«, sagte sie, wobei sie mich weiterhin mißtrauisch beäugte. Sie holte ein Schlüsselbund aus der Tasche und ging die Treppe hoch. Ich trabte brav hinterher und sagte ihr lieber nichts davon, daß ich meine eigenen Schlüssel hatte; es war ihr offenbar egal, wie ich hereingekommen war.

Das Licht, das zaghaft durch die uralten Jalousien vor den Fenstern drang, war schwach, daher knipste Miss Lee eine nackte Birne oben an der Decke an, um die Treppe zu beleuchten, von der sie zwei Stufen auf einmal nahm. Das erinnerte mich auf grausame Weise daran, daß ich mich mal wieder zum Sport schleppen sollte. Im stillen verfluchte ich die Zeiten mit Wein und Newports. Das Haus hatte insgesamt vier feuchte, düstere Stockwerke; es war etwa siebzig Jahre alt, erbaut in den Tagen, als die Weißen in Newark noch nicht vor den Schwarzen davonliefen. Doch egal, wer hier früher mal Hausbesitzer war, jetzt gehörte es Miss Lee.

»Das ist ein anständiges Haus, ein anständiges Haus, und da kommen mir keine Süchtigen rein.« Sie machte unentwegt weiter Konversation, während wir die Treppe hochstiegen. »Ich wittere einen Süchtigen so sicher wie ein Jagdhund den Waschbär. Und wieso dieser Junge sich wieder mit Dope eingelassen hat... Heutzutage weiß man nie bei den Leuten. Heute ist man vor keiner Überraschung mehr sicher... vor keiner Überraschung ist man heute mehr sicher. Erzählen Sie mir nichts... Als ich die Leiche von dem Jungen gefunden hab, da...«

»Sie haben die Leiche gefunden?« fragte ich und blieb wie angewurzelt stehen. Sie guckte mich an, als sei sie überrascht, daß ich das nicht wußte.

»Yeah. Er hat an dem Abend die Musik zu laut laufen lassen. Samstag. Tagsüber hat er sie immer laut angehabt, aber mittlerweile war es halb elf nachts, und er kannte meine Vorschriften über Musikhören in der Nacht, auch am Wochenende. Die Leute müssen ja Sonntagmorgen aufstehen und zur Kirche gehen. Also bin ich rauf und wollte ihm sagen, er soll es leiser stellen. Und der Junge hat es einfach nicht leiser gestellt. Deshalb hab ich ständig geklopft, und am Ende hab ich mir gedacht, ich geh rein und dreh es selber leise. Und als ich reinkomm, seh ich, der ist tot. Ich hab den Krankenwagen gerufen.«

»Wo haben Sie ihn denn gefunden?«

»Er lag auf dem Bett.« Sie blieb kurz stehen. Ich hielt den Atem an. »Ich hab sofort gemerkt, daß der Junge tot ist, gleich auf den ersten Blick. Die Augen so stumpf wie bei einem Fisch aus dem Fischgeschäft, und ausgesehen hat er, als wär er aus Wachs. Ich wollte aber keine Polizei hier drin, darum hab ich das Krankenhaus angerufen. Die Polizei ist trotzdem gekommen. Die haben gesagt, das Kokain hat ihn umgebracht.«

Wir gingen weiter. »Wie lange hat Terrence hier gewohnt?«

»Zwei Monate, vielleicht auch drei.«

Terrences Zimmer war das einzige unter dem Dach. Sie machte die Tür auf und trat einen Schritt zur Seite. »Ich hab Leute bestellt, die räumen übermorgen auf, und dann kommt alles weg. Sagen Sie seinem Daddy, wenn er noch was von hier will, soll er kommen und es sich holen.«

»Okay«, sagte ich. »Danke.«

»Zehn Minuten«, sagte sie noch einmal und machte die Tür hinter sich zu.

Ich stand einen Moment in dem spärlich möblierten Raum herum und ging dann zu dem immer noch ungemachten Bett am Fenster, wo man wohl Terrences Leiche gefunden hatte. Es kam mir respektlos vor, mich hinzusetzen; mit solchen Sachen nehme ich es sehr genau. Also blieb ich stehen, wo ich war, und ließ den Blick durch das Zimmer schweifen.

Es war ein langer, rechteckiger Raum mit kleinen Kassettenfenstern; man hätte leicht ein paar Dachfenster einbauen, den Fußboden beizen und dann bestimmt einen Dummen finden können, der sich dreimal soviel abknöpfen ließ, wie Miss Lee jetzt nahm. Es herrschte jedoch eine unheimliche Stille in dem Zimmer, als habe da jemand mit Dämonen gekämpft und verloren.

Die Laken und Kissenbezüge waren sauber, und oben auf einem anscheinend gebraucht gekauften tragbaren Kassettenrekorder lagen mehrere Kassetten – Toni Braxton, John Coltranes »Ballads«. Ich stellte den Rekorder an, und Coltranes »I Wish I Knew« erklang. Wahrscheinlich hatte Terrrence das gespielt, als er starb. Ich überlegte, wann er wohl seine Liebe zum Jazz entdeckt hatte – von DeWayne hatte er sie ganz sicher nicht, das war der einzige schwarze Mann in meiner Bekanntschaft, dem der Sinn eher nach Country Music stand. Als Coltranes wehmütiges Tenorsaxophon durch den Raum drang, fühlte ich mich plötzlich mit Terrence verbunden. An der Wand gegenüber stand ein Tisch mit einer Kochplatte darauf und daneben ein Stuhl. Ich zog den Stuhl an das Kopfende des Betts, auf dem Terrence vermutlich gelegen hatte, und sah mich im Zimmer um.

Was hatte er bei seinem letzten Atemzug gesehen? Uralte Tapeten mit verblichenen blauen Kornblumen an den Wänden. Zwei oder drei Zierkissen am Fußende des Betts. War es Zufall, daß die Kissen dieselbe Farbe hatten wie die Kornblumen? Hatte er sich halbherzig bemüht, den Raum zu verschönern? Die Poster an der Wand, eins vom Cancun Jazz Festival und eins vom Studio Museum, sahen neu aus. *Hatte er sich für Kunst interessiert?* Hinten in der Ecke war ein kleiner Getränkekühlschrank versteckt. Ich öffnete ihn und machte mich auf einen widerlichen Anblick gefaßt. Aber es war sauber darin: ein paar Äpfel, ein halber Liter Milch, eine Schüssel mit einem Rest Rindfleischsuppe, ein Glas Erdnußbutter, ein halber Apfelkuchen. Ich roch an der Milch. Frisch, das Verfallsdatum war erst in einer Woche. Bei dem Zimtduft des Apfelkuchens fiel mir wieder ein, daß ich noch nicht zu Mittag gegessen hatte. Ich fuhr mit der Hand über die Rückseite und den winzigen Spalt hinter dem Fach mit der Eisschale. Volltreffer. Da war ein Umschlag so dicht an die Wand angeklebt, daß man ihn nur mit beiden Händen losmachen konnte. Ich öffnete ihn rasch und hätte dabei fast den Inhalt zerrissen: drei knisternde Hundertdollarscheine. Ich tat ihn vorsichtig wieder dahin zurück, wo ich ihn gefunden hatte.

»Verdammt!« murmelte ich vor mich hin. Ich machte den Kühlschrank zu und sah mir das übrige Zimmer jetzt mit gesteigertem Interesse an. Ich entdeckte den Abfalleimer und guckte nach, was darin war: zusammengeknülltes Papier, dann ein Blumenstrauß – Chrysanthemen und Goldrute –, der zum Wegwerfen noch zu frisch war. Ich breitete ein paar Bogen Zeitungspapier auf dem Boden aus und schüttete den Inhalt des Abfalleimers darauf, um ihn näher zu untersuchen. Noch mehr Papier. Die Karte, die mit den Blumen gekommen war, ohne Namen. Eine leere Schachtel Grippetabletten. Die Verpackung von dem Apfelkuchen. Etwa zwei Dutzend gebrauchte Papiertaschentücher.

Ich stellte den Eimer zurück, ging zum Bett und deckte die ungemachte Decke und die Bettücher auf. Noch mehr Papiertaschentücher. Über dem Waschbecken in der anderen Zimmerecke hing ein kleines Schränkchen. Ich ging hinüber, knipste das Licht an und öffnete das Schränkchen. Nichts Besonderes. Sechs Kondome, Trojans, fein säuberlich in einer Ecke des Schränkchens aufgestapelt. Mundwasser. Nasentropfen.

In fünf Jahren bei der Polizei lernt man Dinge, die einem zur zweiten Natur werden. Das ist dann wie ein sechster Sinn, ein Gespür dafür, ob etwas faul riecht, und dieses Gespür meldete sich jetzt. Da hatte ein schlampiger Polizist – müde nach einem langen Tag oder hungrig aufs Mittagessen – zu Protokoll gegeben, Terrence Curtis habe als Junkie gelebt und sei als Junkie gestorben, und damit hatte es sich. Jetzt wußte ich es besser. Wenn er an Crack gestorben war, dann war er nicht süchtig gewesen, und mich packte für einen Moment die Wut; wieder einmal ärgerte ich mich über den Blödsinn, den viele Polizisten so hinschreiben, wenn es Schwarze betrifft, über die Unfähigkeit der Behörden, über die Dünnbrettbohrerei.

Ein Junkie besitzt nicht das Schwarze unter dem Fingernagel. Er kann es sich gar nicht leisten. Er frißt Dreck. Er hat keinen Sex. Sein ganzes Leben dreht sich nur um den Stoff, und was für ein Mensch Terrence auch gewesen sein mochte, bei seinem Tode war er all das nicht. Das wußte ich so sicher wie meinen eigenen Namen.

Dieses Zimmer voll halbtoter Blumen und halb aufgegessenem Essen, wo Coltrane ins Leere spielte und Kondome gestapelt waren wie Pfefferminzplätzchen, sagte mir mit solcher Gewißheit, was ich wissen wollte, als säße er selbst hier und flüsterte mir das Geheimnis seines Lebens und Sterbens ins Ohr.

Ich zog das schwarzweiße Notizbuch hervor, das ich immer dabeihabe, und notierte Ort, Datum und Uhrzeit. Ich schrieb auf, wo und in welchem Zustand ich alles vorgefunden hatte – von der Arznei bis zu dem Apfelkuchen im Kühlschrank. Dann nahm ich die Polaroidkamera, die ich am Morgen aus alter Gewohnheit eingesteckt hatte, und fotografierte alle Gegenstände in dem Zimmer aus allen möglichen Perspektiven. Fünf Jahre im Geschäft hatten mich gelehrt, alles, was ich tue, zu protokollieren, auch wenn es noch so lange dauert und wie Zeitverschwendung erscheint. Man weiß ja nie, wo und wie die Wahrheit zutage tritt und einem breit ins Gesicht grinst.

Als ich mit Fotografieren fertig war, warf ich einen letzten Blick durch das Zimmer, ob ich auch nichts übersehen hatte. Mir fiel ein silbern glänzender Bilderrahmen auf, der an der anderen Wand an einem Bücherstapel auf dem Boden lehnte, und ich erkannte ein Foto, das ich vor neun Jahren aufgenommen hatte. Es war auf der Feier zu Jamals fünftem Geburtstag. Hakim war sieben und trug das gleiche Electric-Company-T-Shirt wie Jamal. Terrence war etwa dreizehn, Gerard ein paar Jahre jünger. Noch im selben Jahr hatte ich DeWayne verlassen, wir waren zum letzten Mal alle zusammen, ein zauberhafter Augenblick, als alle noch so jung waren, daß sie an Geburtstage glaubten. Bei dem Anblick hätte ich am liebsten geheult.

4

Und? Was war?« fragte Jamal, sowie ich von Terrences Wohnung zur Tür hereinkam. Ich konnte ihm noch nie etwas vormachen, und er spürte ganz klar, daß da etwas im Busch war.

»Nichts«, sagte ich, ohne ihm in die Augen zu schauen, und gab ihm den Anzug, den ich eben aus der Reinigung geholt hatte.

»Du hast etwas herausgefunden, ja?«

»Zieh dich um«, befahl ich und schickte ihn mit einem Blick fort, dem er ganz bestimmt nichts entgegensetzen würde. Terrences Tod ließ sich nicht so einfach erklären, wie ich am Sonntag gehofft hatte, aber noch wollte ich Jamal damit nicht belasten. Wenn an meinem Verdacht etwas dran war, würde er es früh genug erfahren, doch ich mußte erst noch einiges nachprüfen. Er schnitt eine Grimasse, nahm den Anzug und verzog sich in sein Zimmer.

Ich kleidete mich rasch um und zog ein braunes Tweedkostüm an, das ich letzten Sommer im Ausverkauf erstanden hatte, dazu die goldenen Ohrringe, die Johnny mir zum Abschluß der High School geschenkt hatte. Ich trage sie als Talisman, als Glücksbringer, und an dem Abend holte ich sie fast ohne nachzudenken hervor. Ich sprühte Chloe auf, was hoffentlich zu dem Anlaß paßte, und ging hinaus.

»Du siehst gut aus, mein Sohn«, sagte ich zu Jamal, als er aus seinem Zimmer kam. Es erstaunt mich immer wieder, wie ein Anzug ein Kind verändern kann. Er hat meine braunen Augen geerbt und von meiner Mutter die schönen Wimpern, die er haßt und zu lang findet. Diese Augen verdüsterten sich jetzt.

»Ma... hast du etwas herausgefunden...?«

»Hab ich nicht gesagt, daß ich nichts gefunden habe?« fuhr ich ihn an. Jamal ist hartnäckig, genau wie seine Mutter. Aber es kann einen fuchsteufelswild machen, wenn einem der Charakterzug, den man an sich selbst am meisten schätzt, beim eigenen Kind entgegentritt. Er sah gekränkt aus, und einen Moment lang hatte ich ein schlechtes Gewissen, weil ich ihn so angefahren hatte; doch dann befand ich, das sei das Privileg einer Mutter.

»Hör mal«, sagte ich beim Hinausgehen. »Wir haben vor der Trauerfeier keine Zeit mehr zum Essen. Wollen wir auf dem Rückweg beim Red Lobster vorbeifahren und...«

Jamal sah mich direkt an, und seine Augen blitzten vor Wut. »Glaub ja nicht, du kannst mich mit zwanzig Shrimps im Red Lobster bestechen. Ich bin kein kleines Kind mehr, und außerdem können wir uns das sowieso nicht leisten. Ich habe ein Recht zu wissen, was du herausgefunden hast.« Jetzt fuhr er mich an.

»Gib mir keine Widerworte. Du hast ein Recht zu wissen, was ich dich wissen lassen will.« Da sollte er mal was dagegen sagen. Wir gingen in die Garage und schwiegen beide, bis wir halb aus der Einfahrt waren.

»Ich hab es satt, daß du mich wie ein kleines Kind behandelst«, fing Jamal wieder an.

»Das bist du doch.«

»Terrence war mein Bruder«, sagte er und schaute aus

dem Fenster, als gäbe es dort etwas zu sehen. »Da kannst du sagen, was du willst. Wir waren blutsverwandt, und du redest doch dauernd von ›Blutsbanden‹. Wieso begreifst du das eigentlich nicht? Du erzählst mir ständig, wie es dir ging, als Onkel Johnny gestorben ist. Wieso soll es mir bei Terrence nicht auch so gehen?«

»Du hast deinen Onkel Johnny nicht gekannt und weißt überhaupt nicht, wie er gestorben ist, und wenn du ihn gekannt hättest, dann wüßtest du auch, daß das überhaupt kein Vergleich ist«, sagte ich. Eigentlich hatte ich es gar nicht boshaft gemeint, doch als es heraus war, konnte ich es nicht mehr zurücknehmen, also warf ich den Kopf in den Nacken, als sei es mein voller Ernst.

»Du hast ja keine Ahnung, wie es mir geht. Von nichts hast du eine Ahnung!«

»Wieso sitze ich eigentlich hier und streite mich mit einem vierzehnjährigen Kind herum?« überlegte ich laut.

»Es ist nicht fair, daß du mir nichts sagst, und im Grunde deines Herzens weißt du das auch.« Jamal sprach mit mir, als wäre er mein Vater.

»Und wieso glaubst du, du wüßtest so genau über meine Gefühle Bescheid?«

»Weil ich dich kenne, Ma, und ich weiß, daß du etwas weißt, das du mir nicht sagen willst. Und das ist nicht fair. Es ist nicht fair!«

»Das Leben ist eben nicht fair«, entgegenete ich in der Hoffnung, damit endlich das Gespräch zu beenden. Ich sah ihn aus dem Augenwinkel an. In einem Punkt hatte er recht: Ich wußte wirklich nicht, wie ihm wegen Terrence zumute war. Und er hatte wirklich ein Recht, etwas zu erfahren. Ein paar Straßenzüge fuhr ich schweigend weiter, dann erzählte ich ihm von meinem Verdacht.

»Es sieht einfach nicht so aus, als wäre er so gestorben, wie alle behaupten.« Meine Stimme war sanft. »Du kennst doch diesen Fernsehspot, wo es heißt ›So sieht Ihr Gehirn unter Drogen aus‹, und dann sieht man ein Spiegelei in der Pfanne schmoren? Das stimmt. Drogen machen das Gehirn kaputt. Junkies verstecken kein Geld. Und sie essen nicht einen Teil von einem Apfelkuchen und heben sich den Rest für später auf.«

»Ich wußte doch, daß mein Bruder nicht drogensüchtig war!« sagte Jamal mit Überzeugung. »Meinst du, jemand hat ihn umgebracht?« fragte er gleich darauf.

»Ich weiß es nicht. Ich will versuchen, an den Polizeibericht heranzukommen, und nachsehen, warum das ein Tod durch Überdosis gewesen sein soll. Die Spurensicherung hat schlampig gearbeitet. Es weist alles darauf hin, daß er keine Überdosis genommen hat, man muß nur richtig hinschauen.«

»Können sie nicht noch irgendwelche Tests machen?«

»Dazu ist es jetzt zu spät.«

»Ma, wer hätte Terrence umbringen wollen?«

Das konnte ich ihm auch nicht sagen, daher blieb die Frage unbeantwortet in der Luft hängen, während wir die Treppe zu dem Beerdigungsinstitut hochgingen, wo Terrence aufgebahrt lag.

Morgans Beerdigungsinstitut war ein alteingesessenes Unternehmen an der Central Avenue in East Orange, zwischen einer Tankstelle und einem Gemischtwarenladen gelegen, der auch schon bessere Tage gesehen hatte. Beim

Eintritt in das Foyer empfing uns der Geruch welkender Taglilien, und der alte Morgan begrüßte uns. Morgan trug stets eine traurige Jammermiene zur Schau, die einen umgehend in Trauerstimmung versetzte. Sein Gebaren war so trübselig, daß es fast schon komisch wirkte. Einmal, als ich bei der Beerdigung der uralten, grantigen Tante einer Bekannten vor Langeweile zu sterben meinte, versuchte ich mir Morgan in leidenschaftlicher Erregung vorzustellen. Es gelang mir nicht. Aber ich mochte und schätzte ihn. Man konnte sich absolut auf ihn verlassen; als meine Eltern innerhalb von zwei Jahren starben, hatte Morgan für beide die Trauerfeier abgehalten. Ich kannte ihn schon seit Jahren und hatte ihn noch nie lächeln sehen.

»Wie schön, daß ihr gekommen seid, auch wenn die Umstände so traurig sind«, sprach er feierlich und nahm mich verhalten in die Arme. Als er mich losließ, stieg mir ein Hauch von Old Spice mit Formaldehyd vermischt in die Nase. Johnny war auch von Morgan beerdigt worden. Diese Erinnerung stand mir deutlicher vor Augen als die vom Tod meiner Eltern, und ich mußte sie beim Eintritt in den kühlen, dunklen Raum verdrängen.

Bunte Glasfenster gaben dem Saal im Verein mit dem hölzernen, mit grünem Samt gepolsterten Gestühl den Anstrich einer Kirche. Morgan wies uns in den vorderen Teil des Raums, wo DeWayne stand und Jamal zuwinkte.

»Setz dich nur zu deinem Vater und deinen Brüdern«, flüsterte ich. »Ich bleibe lieber hier hinten. Nach der Feier warte ich draußen auf dich.« Ich gab ihm einen sanften Schubs, dann ging er, ohne sich umzuschauen, zu seinem Vater. DeWayne umarmte ihn und wies ihm den Platz neben Hakim an, und Jamal zwängte sich hinein. Als DeWayne zu mir herüberschaute, nickte ich ihm zu. Er sah noch schlechter aus als am Sonntag. Morgan zeigte auf den hinteren Teil des Raums, und ich ließ mich in der letzten Reihe nieder, wo ich den besten Überblick hatte, wer da war und wer hereinkam.

Wer hätte Terrence umbringen wollen? Mein Gefühl sagte mir zwar, daß Terrence keine Überdosis genommen hatte, doch erst als Jamal diese Frage aussprach, nahm der Gedanke, daß ich womöglich auf der Suche nach einem Mörder war, in mir Gestalt an. In dem Fall stand für mich zweierlei fest: erstens, daß Mörder in der Regel durch Verwandtschaft oder Leidenschaft mit dem Opfer verbunden sind; und zweitens, daß sie sich wieder blicken lassen – indem sie am Haus vorüberschlendern, am Friedhof vorbeifahren oder fromm und gottesfürchtig bei der Beerdigung oder Trauerfeier herumstehen. Jeder Mensch ist zu einem Mord fähig – man muß nur wütend oder eifersüchtig oder habgierig genug sein. Das ist die bittere Wahrheit. Manche gehen das clever an, andere ausgesprochen dämlich; doch für jeden Menschen hinter Gittern läuft mindestens ein Ganove frei herum, der sich nicht in die Karten schauen ließ und alle Spuren verwischt hat.

Als ich dort in der Stille von Morgans Beerdigungsinstitut saß, betete ich um die Hilfe Gottes und bat ihn, ein wachsames Auge auf meinen Jungen zu haben und auf alle anderen auch, die zufällig zur falschen Zeit am falschen Ort auftauchen. Dann schaute ich mich im Saal um.

Terrences Mutter Delores saß neben DeWayne in der ersten Reihe. Ihre Schultern bebten; sie weinte. Sie war De-

Waynes erste Frau. Er hatte sie 1971 geheiratet, gleich nachdem er in den Norden gekommen war und lange vor seiner Ehe mit mir. Obwohl ich Terrence ab und zu gesehen hatte, war ich Delores schon seit Jahren nicht mehr begegnet, und diese Jahre hatten es nicht gut mit ihr gemeint. Früher war sie einmal hübsch gewesen. Eine hellhäutige Frau mit rötlichbraunem Haar und Sommersprossen in dem ovalen Gesicht. Der Typ hieß bei alten Leuten früher ein »Rotknochen«. An diesem Abend trug sie ein schwarzes Baumwollkleid, das alle Farbe aus ihrem Gesicht zog. Vor einigen Jahren hatte sie als Kassiererin in einer Bank gearbeitet, und ich hatte gehört, daß sie vor kurzem zur stellvertretenden Filialleiterin befördert worden war. Vor der Ehe mit mir und mit seiner letzten gegenwärtigen Frau Carlotta hatte sich DeWayne oft von »anständigen«, tugendsamen Sisters angezogen gefühlt – von Hausmütterchen, die selbst Pastetenteig backen und es ihrem Lover nie französisch besorgen würden. Delores paßte genau in dieses Bild. Doch ihrem prüden Äußeren zum Trotz hatte sie angeblich etwas Grausames an sich, das urplötzlich mit der Schärfe eines Rasiermessers hervorbrechen und einen Mann – oder Jungen – in Stücke reißen konnte.

Neben Delores saß Hakim, die Hände wie ein Chorknabe gefaltet. Er trauerte noch immer seiner Mutter Amina nach. Sie war die einzige Frau, die DeWayne seinen eigenen Worten zufolge je wirklich geliebt hatte – wahrscheinlich deshalb, weil sie so nett war und starb, noch ehe er sie leid war. Bei ihrem Tod war Hakim noch ein Baby gewesen, und obwohl er von Aminas Mutter aufgezogen wurde, suchte Hakim in jeder Frau, die DeWayne nach Hause brachte, eine Mama. Für kurze Zeit war ich das gewesen. Vielleicht war auch Delores für ihn dagewesen. Vielleicht hatte sie auch ihre guten Seiten, trotz allem, was DeWayne sagte.

Hakim blickte von seinen gefalteten Händen auf und schaute sich im Raum um; als er mich sah, lächelte er scheu. Er war zwei Jahre älter als Jamal, wirkte aber jünger und verletzlicher. Sie hatten beide den gleichen durchdringenden Blick, der sich an einem Menschen festbiß und ihn nicht losließ, die gleiche gebogene Nase und das gleiche ausgeprägte Kinn. Jamal war jedoch größer, ein Erbteil von DeWayne wie auch von meiner Seite, und Hakim hatte noch das unschuldige Aussehen, das die meisten Jungen mit etwa zehn Jahren verlieren.

Gerard, DeWaynes Sohn von seiner weißen Frau Emma, saß auf der anderen Seite von DeWayne. Als zwanzigjähriger junger Mann mit bronzefarbener Haut wirkte er eher arabisch als afrikanisch. Er war ein hübsches Kind gewesen und hatte glatte Haare gehabt, die manche Leute »gut« finden und gerne streicheln, doch jetzt sah sein Gesicht traurig und spitz aus. Hinter ihm saß seine Mama Emma, die Hand sanft auf seine Schulter gelegt. Wie auf Befehl standen beide plötzlich auf und gingen nach vorn, wo Terrences offener Sarg stand. Ich fand, ich könne ebensogut jetzt vortreten und ihm die letzte Ehre erweisen, doch als ich mich erhob, berührte mich etwas an der Schulter, und eine nur allzu vertraute Stimme hielt mich an meinem Platz fest.

»Warum sitzt du nicht bei seinen anderen Frauen?«

fragte Basil Dupre in seinem jamaikanischen Tonfall, der den Worten einen sinnlich-rhythmischen Klang verlieh.

»Du weißt ebensogut wie ich, daß ich keine von DeWaynes Frauen bin. Was machst du denn hier?« Ich warf ihm einen wütenden Blick aus den Augenwinkeln zu. Ich meinte es nicht so, und das wußte er auch, doch ich hatte weniger Vertrauen zu ihm und fand ihn zugleich attraktiver als jeden anderen Mann, dem ich je begegnet war.

»Darf ich mich setzen?« Er ignorierte sowohl meine Fragen als auch die Antwort, zu der ich mich anschickte, nahm neben mir Platz und lächelte. Ich kannte keinen Mann, der eine Frau so ansehen konnte wie er, und selbst in dieser feierlichen Umgebung spürte ich, daß mein Körper auf eine Art reagierte, die mir gar nicht lieb war.

Basil Dupre konnte mich mit Blicken bannen, wie man es Schlangen nachsagt. Seine dunkelbraune Haut schimmerte wie von innen erwärmt, und er bewegte sich mit der grazilen Kraft eines Panthers, der bekanntlich sowohl sanft als auch grausam zuschlagen kann. Er war bettelarm in den Slums von Kingston, Jamaika, aufgewachsen und hatte die Lektionen der Armut nie vergessen. In seinem Blick lag etwas Hartes, eine distanzierte Kälte, die nie verging, auch nicht wenn er lächelte, die Stirn runzelte oder den Charmeur spielte.

»Und wann löst du das Vesprechen ein, das wir uns gegeben haben?« fragte er mit einem Glucksen und einem Glitzern in den Augen, das mir sagte, daß er wußte, ich hatte es nicht vergessen, obwohl dieses »Versprechen« nie in Worte gefaßt worden war. Aus seinem Blick sprach die Gewißheit, daß ich mich immer noch von ihm angezogen fühlte – genau wie eh und je. Und er hatte recht. Ich war schon längst zu dem Schluß gekommen, ich müsse Basil aus einem anderen Leben kennen, als Moral und gesunder Menschenverstand für meine Lebensgestaltung noch keine Rolle spielten. Das Prickeln zwischen uns war seit jeher eine Mischung aus Begierde und Skepsis ohne jeden Sinn und Verstand – reine, schlichte, tierische Lüsternheit.

Als ich ihn kennenlernte, war ich mit DeWayne verheiratet und im zweiten Monat schwanger – man sah noch nichts, aber mir war jeden Morgen übel, und ich war überglücklich über mein künftiges Baby und meinen Mann, den ich nicht kannte. Basil kam eines Abends zu uns, um etwas abzugeben. Ich machte ihm auf, und die Atmosphäre zwischen uns war derart elektrisch geladen, daß nichts in unserer Nähe davon unberührt blieb – für einen kurzen Moment war niemand sonst im Raum. So etwas kann man in Illustrierten lesen, und wenn es mir nicht selbst passiert wäre, dann wäre ich der letzte Mensch, der behauptete, daß es so eine Anziehungskraft überhaupt gibt, doch ich habe es am eigenen Leibe erfahren. Lüsternheit auf den ersten Blick. Das hatte ich bei keinem anderen Mann je erlebt – nicht einmal bei DeWayne –, und es erschreckte mich zu Tode. Ich starrte auf den Fußboden hinunter und wagte nicht, ihm in die Augen zu sehen. Er war kühner und fand einen Vorwand, mich zu berühren.

»Einen Kuß für die frischgebackene Braut«, hatte er verkündet und mich, ohne sich um DeWaynes ärgerlich-ablehnende Geste zu kümmern, an sich gerissen und so leidenschaftlich geküßt, daß mir jetzt noch heiß wird, wenn ich nur daran denke.

DeWayne war selbstverständlich stocksauer. Womöglich war das der tiefere Grund für das spätere Zerwürfnis mit DeWayne, doch ich wurde den Verdacht nicht los, daß es da noch etwas anderes gab – etwas von der Art, das Männer zu Mördern werden läßt und das sie einer Frau nicht anvertrauen. Inzwischen waren DeWayne und Basil verfeindet.

Ich spürte, daß Basil hinterhältig war wie ein Mann, der einen anderen, ohne mit der Wimper zu zucken, umbringen kann. Doch bei jeder unserer Begegnungen trat der Verstand hinter meine Hormone zurück, und ich konnte nur noch daran denken, wie sich seine Lippen anfühlen würden, wenn er »dieses Versprechen« an allen möglichen Stellen meines Körpers erfüllte.

Seine Anwesenheit hier war mir jedoch ein Rätsel. »Was hast du gesagt, warum du gekommen bist?« fragte ich erneut. Doch ehe er antworten konnte, fesselte Carlotta Lee Curtis, DeWaynes letzte Frau, die ihn dem Vernehmen nach eben verlassen hatte, unser beider Aufmerksamkeit.

5

Eins mußte ich dem Mädchen ja lassen, sie hatte ihren Auftritt gekonnt inszeniert. Alle, die sie hereinkommen sahen, vergaßen vorübergehend, daß sie eigentlich wegen Terrence hier waren. Carlotta Lee Curtis war groß und schlank wie ein Mannequin; ihre Bewegungen waren die einer Frau, der man von Kindesbeinen an gesagt hat, daß sie schön ist. Sie trug ein elegantes marineblaues Seidenkostüm, das wie angegossen saß und den Oberschenkel nur halb bedeckte. Über einen Arm hatte sie sich einen Nerzhänger geworfen, und Schuhe und Handtasche machten den Eindruck, als hätten sie zusammen einen Wochenlohn gekostet. In ihren Ohren blitzten zehncentstückgroße Diamantohrringe, und das lange rötlichbraune Haar (künstlich verlängert!) wippte wie eine Pferdemähne auf ihrem Rücken. Als sie den Gang entlangrauschte und nach vorne ging, wo DeWayne saß, ließ kein einziger Mann in der Versammlung die Augen von ihrem vollkommenen Hinterteil.

Mit zweiundzwanzig wußte sie anscheinend mehr über die Schwächen der Männer, als die meisten Frauen je im Leben erfahren, und sie setzte dieses Wissen mit einer Souveränität ein, die zunächst Erstaunen und dann Respekt vor ihrer Dreistigkeit auslöste. Von Hakim hatte ich erfahren, daß sie auf ihn und DeWaynes andere Söhne eifersüchtig war – was vermutlich eher mit Geld als mit Liebe zu tun hatte, da er außerdem behauptete, sie hätte DeWaynes Beziehung zu seinen Jungen unterbinden wollen. Hakim, der mit Unterbrechungen bei ihnen lebte, hatte sie nie als Mutter akzeptiert; er behandelte sie mit dem Respekt, der einem tollwütigen Eichhörnchen zukommt.

»Eine ganz falsche Katze«, flüsterte Basil mir ins Ohr.

»Genau dein Typ«, sagte ich.

»Du bist genau mein Typ«, witzelte er. »Aber so einer ist nicht zu trauen. Wie man hört, bumst sie alles, was Hosen anhat, und sichert sich nach allen Seiten ab, wie streunende Katzen das so an sich haben.« Ich schaute ihn verwundert an. Er bedachte mich mit einem rätselhaften Lächeln. Hinter Carlotta kam Miss Lee hereinspaziert, die Besitzerin von Terrences Wohnheim. Sie schaute sich um, erkannte mich und sah dann eiskalten Blicks geradewegs durch mich hindurch.

»Ihre Tante«, sagte Basil. »Die Schwester ihres verstorbenen Vaters. Carlotta behandelt sie wie Dreck, dabei hat die alte Frau einen Narren an ihr gefressen.«

Ich wußte, daß Carlotta mit Nachnamen Lee hieß, aber ich hatte die beiden Dinge nicht zusammengebracht.

July, die Frau aus DeWaynes Büro, folgte Miss Lee. Sie ging nach vorne, um DeWayne und Delores zu begrüßen, und als sie mich erblickte, kam sie her und setzte sich zu mir, nachdem sie unterwegs Basil interessiert gemustert hatte.

»Samsara?« fragte ich, da ich den Duft ihres Eau de Toilette roch, als sie neben mir Platz nahm. Sie nickte mit ungezwungener und nicht ganz angemessener Vertraulichkeit. Heute war sie anders gekleidet, viel flotter als zuvor – ein anthrazitfarbenes Kleid, das durch einen langen grau karierten Seidenschal, den sie elegant geschlungen hatte, todschick wirkte. Hätte ich nur auf ihre Kleidung geschaut, dann hätte ich nicht geglaubt, daß das ein und derselbe Mensch war.

»Yeah, das ist Samsara«, bestätigte sie. »Hab ich mir vor ein paar Tagen geleistet. Das ist mein neues Ich. Kommen Sie mit Ihrem Sohn nach der Feier noch zu DeWayne?«

»Nein«, sagte ich. »Das schaffen wir nicht mehr.«

»Welches ist denn Ihr Sohn?« fragte sie. »Er hat so viele, daß ich ganz durcheinander komme. Aber jetzt hat er ja einen weniger.« Ihre Taktlosigkeit erschütterte mich.

»Wie bitte?« gab ich zurück, ohne meine Gefühle zu verbergen.

July erschrak. »Mein Gott, das sollte nicht so herzlos klingen.« Es schien ihr aufrichtig peinlich zu sein. »Ich rede, ohne nachzudenken, hat mein Onkel immer gesagt... Na ja, vielleicht liegt es daran, daß ich ständig von ihnen erzählt bekomme. Sie wissen ja, wie das ist – Väter und ihre Söhne. Mein Gott, jetzt fang ich schon wieder an. Es tut mir leid«, sagte sie kleinlaut und blickte entschuldigend zu mir auf.

»Schon gut. Mir war nicht klar, daß DeWayne so viel von seinen Kindern spricht«, sagte ich. Soviel ich wußte, war sein liebstes Gesprächsthema von jeher er selbst.

Morgan ging nach vorne und sagte ein paar Worte über Terrence. Kaum hatte er sich wieder gesetzt, da fingen Miss Lee und Carlotta plötzlich an zu streiten. Sie flüsterten hitzig miteinander und erregten damit die ärgerliche Aufmerksamkeit mehrerer Trauergäste in ihrer Umgebung. Miss Lee stand auf und ging wütend hinaus. Carlotta drehte sich um und sah ihr nach, dann schaute sie mit einem gleichgültigen Achselzucken wieder nach vorn.

»Was die wohl hatten?« sagte July mehr zu sich selbst. »Dieses Weibsbild Carlotta ist vielleicht eine Nummer. Ich weiß, ich sollte nicht so von der Frau meines Chefs reden, aber...«

»Ich dachte, sie hätten sich getrennt?« fiel ich ihr ins Wort.

»Vorübergehend ja; als sie Hakim rausgeworfen hat, stand das Barometer auf Sturm, aber jetzt ist er schwanzwedelnd wieder zu ihr zurückgekrochen wie ein räudiger Hund, er kann einfach nicht genug von ihr kriegen.«

»Verdammter Mist«, sagte ich und staunte wieder einmal über ihren Mangel an Feingefühl. Dieses Mädchen machte aus ihrem Herzen wahrlich keine Mördergrube. Aber ihre Beschreibung von DeWayne amüsierte mich.

»Sie denken sicher, ich habe überhaupt keine Manieren.«

»Man soll die Dinge beim Namen nennen.«

»Es bringt mich einfach auf die Palme. Besser gesagt, sie bringt mich auf die Palme. Ich weiß überhaupt nicht, was sie hier bei der Beerdigung des Jungen zu suchen hat. Sie konnte ihn genausowenig ausstehen, wie sie in Wirklichkeit DeWayne ausstehen kann, aber für Geld tun die Leute ja alles.«

Basil warf ihr einen schrägen Blick zu.

»Wie meinen Sie das?« fragte ich.

»Ach... nur so«, sagte sie rasch. Sie bedachte mich mit einem gutmütigen Grübchenlächeln, was wohl heißen sollte, daß ihre Taktlosigkeit ihr diesmal wirklich leid tat.

»Ich geh mal und spreche Delores mein Beileid aus.« Ich stand auf, um nach vorne zu gehen. »Wir sehen uns nachher noch?«

»Natürlich«, sagte sie, und in dem Moment erhob Basil sich ebenfalls.

»Ich habe ein paar Worte mit seinem Vater zu reden«, sagte er, noch ehe ich fragen konnte, warum er mir nachlief.

Ich wollte Terrence so in Erinnerung behalten, wie ich ihn gekannt hatte, und nicht mit großzügig von Morgans Beerdigungsinstitut gestifteten Einbalsamierungsmitteln vollgestopft. Auf dem Weg zu Delores' Platz versuchte ich mich zu erinnern, was Jamal Gutes über ihn erzählt hatte: seinen Humor, seine Freigebigkeit als Kind. Alles, nur nicht Kokain und die angebliche Todesursache; etwas, das ihr über ihren Schmerz hinweghelfen konnte.

Delores und DeWayne standen beieinander und wollten eben aus der Bank treten; als ich zwischen die Bahre mit dem Sarg und die erste Bankreihe trat, streckte ich die Hand aus. Doch in dem Bruchteil der Sekunde, als Delores mich erblickte und sich vorbeugte, um meine Hand zu ergreifen, erkannte DeWayne, daß Basil hinter mir stand. Sein Blick verriet hemmungslosen Abscheu.

»Was hast du Arschloch denn hier zu suchen?« Er spuckte die Worte so wütend aus, daß sich sein Gesicht zu einer Maske des Hasses verzog. »Bleib von meinem Sohn weg, du Arschloch.«

Ich hörte das Wort »Arschloch« nicht zum ersten Mal, hatte es sogar selbst schon häufiger gebraucht, als manche für schicklich halten, doch selbst ich war entsetzt über die durchdringende Gemeinheit dieses Wortes hier in dieser Umgebung.

»Das ist für dich, du dreckiger Hurensohn. Du sollst samt deinen Söhnen zur Hölle fahren, *zur Hölle fahren.*« Um seinen Worten Nachdruck zu verleihen, stieß Basil sie gleich zweimal hervor und spuckte DeWayne und den Sarg an. Das war deutlich. Einen Moment lang herrschte völlige Stille, da es den dreißig oder vierzig bunt zusammengewürfelten Freunden, Angehörigen und Geschäftspartnern von DeWayne und Delores vor Entsetzen allesamt den Atem verschlug.

»Das ist Gotteslästerung! Gotteslästerung!« hörte ich den alten Morgan vom hinteren Saalende schreien, während er den Gang entlang rannte. Doch noch ehe er vorne angekommen war, brach die Hölle los.

DeWayne trat hinter mich, packte zugleich Basil mit einer einzigen, gezielten Bewegung am Revers und schüttelte ihn mit aller Macht. Ich duckte mich und schlüpfte zwischen ihm und dem Gang hindurch. Ein Schmerz durchfuhr mich, als ich mit dem Knie gegen eine der Bänke stieß.

»Du Dreckschwein! Scheißkerl! Scheißkerl!« DeWayne brüllte Basil an wie ein Wahnsinniger. Hakim blickte von einem zum anderen und schaute schließlich auf den Sarg mit der Leiche seines Bruders, dann legte er die Hand über die Augen und begann zu weinen. Ich bedeutete Jamal, er solle ihn aus der Bank und in den hinteren Teil der Kirche führen. Doch in dem Moment versetzte Basil DeWayne einen derart wuchtigen linken Haken, daß ihm Blut und Speichel aus dem Mundwinkel schoß und beide Jungen sowie Delores mit rosa perlendem Schaum bespritzte. Gerard fing an zu lachen, ein Kichern, in dem so viel Verachtung lag, daß es mir kalt über den Rücken lief.

»Aufhören! Verdammt noch mal, alle beide! Du verfluchter Mistsack, kannst du nicht warten, bis dein Sohn unter der Erde ist, bevor du dich auf so eine Sauerei einläßt?« schrie Delores; sie hatte die Arme um sich geschlungen und wiegte sich vor und zurück wie ein kleines Kind mit einer unsichtbaren Puppe im Arm. DeWayne sah sekundenlang zu ihr hinüber, und in dem Moment schlug Basil mit solcher Kraft auf ihn ein, daß er hintüber fiel, sein Hemd zerriß und er mit voller Wucht auf Delores prallte.

»Das ist für Bettina, du Dreckskerl. Für Bettina und alle anderen Frauen, die du verdorben hast!«

Seine Worte hatten etwas lächerlich Altmodisches an sich, aber der Stoß, der DeWayne irgendwo in der Mitte zwischen dem linken Auge und dem Kinn erwischte, war eindeutig von heute und so kraftvoll, daß er selbst *mir* weh tat. DeWayne schlug mit dumpfem Krachen gegen das Gestühl. Dann prasselten die Schläge – ein Gemisch von Speichel, Blut, Fleisch und Flüchen – mit ungebremster Wut noch zehn Minuten lang weiter. Morgan kam mit der Würde und Geschwindigkeit eines Richters, in dessen Gerichtssaal gerade ein Brand ausgebrochen ist, nach vorne und schob die Bahre mit dem Sarg an die Wand, da er wie alle anderen Zeugen dieses Fiaskos fürchtete, daß sie ihn umstoßen und Terrences sterbliche Überreste in einem unwürdigen Haufen auf dem Boden verstreuen würden.

Ich flitzte an DeWayne vorbei und arbeitete mich zu Hakim und Jamal vor. Ich packte Jamal am Arm, half ihm über die Lehne einer weiteren Bank hinweg und endlich in den Gang.

»Warum, Ma, warum *machen* sie das?« Er weinte fast.

Ich schüttelte angewidert den Kopf, wütend und verwirrt über das ganze Schlamassel.

»Freunde!« rief der alte Morgan und ließ den Kopf von einer Seite zur anderen rollen wie eine kaputte Marionette. »Freunde! Freunde!«

Die Vorgänge hatten Jamal und Hakim offensichtlich erschüttert; sie liefen rasch vor mir her in den hinteren Teil des Beerdigungsinstituts und zur Tür hinaus. Im Weggehen drehte ich mich noch einmal um und warf einen letzten Blick auf das Tohuwabohu. Die zwei Männer keuchten und musterten sich gegenseitig abschätzig wie verwundete Tiere, sie waren beide blutverschmiert, ihre Kleider zerrissen. Delores zitterte und wurde von dem alten Morgan getröstet. Gerard wurde, immer noch unerhört lachend, von der fassungslosen, verstörten Emma weggezogen. Carlotta lehnte bei der Bahre mit dem Sarg an der Wand und rauchte lässig eine Zigarette, wobei ein seltsam amüsiertes Lächeln um ihre knallroten Lippen spielte.

»Willst du heute bei uns übernachten?« flüsterte ich Hakim zu, sobald wir draußen waren.

»Er ist ein Dreckskerl, oder nicht? Ein Dreckskerl!« hörte ich July murmeln, als wir gingen. Ich nahm mir nicht die Zeit, sie zu fragen, wen sie meinte, DeWayne oder Basil, und ich widersprach ihr nicht.

Auf dem Heimweg waren wir nicht gerade gesprächig, und beide Jungen gingen gleich ins Bett. Ich schenkte mir einen

Schluck Courvoisier ein, ließ warmes Wasser in die Badewanne laufen und tat etwas nach Erdbeeren Duftendes aus dem Body Shop hinein, dann lehnte ich mich in dem wohlriechenden Nebel zurück und nippte an meinem Cognac, bis mir die Augen zufielen. Danach schleppte ich mich ins Bett, lag einen Augenblick nur so da und rief dann den einzigen Menschen an, den ich zu dieser nachtschlafenden Zeit noch stören konnte, ohne mir Beschimpfungen einzuhandeln.

Er nahm nach dem ersten Läuten ab.

»Tamara?«

»Wer sonst.«

»Was ist los? Alles in Ordnung mit Jamal?«

»Yeah, kein Problem.«

»Und mit dir?«

»Ich weiß nicht.«

»Soll ich rüberkommen?«

»Nein. – Jake?«

»Yeah?«

»Danke, daß du immer für mich da bist.«

»Wo soll ich denn sonst wohl sein um ein Uhr früh?«

»Schläft Phyllis?«

Er zögerte kurz. »Yeah.«

»Da laufen entsetzliche Sachen ab in dem Fall, an dem ich gerade arbeite. Ich muß ein paar Dinge mit dir besprechen.«

»Bist du morgen in deinem Büro?«

»Yeah.«

»Ich komme vorbei, irgendwann am Vormittag. Gute Nacht, Tam.«

»Gute Nacht, Jake.«

Pause. »Geh schlafen, Tam.«

Ich legte auf, drehte mich um, machte die Augen zu und dachte über die Schlägerei nach. Dann dachte ich über Jake nach und beschloß, ihn mir gleich wieder aus dem Kopf zu schlagen. Und dann überlegte ich, was ich wohl zum Frühstück essen könnte und ob ich den Heizungsmonteur anrufen sollte, um den Heizkessel reinigen zu lassen, und ob ich genügend Geld hatte, um diesen Monat die Rechnung für das Kabelfernsehen zu bezahlen. Und irgendwo in meinem Hinterkopf hatte sich der Name »Bettina« festgesetzt und ließ mich nicht ruhig schlafen.

6

Am nächsten Morgen wachte ich mit kaltem Hintern und voll innerer Unruhe auf. Über Nacht waren die Temperaturen zurückgegangen, und das Haus war so kalt wie eine tote Hexentitte. Ich ging in den Keller, brachte den Wasserstand an dem Heizkessel in Ordnung, warf mir einen Mantel über und wartete, daß das Haus sich erwärmte. Es dauerte nicht lange. Wenn die Heizung auf Hochtouren läuft, wird es in dem winzigen zweistöckigen, gelb-grünen Holzhäuschen mit zwei Schlafzimmern, das ich von meinen Eltern geerbt habe, im Handumdrehen teuflisch heiß. Doch um meine Unruhe loszuwerden, war mehr als Wasser in einem Heizungsrohr nötig. Beim bloßen Gedanken daran, wie sie die Trauerfeier für den Jungen vermasselt hatten, kriegte ich es mit der Wut zu tun. Meine Laune wurde auch nicht besser, als ich den Kühlschrank aufmachte und feststellte, daß Jamal und Hakim Saft, Milch und Toast vollständig verputzt hatten und dann wieder ins Bett gekrochen waren.

»Verdammter Mist!« Ich fluchte laut vor mich hin, kochte mir schwarzen Kaffee – jamaikanischen – und stürzte ihn hinunter, mit mir und der Welt zerfallen. Ich verdrängte die Gier nach einer Zigarette, duschte, schrieb einen Zettel für Jamal, zog mich an und fuhr in mein kleines Büro an der Ecke Main Street und South Harrison in East Orange.

Die Büroräume habe ich von meiner besten Freundin

Annie gemietet; wir sind schon seit der Grundschule ein Herz und eine Seele. Sie und William, mit dem sie jetzt zehn Jahre verheiratet ist, haben das Haus vor sechs Jahren auf einer Auktion gekauft. Es ist ein trübseliger Bunker aus den vierziger Jahren an einer der Hauptstraßen der Stadt. Alle Briefe für Hayle Investigative Services, Inc., gehen dorthin, ebenso alle Anrufe für mich. Das Erdgeschoß beherbergt Jan's Beauty Biscuit, einen Schönheitssalon, dessen Spezialität schnelle Entkrausungen, lange Fingernägel und noch längere Haarverlängerungen sind. Mir ist völlig schleierhaft, was die »Biscuits« genannten süßen Brötchen mit Schönheit zu tun haben und warum Wyvetta, die Besitzerin, den Salon nach ihrer Mutter Jan genannt hat, statt ihm ihren eigenen Namen zu geben. Vermutlich hängt es mit der großen Liebe ihres Lebens zusammen, und die gilt erstens den süßen Brötchen und zweitens ihrer Mama. Außer Wyvetta kenne ich keine Frau, die zu ausnahmslos jeder Mahlzeit – ob Foo-Yong-Eier oder Kutteln – süße Brötchen essen kann.

Allerdings leistet Jan's mir viele gute Dienste: Hier kann ich ab und zu mal lachen und höre immer den neuesten Klatsch. Bei Wyvetta und ihrem Freund Earl mit den Goldzähnen und der großen Klappe kann man stets erfahren, was es in East Orange Neues gibt. Sisters aller Art – Lehrerinnen, Kirchendamen, Frauen von »zweifelhaftem Ruf« – nehmen die Dienste des Biscuit in Anspruch, und wenn man lange genug herumsitzt und den Mund hält, kann man ohne weiteres alles Wissenswerte über alle Welt herausfinden.

Notfalls machen Wyvetta und ich auch Tauschgeschäfte.

Vor ein paar Monaten zum Beispiel ließ sich ihr Bruder scheiden und mußte etwas gegen den Kerl in die Hand bekommen, der es mit seiner Frau trieb, aber er war total abgebrannt. Ich beschattete den Burschen eine Woche lang für eine Gratisentkrausung, zweimal Nachfärben und ein paar Maniküren als Zugabe. Heute war Mittwoch, da hatte Wyvetta länger auf und würde deshalb nicht vor halb elf kommen. Ich holte einen bunten Haufen von Briefen, Rechnungen und Werbezetteln aus unserem gemeinsamen Briefkasten in der Eingangshalle und ging dann die Treppe hoch.

Das Gebäude hat drei Stockwerke. Wyvetta und Earl haben ihre Räumlichkeiten vor ein paar Jahren hübsch renoviert; sie haben die Wände blaßrosa gestrichen, jede Kabine in einem etwas anderen Farbton, und den Boden mit Linoleum in einem weißrosa Karomuster ausgelegt. Über Wyvettas Reich sind die Renovierungsarbeiten allerdings nicht hinausgekommen. Der Rest des Hauses sieht (entschuldige, Annie) beschissen aus. Wenn man ins Treppenhaus kommt, trifft einen ein unvergleichlicher Geruch, ein Mittelding zwischen verkochtem Kohl und angebranntem Hackbraten, wie ein Keulenschlag. Ich hab mich jetzt daran gewöhnt; da weiß ich, daß ich »zu Hause« bin, aber früher hat es mich tierisch genervt. Einmal hab ich etwas darüber zu Annie gesagt, aber da ist sie kiebig geworden, und ich hab mir gedacht, dafür setze ich nicht unsere Freundschaft aufs Spiel. Jetzt halte ich beim Raufgehen einfach die Luft an.

Mein Büro liegt im ersten Stock zwischen Chan's Chiropraxis und Business Ink, einem »Beratungsunternehmen«, das im wesentlichen aus einer etwa siebzigjährigen Dame besteht, die High-School-Kids bei der Abfassung ihrer Lebensläufe hilft. Meine Räumlichkeiten bestehen aus einem großen Zimmer mit Teppichboden und einem Fenster auf jeder Seite (von denen sich keins öffnen läßt), und auf dem rechten Fensterbrett thront meine herrenlose Aloepflanze. Ich habe sie vor etwa einem Jahr völlig verwahrlost und struppig vor meiner Tür gefunden, und als niemand – weder Wyvetta noch Annie – auf sie Anspruch erhob, habe ich sie bei mir aufgenommen. Sie hat es mir reichlich gelohnt. Ich unterhalte mich täglich mit ihr. Wenn ich im Gesicht aschgrau aussehe und jemanden erwarte, breche ich mir einfach ein Blatt ab und trage den Saft als Gesichtslotion auf. Machmal bin ich zu faul, meine Teetasse zur Toilette zu tragen und im Waschbecken auszugießen, dann schütte ich den Rest Tee in den Blumentopf. Obendrein bringt die Pflanze etwas Farbe in die Bude, die ansonsten so trübe ist wie abgestandene Bratensoße.

Mein Schreibtisch, auf dem der gebraucht gekaufte Computer steht, teilt das Zimmer in zwei Hälften. Es stehen drei Stühle daran, das Einzelstück dahinter und die zwei zueinander passenden für Besucher davor. An der Wand befindet sich ein kleiner Aktenschrank, der sich mit einem Fußtritt an die richtige Stelle schließen läßt, und ein Kleiderständer, den ich vor zwei Jahren auf dem Trödel entdeckt habe. Neben dem Aktenschrank steht ein Tisch mit einem Elektrokessel, zwei Tassen, einer Schachtel Würfelzucker, Pulverkaffee (für Besucher, ich finde das Zeug widerlich) und einem Sortiment Celestial Seasonings

Tee. Unter dem Tisch habe ich einen kleinen Kühlschrank und einen nicht angeschlossenen tragbaren Schwarzweißfernseher so dicht wie möglich zusammengeschoben; wenn mir langweilig ist, schaue ich mir »All My Children« und »Oprah« an. Mit Chan und der alten Dame teile ich mir eine kleine, schwach erleuchtete Toilette am anderen Ende des Flurs.

Als ich meine Zulassung als Privatdetektivin bekam, arbeitete ich noch daheim am Küchentisch, doch in meiner Branche gibt es einfach zu viele Leute, die man lieber nicht bei sich zu Hause empfängt, und ich wurde es allmählich leid, mich mit meinen Kunden in einem Lokal zu treffen. Wer geschäftliche Besprechungen in Dinsey's Diner bei einem Cheeseburger und Schlagern aus den siebziger Jahren führt, wird nicht richtig ernst genommen. Annie hat mir günstige Bedingungen geboten, und so bin ich jetzt schon rund drei Jahre hier. Es kostet zwar eine Stange Geld, und oft genug komme ich nur mühsam über die Runden, aber ich bin gern hier. Hier ziehe ich Bilanz über das Leben, hier kann ich ernsthaft nachdenken und mir klarmachen, daß ich tatsächlich einen Beruf habe.

Ich warf meinen Mantel auf den Kleiderständer und bemerkte angewidert, daß das Loch im Futter anscheinend über Nacht gewachsen war. Dann füllte ich den Kessel mit Deer-Park-Wasser aus der Flasche im Kühlschrank und rief meinen Auftragsdienst an; er ist zwar teuer, aber ich brauche ihn genau wie das Büro, weil er mir moralisch Auftrieb gibt. Sobald sich die kompetent klingende Stimme von Karen, die meine Anrufe entgegennimmt, mit: »Hayle Investigative Services, Sie wünschen bitte?« meldet, weiß ich wieder, daß das eine richtige Entscheidung war.

»Hallo, Karen, hier ist Tamara Hayle. Haben Sie etwas für mich?« fragte ich und ging nebenher rasch meine Post durch.

»Hallo, Miss Hayle, wie geht's? Also, da hat eine Annie angerufen. Soll ich Ihnen die Nachricht wörtlich vorlesen?«

»Nur zu.«

»Ich soll Sie fragen, und jetzt zitiere ich: ›Wo treibst du dich denn rum, du Lahmarsch? Ich versuch dich seit zwei Tagen zu erreichen. Steckt da ein Mann dahinter?‹ Außerdem wollte sie wissen, ob sie noch mal irgendwann mit Ihnen essen gehen kann, bevor Sie beide in die Wechseljahre kommen.«

Ich mußte unwillkürlich grinsen. Annie war eine alberne Nudel. Sie wußte ganz genau, daß sie mir gefälligst keine so blödsinnige Nachricht unter meiner Geschäftsnummer hinterlassen sollte. Ich kritzelte ihren Namen auf meinen Notizzettel.

»Dann noch zwei. Eine Frau namens Ashley hat gesagt, sie will sich einfach mal wieder melden, ihr Sohn Benjamin ist demnächst mit seiner Drogen-Rehabilitationskur fertig, und sie möchte Sie zu der Abschlußfeier einladen.«

»Benjamin?« Ich mußte einen Moment überlegen, ehe mir einfiel, wer das war – ein kleiner blonder Junge, der unter Alkohol und Drogen stand, als ich ihn im vergangenen Sommer im Asbury Park aufgegriffen hatte. Jetzt hatte er sich wohl berappelt. »Geben Sie mir ihre Nummer. Sonst noch jemand?«

»Yeah. Basil Dupre. Der Mann hat eine göttliche Stimme, Miss Hayle. Ich weiß ja, ich soll so was nicht sagen, aber wenn ich den Mann reden höre, wird mir ganz anders! Oooh, Lord!«

»Reißen Sie sich zusammen, Mädchen. Was sagt er denn?«

»Also, er möchte, daß Sie sich am Freitag um zwei in der Crystal Lounge an der Central Avenue mit ihm treffen. Er sagt, er hat gehört, daß Sie in der Sache von Terrence Curtis' Tod ermitteln, und er hat Informationen über ihn und Gerard, die Sie wissen sollten.«

Mein Herz machte einen Sprung, und ich hörte auf, in den Papieren zu wühlen.

»War das alles?«

»Mehr hat er nicht gesagt.«

»Danke, Karen.« Ich legte auf.

Basil Dupre. Der Haß, der in seinen Augen aufblitzte, als er gestern auf DeWayne einschlug, war aus tiefstem Herzen gekommen. Ich fragte mich, woher dieser Haß stammte, was Basil wirklich über Terrences Tod und seinen Bruder wußte, wieviel davon er mir erzählen würde und woher er wußte, daß mich das interessierte. Meines Wissens war ich der einzige Mensch, der den Verdacht hatte, Terrences Tod ginge womöglich nicht auf eine Überdosis zurück, doch andererseits wußte Basil anscheinend immer mehr als alle anderen. Er spielte ständig ein doppeltes Spiel, verfolgte ständig irgendwelche geheimen Absichten. Ich überlegte, was es wohl diesmal sein mochte.

Ich lehnte mich in meinem Sessel zurück und rief Annie an. Es klingelte etwa drei Mal, dann meldete sich ihr Anrufbeantworter. »Nimm den Hörer ab, du Kalb, ich weiß doch, daß du da bist«, sagte ich. Ich hörte sie im Hintergrund kichern, und dann war sie am Apparat.

»Hey, Mädchen, was gibt's?« fragte sie.

Ich grinste. Wenn ich nur ihre Stimme hörte, ging es mir schon besser.

»Ich wollte mich nur bei dir melden, bevor wir in die Wechseljahre kommen«, sagte ich, ihre Worte aufgreifend.

Sie lachte gutmütig. »Ich hab das mit Terrence gehört, wie verkraftet mein Sohn es denn?« Plötzlich sprach sie ganz ernst. Annie hatte keine eigenen Kinder und deshalb Jamal informell adoptiert, was sich in der Regel in selbstgemachter Hühnersuppe auswirkte, wenn er mal krank war, sowie in übertrieben teuren Weihnachts- und Geburtstagsgeschenken. Sie war für mich und Jamal da, seit ich denken konnte, in guten wie in schlechten Zeiten. »Wie geht's ihm denn?« fragte sie ängstlich.

»Den Umständen entsprechend«, sagte ich. »Aber sein Vater dreht durch.«

»Sein Vater ist schon *lange* durchgedreht. Wieso redest du überhaupt noch mit dem Kerl?«

»Ach, lassen wir das«, entgegnete ich.

»Tamara«, sagte Annie mit mahnender Stimme. »Was geht da vor?«

»Nichts, womit ich nicht alleine fertig werde«, antwortete ich rasch. Ich hatte keine Lust auf eine Gardinenpredigt, und die würde bei Annie schwungvoller ausfallen, als ein Flittchen mit den Hüften wackeln kann.

»Du läßt dich nicht etwa mit DeWayne ein? Also, Tamara, du weißt doch...«

»Nein, natürlich nicht«, gab ich schnell zurück. »Hab ein bißchen Vertrauen zu mir, Annie«, fügte ich leicht verstimmt hinzu.

»Was ist es dann?« Mit nichtssagenden Floskeln ließ Annie sich nicht abspeisen.

»Erinnerst du dich noch an Basil Dupre?« Damit gab ich ihr schließlich ein Stichwort. Sie würde ja doch nicht lockerlassen, bis ich ihr etwas erzählte.

»Basil Dupre!« kreischte sie in den Hörer wie ein Teenager. »Wie könnte eine Frau mit intaktem Hormonhaushalt Basil Dupre vergessen!«

Ich schwieg einen Augenblick. »Er hat mich angerufen.«

»Dich angerufen? Erzähl schon, Mädchen. Habt ihr eigentlich jemals ...?«

»Nein.«

»Du weißt, was ich dazu zu sagen habe, Tamara, oder nicht? Mädchen, du hast dich besser in der Gewalt als meine Tante Betty.«

»Tante Betty!« schrie ich. Annies Tante Betty, eine stolze und bekennende lebenslange Jungfer, war die Zielscheibe unserer Spötteleien, seit wir in die Pubertät gekommen waren.

Die Vorstellung brachte uns beide zum Lachen. »So schlimm wie Tante Betty bin ich nun auch wieder nicht.«

»Vorsicht ist ja schön und gut, doch allzuviel Vorsicht ist ungesund«, mahnte Annie. Annie, die fast ihr ganzes Erwachsenenleben lang glücklich mit ihrer ersten Liebe verheiratet war, gab mir immer furchtbar gern Ratschläge und Ermunterung bezüglich meines nicht vorhandenen Liebeslebens. Ich nahm das immer mit gewissen Vorbehalten auf. Sie hatte ja keine Ahnung, wie schlimm es wirklich darum stand.

»Weshalb hat er dich angerufen?«

»Geschäftlich.«

»Riskante Geschäfte. Ist dir jemals ein so göttlicher Brother wie Basil über den Weg gelaufen, der dir keine Scherereien eingebracht hätte? Er hat eindeutig etwas Gefährliches an sich.«

»Ja, das stimmt. Können wir es trotzdem dabei belassen?« Über Basil wollte ich auch nicht reden.

»Mädchen, was hast du denn?« raunzte Annie.

»Nichts, ich hab einfach viel um die Ohren«, sagte ich.

»Ist auch wirklich alles in Ordnung?«

»Absolut, Großmama.« Das war der Spitzname, bei dem ich sie manchmal nannte, wenn sie sich um mich Sorgen machte.

»Aber jetzt muß ich wirklich Schluß machen«, sagte ich kurz darauf. Bei uns konnte sich ein Fünfminutengespräch rasch auf eine halbe Stunde ausdehnen. »Ich wollte nur hören, was ansteht. Sollen wir uns nächsten Sonntag im The Priory treffen?«

»Nein, da kann ich nicht. Williams Geschäft mit Ghana hat jetzt geklappt, deshalb müssen wir für ein paar Wochen nach Accra. Wir fahren Freitag früh.«

»Accra! Das ist ja unglaublich, Annie! Da mußt du mir unbedingt was von diesem bunten Kente-Stoff mitbringen.«

»Mach ich. Darum habe ich eigentlich angerufen. Ich wollte mich vor unserer Abreise noch mal bei dir melden. Gibst du dem Baby einen Kuß von mir?«

»Dem Baby? Du meinst doch nicht etwa das vierzehnjährige Großmaul, das bei mir im Haus wohnt?« Ich mußte kichern. »Grüß William ganz herzlich von mir, und laßt es euch gut gehen in der alten Heimat.«

»Okay, Mädchen... Basil Dupre, äh?«

»Tschüß, Annie«, sagte ich mit gespieltem Ärger.

»Tschüß, meine Süße. Paß auf dich auf.«

Der Kessel kochte; ich goß heißes Wasser auf zwei Lemon-Mist-Teebeutel, machte es mir in meinem Sessel bequem und grübelte über Basil und seine Nachricht nach. Ich hörte, wie Wyvetta und Earl unten das Biscuit aufmachten, und schätzte, es müsse kurz vor halb elf sein. Ich stellte den Computer an, nahm eine neue Diskette und legte eine Datei an: DeWayne Curtis, Dateiname CD5 (Curtis DeWayne fünf, wegen der Zahl seiner Frauen). Oben tippte ich das Datum hin und die Gebühren, die ich DeWayne pro Tag in Rechnung stellen wollte. Dann gab ich die Namen aller Leute ein, denen ich in den letzten vierundzwanzig Stunden begegnet war und die auch nur entfernt etwas mit Terrence zu tun hatten: Carlotta, Gerard, Basil, Hakim, Miss Lee, July, DeWayne, Delores, Emma, der alte Morgan.

Ich holte das Notizbuch hervor, in dem ich meine Beobachtungen in Terrences Wohnung festgehalten hatte, und tippte alles ein, was ich dort entdeckt hatte – von den noch nicht verwelkten Blumen über die leere Schachtel Grippetabletten bis zu den drei Hundert-Dollar-Scheinen und dem Essen im Kühlschrank.

Meine Notizen sind formlos – Worte, Satzfetzen, Eindrücke, die niemandem außer mir etwas sagen. Sollte je ein computerkundiger Ganove in mein Büro einbrechen, sich Zugang zu meinem Computer verschaffen und es wahrhaftig fertigbringen, eine Datei aufzurufen, hätte er keinen Schimmer, was das Ganze überhaupt sollte. Aber für mich sind meine Aufzeichnungen wichtig. Mit ihrer Hilfe kann ich mir täglich über meine Fortschritte in einem Fall Rechenschaft ablegen, und es ist erstaunlich, wie ein erster Eindruck manchmal einen ganz neuen Sinn bekommt, wenn man ihn in Verbindung mit feststehenden Gegebenheiten betrachtet. Man weiß nie, was wirklich wichtig ist, bevor man die Dinge im Zusammenhang sieht.

Carlottas Lächeln. Mir war nicht ganz klar, warum ich das eingetippt hatte, aber nun stand es in erbsengrünen Lettern da auf dem schwarzen Bildschirm. Dieses unpassende, belustigte rote Blitzen war mir gleich seltsam vorgekommen, genauso seltsam wie Gerards höhnisches Grinsen.

Ich überlegte, ob Wyvetta wohl etwas über Carlotta wußte. Irgend jemand mußte diese Haarverlängerungen ja gemacht haben, und ich hatte sie zwar nie da unten gesehen, aber Wyvetta ist die beste in ihrem Fach. Während man Haarverlängerungen macht, kann man eine Menge über eine Frau erfahren. Ich nahm mir vor, mal im Biscuit vorbeizuschauen und mir eine Maniküre zu leisten. Wyvetta. Ich tippte ihren Namen ein, bloß damit ich nicht vergaß, mit ihr zu sprechen, und mußte dabei kichern. Die gute alte *Wyvetta* wäre stinksauer, wenn sie wüßte, daß ich ihren Namen in eine Computerdatei über einen Mordfall eintippte. *Mord* – urplötzlich war das Wort da. Es *hätte* auch ein Unfall sein können. Für einen Mord mußte es ein

Motiv geben. *Wer hätte Terrence umbringen wollen?* Sofort fiel mir Jamals Frage wieder ein, so als säße er direkt vor mir. Zog ich voreilige Schlüsse? Vielleicht. Aber nun stand es da, genau wie »Carlottas Lächeln«. *Warum nicht die Gedanken schweifen lassen?* dachte ich. *Laß das Unterbewußtsein die Arbeit tun,* wie Annie sagen würde.

»Dieses Durcheinander macht mich langsam verrückt«, sagte ich laut vor mich hin. »Schlicht und einfach verrückt!«

»Yeah, du bist verrückt, daß du die Tür nicht abschließt. Und das will eine Expolizistin sein?« Das war Jake, der völlig überraschend in mein Büro kam.

»Ich dachte, ich hätte abgeschlossen.«

»Dann schau mal genau hin.« Er klapperte demonstrativ mit dem Türknopf herum, und das Schloß wackelte ergeben. »Meinst du, jemand hat versucht, es aufzubrechen?«

»Für so schwierige Fragen ist es noch zu früh. Ich fang ja gerade erst an.«

»Hast du einen Schraubenzieher?«

Ich sah in der Schublade nach, griff tief nach hinten, fand einen Schraubenzieher zwischen einer alten Ausgabe von *Essence,* einer leeren Schachtel Junior Mints und einer halbvollen Packung Tampons eingekeilt und warf ihn ihm zu, ohne richtig hinzuschauen. Er fing ihn wie ein Profi mit einer Hand auf, ehe das Werkzeug ihn treffen konnte.

»Eine tödliche Waffe, wenn das in falsche Hände gerät. Ein paar Zentimeter tiefer …«

»Tschuldigung, ich wollte nicht so tief zielen, jedenfalls nicht mit einem Schraubenzieher.«

»Jetzt werde ich richtig rot, Tam.«

»Du wirst doch nie rot, Jake.«

Er kicherte spitzbübisch und machte sich an dem Fußbodenschloß zu schaffen.

Ich vergesse immer wieder, wie umwerfend Jake aussieht. Meistens erinnern mich erst die Reaktionen anderer Frauen daran. Sie verfolgen ihn mit Blicken, wenn er in ein Restaurant geschlendert kommt oder einen Saal durchquert; Empfangsdamen, Krankenschwestern, Bibliothekarinnen halten kurz die Luft an, wenn er sie etwas fragt. Alle weiblichen Geschworenen hängen an seinen Lippen, wenn er aufsteht und sein Eröffnungsplädoyer hält. Seine Haut ist glatt und von einem dunklen Schokoladenbraun. Früher habe ich ihn immer damit aufgezogen, daß sie so weich und schön ist wie die eines Mädchens, dabei hat er gar nichts Mädchenhaftes an sich. Er hat das markante Gesicht einer Ashanti-Gottheit, das im Altertum bestimmt einem König gehört hätte – hübsch wie Michael Jordan. Er ist groß, eindrucksvoll gebaut, aber nicht übertrieben. Kräftig, aber es ist eine ebenso geistige wie körperliche Stärke; da ist etwas zu spüren, das andere Männer instinktiv respektieren und das bei Frauen den spontanen Wunsch auslöst, körperlich damit zu verschmelzen. Er ist ein Mensch, der einem Bedürftigen seine letzten Cents geben würde, dabei schreckt er nicht davor zurück, mit harten Bandagen zu kämpfen, falls die Situation es erfordert, egal wann und wo. Er war ein paar Jahre jünger als Johnny, und als ich ihn mit siebzehn das erste Mal sah, hab ich mich gleich bis über beide Ohren in ihn verknallt.

Aber damals hatte ich keine Ahnung, wie sich unsere

Beziehung weiter entwickeln würde. Er hat mir zu unterschiedlichen Zeiten meines Lebens Unterschiedliches bedeutet, und unsere Gefühle gehen tiefer als Begierde oder auch Liebe. Er ist wie Johnny zur Polizei gegangen, hat aber aus Zorn und Verbitterung gekündigt und Jura studiert und ist dann Pflichtverteidiger geworden – um die Menschen vor einem System zu schützen, das seiner Überzeugung nach gegen sie war. Dabei ist er kein Missionar; er tut, was nötig ist, und redet nie darüber. Ich rufe ihn unziemlich oft an – wenn ich in einem Fall nicht durchblicke, mich mit jemandem besprechen muß oder einfach mal eine Schulter brauche, um mich dran auszuheulen. Ich kenne niemanden, der in beruflichen Dingen ein besseres Gespür hat. Der Gedanke macht mir angst, daß er vielleicht der einzige Mann ist, den ich je wirklich lieben könnte.

Er ließ die Tür in Ruhe und setzte sich neben mich auf einen Stuhl. Ich roch einen Hauch seines Parfüms, vermischt mit dem Duft, den er von Natur aus an sich hat.

»Also, was raubt dir den Schlaf?« fragte er und lehnte sich auf seinem Stuhl zurück.

»Möchtest du Tee?« Ich hatte ihn zwar angerufen, brannte aber plötzlich gar nicht mehr darauf, ihm von diesem Theater mit DeWayne zu erzählen. Doch er kannte meine Tricks.

»Ist es so schlimm?«

»Ich hab nur gefragt, ob du Tee möchtest.«

Er grinste. »Nicht dieses Kräuterzeug, das du hier hast.«

»Pulverkaffee?«

»Okay.« Ich stöpselte den Kessel wieder ein und schüttete ein paar Körnchen in eine Tasse.

»Das Schwein, mit dem du mal verheiratet warst, macht wieder Streß, ja?«

Ich sah ihn erstaunt an, dann mußten wir beide lachen. »Was führt er diesmal im Schilde? Raus mit der Sprache.«

»Ich mach da einen Job für ihn.«

»Einen Job? Mein Gott, Tamara!« Ungläubigkeit breitete sich in seinem Gesicht aus, während er entsetzt den Kopf schüttelte. »Was ist denn in dich gefahren? Warum räumst du diesem Idioten wieder einen Platz in deinem Leben ein? Ist es das Geld? Du weißt doch, daß du dich an mich wenden kannst, wenn du Geld brauchst!« Er sprach schnell und wütend – die Worte kamen rat-a-tat-tat hintereinander heraus wie eine Maschinengewehrsalve. Er hielt lange genug inne, um seine Tasse abzustellen, den Kopf zu schütteln und nachdrücklich die Augen zu rollen. Das Wasser kochte, und ich goß es in seine Tasse, froh, daß ich etwas zu tun hatte, um seiner Schimpfkanonade zu entgehen. Dann setzte ich mich wieder an den Schreibtisch.

»Er hat mir leid getan.«

»Spar dir dein Mitleid für Leute, die es verdienen.«

»Hast du das mit seinem Sohn gehört?«

»Welchem? Dem Irren oder dem Süchtigen?«

»Dem Drogensüchtigen. Welches ist denn der Irre?« Ich stellte die Frage, obwohl ich wußte, daß es Gerard sein mußte. Jamal und Hakim waren es nicht, dafür legte ich meine Hand ins Feuer. »Jake, macht Gerard irgendwelche krummen Touren?«

»Was ist mit Terrence?« fragte er, ohne zu antworten.

»Es heißt – die Polizei sagt –, daß er an einer Überdosis gestorben ist, aber ich glaube allmählich, da steckt etwas anderes dahinter. DeWayne meint, daß er umgebracht wurde, und er hat mich angeheuert, um das herauszufinden.«

»Es gibt etwa ein halbes Dutzend Leute – Männer und Frauen – hier in der Stadt, die DeWayne den Tod an den Hals wünschen. Aber ich kann mir nicht vorstellen, daß jemand Terrence umbringt, um DeWayne eins auszuwischen – auch wenn das schon vorgekommen ist. Terrence war halt ein Junkie, vielleicht hat er ein paarmal Shit verkauft, aber im Grunde war er ein User.«

»In Wirklichkeit ist Terrence schon der zweite Tote. DeWaynes ältester Sohn, von dem ich überhaupt nichts wußte, wurde vor etwa einem Jahr bei einem Raubüberfall in Virginia ermordet.«

»Herrgott, daß jemand zwei Kinder so verlieren muß! Das hat selbst dieser Schweinehund nicht verdient.« Jake ist ein Kindernarr. Er hat eine Tochter, Denise, die ein paar Jahre jünger ist als Jamal. Er trank einen Schluck Kaffee. »Und wie kommt er damit zurecht?«

»Am Sonntag, als er zu mir kam, war er total fertig. Er meint wirklich, daß jemand seine Kinder umbringt, frag mich nicht warum, und ich soll das herausfinden.«

»Ich weiß ja, daß er ein Schwein ist, aber ist es nicht irgendwie unmoralisch, daß du sein Geld für nichts und wieder nichts einsteckst?«

»Ich tue es, weil ich es versprochen habe, aber… jetzt, wo ich mich damit beschäftige, macht mir Terrences Tod irgendwie Sorgen, Jake. Ich glaube nicht an eine Verschwörung, aber ich glaube auch nicht, daß er so gestorben ist, wie sie sagen.«

Jake trank einen Schluck Kaffee und musterte mein Gesicht, als suche er nach etwas, das ich verbergen wollte.

»Erzähl mir doch einfach die ganze Geschichte.«

Ich erzählte ihm alles von Anfang an. Ich begann mit DeWaynes Anruf am Sonntagmorgen, hielt mich länger bei meinem Besuch in Terrences Wohnung auf und schloß mit dem Streit bei der Trauerfeier.

»Du weißt genausogut wie ich, daß die Polizei den Tod von einem jungen Schwarzen immer auf die leichte Schulter nimmt. Im Grunde ist es allen scheißegal. Sie kleben Terrences Tod das bequemste Etikett auf, das es gibt, damit sie sich wieder anderen Dingen widmen können.«

»Vielleicht war er einfach nur ein Junkie und jetzt clean?«

»Einen ›Junkie und jetzt clean‹ gibt es nicht. Das Zimmer da war viel zu ›normal‹, Jake. Das Essen zu gut, die Kondome zu neu, die Blumen zu frisch. Dreihundert Dollar in knisternden neuen Scheinen. Hast du mal was von einem Junkie gehört oder gesehen, der mehr als zehn Dollar länger als zehn Minuten bei sich behält? Und warum hast du Gerard einen Irren genannt?« fragte ich rasch, um es nicht zu vergessen.

»Hab ich das gesagt?«

»Das weißt du doch. Was ist denn mit dir los?« Jake hat ein phänomenales, fast schon fotografisches Gedächtnis und wird ständig damit aufgezogen. Wenn er irgend etwas wußte, hatte er es bestimmt nicht vergessen.

»Das fällt unter die anwaltliche Schweigepflicht. Außerdem ist es nicht mein Klient. Ein Kollege aus dem Büro hat ihn ein paarmal vertreten. Da hab ich die Ohren gespitzt, weil ich wußte, daß er der Sohn von deinem Ex ist. Das meiste fällt unters Jugendstrafrecht, also steht es nicht im Strafregister, aber seit er achtzehn ist, kommt allmählich eins zum anderen.«

»Was für Sachen?«

»Kleine Schiebereien meistens. Kleckerkram. Ab und zu mal ein Ladendiebstahl. Klauereien. Nichts Großartiges.«

Ich dachte darüber nach und überlegte, ob Basil mir das erzählen wollte.

»Wie nimmt Jamal das alles auf?«

»So gut es geht. Hakim hat gestern bei uns übernachtet.«

»Ist diese, wie heißt sie noch gleich... Cara, Carla...«

»Carlotta?«

»Yeah, ist die noch mit DeWayne zusammen?«

»Angeblich ja.«

»Dein Ex hat wirklich einen feinen Geschmack. Mit einer Ausnahme natürlich.« Er zwinkerte mir zu und sah dann auf die Uhr. »Ich muß machen, daß ich wegkomme. Ich habe um drei einen Termin mit einem Klienten und auch sonst noch eine Menge zu erledigen. Denise hat sich im Einkaufszentrum einen Mantel ausgesucht, und ich hab versprochen, ihn für sie abzuholen; außerdem hat Phyllis um zwölf ihren Termin.«

»Wie geht es ihr?«

»Phyllis?«

»Yeah.«

»Unverändert.«

Nach sechs Jahren hätte ich es eigentlich besser wissen sollen, aber ich hatte die Frage trotzdem gestellt und sah wieder einmal den Schmerz in seinem Blick. Anscheinend verraten die Augen eines Mannes immer dann am meisten, wenn er etwas verbergen will. Wenn ich Jake in die Augen schaue, kann ich ihm in die Seele gucken, und da ist Phyllis ebenso präsent wie ich und Johnny. Das ist mir mittlerweile klar.

Phyllis ist seit sechzehn Jahren seine Frau und seit acht Jahren verrückt. Manisch depressiv, sagen die Ärzte dazu. Solange sie ihre Medizin nimmt, ist alles in Ordnung, und meistens tut sie das auch. Aber manchmal eben nicht.

Wir waren einmal befreundet, Phyllis und ich, als sie Jake geheiratet hat und Johnny noch lebte. Mitunter hasse ich sie, weil ich weiß, daß er sie nie verlassen wird. Dann komme ich mir vor wie ein Miststück erster Güte. Aber dann liebe ich sie auch wieder, weil sie offensichtlich gegen ihre Verrücktheit ankämpft, weil sie so stark liebt, wie es irgend geht. Und ich weiß auch, selbst wenn Jake sie verließe, würde das nichts ändern.

Jake stand auf um zu gehen und wechselte das Thema.

»Tamara, wenn du meinst, es ist etwas an der Sache dran, dann laß nicht locker. Aber vergiß nicht: DeWayne gehört zu den Typen, die das Unheil anziehen wie ein Magnet die Stecknadeln, also laß dich nicht zu sehr auf die Sache ein, sonst hangst du auch mit drin. Es ruht kein Segen darauf.« Er zwinkerte noch einmal und machte beim Weggehen die Tür fest hinter sich zu.

7

»Ich will nicht in irgendwelche Querelen zwischen DeWaynes Exfrauen hineingezogen werden«, sagte July, als ich sie anrief, um mir Emmas Nummer und Adresse geben zu lassen. Jake hatte mir geraten, meinem Gefühl zu folgen, und das führte mich zu Gerard und seiner Mama.

»Ich erzähl ihr nicht, wo ich sie herhabe«, sagte ich. »Und es gibt keine Querelen, in die Sie hineingezogen werden könnten.«

»Es gibt immer irgendwelche Querelen, in die man hineingezogen werden kann«, murmelte July vor sich hin. Aber sie gab mir trotzdem, was ich wollte. In Wirklichkeit kannte ich Emma gar nicht so gut, daß wir irgend etwas gegeneinander haben könnten. Nach dem, was DeWayne mir über sie erzählt hatte, empfand ich vor allem Mitleid mit ihr. Ihr Daddy, Sanderson Fuller, gehörte zu den reichsten Weißen in Essex County, und ihre Hochzeit mit DeWayne hatte ihn fast umgebracht. Das wußte ich von Wyvetta, die es von einer von Daddys Exfreundinnen hatte. (Emmas Vorliebe bezüglich der Hautfarbe ihrer Sexpartner war eine natürliche Veranlagung.) Es gingen Gerüchte, er habe sie enterbt. Sie ernährte sich von Aushilfslehrerjobs und dem bißchen, was ihre Mutter ihr zugesteckt hatte, bevor sie starb.

Reiche weiße Herrschaften. So sprach DeWayne immer von Emma – Reicheweißeherrschaften, alles in einem Wort. Nach einiger Zeit wurde mir übel, wenn ich das hörte. Dergleichen führte ich mir vor Augen, wenn ich nach weiteren Gründen suchte, um ihn nicht leiden zu können. Doch als ich jetzt vor Emmas Haus vorfuhr, fiel mir der Ausdruck wieder ein. *Reiche weiße Herrschaften.* Jetzt nicht mehr ganz so reich.

Ihr Haus war ein trauriger kleiner Kasten in einer Nebenstraße im weißen Teil der South Orange Avenue, bedeutungsvoll oben auf einem Hügel gelegen. Die South Orange Avenue führt von Newark nach East Orange (ich wohne an der Chestnut Terrace, die davon abgeht) und weiter in das reiche South Orange, wo Emma wohnte. Viele Häuser in South Orange sind alt und prächtig; den Leuten, die da wohnen, geht es zumeist gut, nach weißen wie nach schwarzen Maßstäben. Doch als ich auf ihr Haus zuging, fiel mir als erstes die Verwahrlosung auf; die Hoffnungslosigkeit stach einem ins Auge wie ein Anstrich mit Benjamin-Moore-Farbe. Der Rasen war zertrampelt und mehr Matsch als sonstwas, überall wucherte Gestrüpp, und an dem Zaun fehlten so viele Latten, daß er wie angefressen aussah. Ich hatte vorher anrufen wollen, aber das Telefon war kaputt. Ich drückte auf die Klingel und hörte den Widerhall in einem leeren Haus. Ich läutete noch einmal und ärgerte mich, daß ich die Fahrt vielleicht umsonst gemacht hatte.

»Verdammter Mist«, murmelte ich und wollte schon gehen. Doch als ich von der Veranda trat, hörte ich Glas klirren, dann drangen ein Schrei und Stimmengebrüll – eine Frauen- und eine Männerstimme – aus dem Haus. Da ich von Natur aus neugierig bin, schlich ich mich näher, um Satzfetzen und einzelne Worte verstehen zu können.

»Du verfluchtes Weibsstück ... steck deine Nase nicht in meine Angelegenheiten. Ist das klar? Es geht dich einen feuchten Kehricht an, was ich mit meinem Schwanz mache, ist das klar?« Ich erkannte Gerards Stimme; sie klang schrill und überschlug sich wie bei einem Kind. Er sagte etwas Unverständliches, und dann fing Emma – ich nahm an, es war Emma – an zu kreischen.

»Ich hab's dir ja gesagt, ich hab's dir ja gesagt. Wieso hörst du nicht auf mich? Und wenn er euch zusammen erwischt? Hast du dir das überlegt, Gerard? Hast du dir das überlegt? Du hältst dich wohl für besonders schlau, aber es ist kein Geheimnis! Da wissen mehr Leute Bescheid, als du denkst. Wenn ich dahintergekommen bin, kannst du dir ja vorstellen, wer es sonst noch alles weiß!« Man hörte noch mehr Glas splittern und dann ein Wimmern von Emma, das mir schier das Herz zerriß.

»Ist mir doch scheißegal!« schrie Gerard zurück. »Du und der Kerl da und alle anderen sind mir scheißegal, nur sie nicht!«

»Du verfluchtes Aas!« kreischte Emma wieder. »Du verfluchtes Aas!« Etwas in ihrer Stimme erschreckte mich. Ich klingelte noch ein drittes Mal, dann war Stille. Ich klingelte zum vierten Mal, diesmal lehnte ich mich gegen die Klingel, und endlich kam Emma an die Tür und blieb wie angewurzelt stehen, als sie mich sah.

Sie war einmal hübsch gewesen – was das weiße Amerika bei Frauen eben so für hübsch hält. Doch das Alter bekommt den Schlafaugenpuppenschönheiten nicht: blasse Haut mit tiefen Falten, weil sie die Sonne nicht verträgt; große, runde blaue Augen, die jetzt Tränen zurückhalten mußten; dünnes, ziemlich langes blondes Haar ohne jede Fülle. Sie war in den Vierzigern, ungefähr gleich alt wie DeWayne, und wirkte zerbrechlich, obwohl sie etwa meine Größe hatte. Sie trug eine billige blaue Latzhose, die zwei Nummern zu groß aussah. Offensichtlich überlegte sie, ob ich den Streit mit angehört hatte. Ich ließ sie nicht lange zappeln.

»Was ist denn hier los?« Zu spät versuchte ich, meine brüske Neugier durch einen besorgten Tonfall abzumildern. Sie hatte einen roten Streifen auf der Wange. Ich war mir nicht sicher, ob das Zornesröte war oder ob ihr Sohn ihr gerade eine geklebt hatte. Sie sah, wie mein Blick zu der Stelle wanderte, und begann zu weinen, erst still, dann bebte sie am ganzen Körper. »Kann ich Ihnen etwas holen?« fragte ich, was eine ziemlich dumme Frage war, da wir schließlich beide draußen auf der Veranda standen, aber etwas anderes fiel mir nicht ein. Sie schüttelte verneinend den Kopf, dann steckte sie die andere Hand zur Faust geballt in den Mundwinkel, wie um das Schluchzen nicht herauszulassen. Plötzlich kam Gerard die Treppe heruntergeschossen und rannte zur Tür; ohne mich zu beachten, warf er seiner Mutter einen langen, bösartigen Blick zu.

»Du Miststück«, zischte er. »Ich treff mich, mit wem ich verdammt noch mal will, und ich mach, was ich verdammt noch mal will und wo ich verdammt noch mal will!« Emma und ich standen stumm und ratlos da.

»Du dreckiges kleines Luder«, murmelte ich schließlich halblaut vor mich hin, doch als ich den Ausdruck in Emmas Augen sah, tat es mir leid. Wir blieben noch ein Weilchen unbehaglich da am Eingang stehen.

»Wollen Sie nicht hineingehen?« fragte ich endlich, als wäre ich da zu Hause und nicht sie. Sie nickte, und ich folgte ihr ins Haus. Das Zimmer war klein und wirkte durch die zugezogenen Vorhänge noch kleiner. Auf dem Couchtisch vor der abgenutzten blaßgrünen Cordcouch, auf der wir Platz nahmen, standen zwei schmutzige Gläser.

»Ich weiß nicht mehr weiter«, sagte sie schließlich. »Ich weiß einfach nicht mehr weiter.« Sie schaute auf, als wollte sie ausgerechnet von mir eine Antwort hören.

»Es ist nicht leicht, ein Kind alleine großzuziehen.« Das war ein schwacher Trost, doch etwas Besseres hatte ich nicht zu bieten. Eins war mir allerdings klar: falls *mein* Kind solche Worte gegen mich gebraucht hätte, wäre es nicht heil bis zur Haustür gekommen.

»Ich hab getan, was ich konnte«, murmelte sie. »Was ich nur konnte.« Sie schaute ihre Hände an und wich meinem Blick aus. »Manchmal wünschte ich, er wäre tot.« Sie wurde blaß, ihre Lippen begannen zu zittern. Sie legte die Finger auf den Mund, um das Zittern zu unterbinden und ihre Worte zurückzunehmen. »Das hab ich nicht so gemeint«, stammelte sie durch die Finger hindurch. »Es ist nur… ich habe ihn einfach nicht mehr in der Hand. Er hört nicht auf mich. Manchmal glaube ich, er haßt mich. Haßt alles, was ich bin, alles, wofür ich stehe.«

Reiche weiße Herrschaften? fragte ich mich. »Wofür stehen Sie denn?« fragte ich. Sie zuckte die Achseln und sah in die andere Zimmerecke.

»Für alles, was er haßt«, sagte sie.

»Er haßt Sie nicht. Kein Kind haßt seine Mama. Jeder hat ab und zu mal Streit mit seinen Kindern.«

»Nicht so wie wir«, sagte sie. Da hatte mein Mädchen ja recht, und sie wußte, daß ich das wußte. Selbst die kleine Auseinandersetzung, die ich mitbekommen hatte, zeugte von einer furchterregenden Wut. Ich fragte mich, wie gewalttätig ihre Streitereien wohl wurden. Sie seufzte lang und tief auf, was mich Dinge ahnen ließ, die sie mich sicher nicht wissen lassen wollte.

»Warum sind Sie gekommen?« fragte sie, als falle ihr jetzt zum ersten Mal auf, daß ich da war.

»DeWayne hat mich gebeten, etwas über Terrences Tod herauszufinden«, sagte ich.

»DeWayne?« Sie sprach seinen Namen aus, als höre sie ihn zum ersten Mal im Leben. »Wow! Ich hab gar nicht mehr daran gedacht, daß Sie auch mal mit ihm verheiratet waren.«

Das »Wow« verblüffte mich, ein Hippie-Ausdruck wie »groovy«. Ich hatte ganz vergessen, daß sie ein Kind der sechziger Jahre war, genau wie DeWayne.

»Wow«, sagte sie noch einmal. »Die wievielte Frau waren Sie denn?«

»Die zweite nach Ihnen«, erwiderte ich rasch, da ich das nicht weiter vertiefen wollte. Wir kosteten unsere Verbindung zueinander ein Weilchen in respektvollem Schweigen aus, dann stand sie auf und zog einen Stuhl zu einem Geschirrschrank in der anderen Zimmerecke. Sie stieg auf den Stuhl, stellte sich dann auf die Zehenspitzen und holte ein Fotoalbum von oben herunter.

»Wollen Sie meine Bilder sehen?« fragte sie wie ein kleines Kind. Vor lauter Erstaunen konnte ich nichts anderes tun, als verwirrt zu nicken.

Es war ein großes, dickes, reichverziertes Fotoalbum, in schwarzes Leder gebunden. Auf dem Umschlag war in goldenen, vom Alter trüb gewordenen Lettern ihr voller Name aufgedruckt: Sanderson Emma Whitney Fuller.

»Mein richtiger Name ist Sanderson«, sagte sie. »Als Kind hab ich ihn immer gehaßt.«

»Das kann ich verstehen. Ein schrecklicher Name für ein kleines Mädchen.«

»So ist er nun mal. Mein Vater. Muß alles, was ihm gehört, mit seinem Namen zeichnen.«

Ich hatte keine Ahnung, wo das hinführen sollte – die Fotoalben, die Unterhaltung, daß wir da auf der Couch hockten wie zwei Busenfreundinnen aus Kindertagen. *Wollte sie sich davor drücken, über DeWayne zu reden? Über Terrences Tod? Gerard?* Ich beschloß, die Dinge auf mich zukommen zu lassen; man weiß ja nie, was sich alles so ergeben kann.

»Als ich klein war, hat meine Mutter mich Sandy genannt, aber er hat immer Sanderson zu mir gesagt. Als Teenager habe ich dann durchgesetzt, daß sie mich Emma nennen, nach seiner Mutter.« Sie schlug das Buch bei einem Foto auf, wo sie als Kind auf einem Pferd saß. Damals sah die Schlafaugenpuppenschönheit noch süß aus.

»Ihre Mutter?« fragte ich angesichts einer pummeligen, freundlich wirkenden Frau in einem geblümten Kleid.

»Nein. Bethann, mein erstes Kindermädchen«, sagte sie. Ich wußte, daß sie reich gewesen war, aber ich hatte nicht gewußt, wie reich. Es gab noch mehr vergilbte, an den Rändern eingerissene Fotos von dem Anwesen ihres Vaters in Short Hills. Sie schien ein glückliches Kind gewesen zu sein – unbeschwert und immer lächelnd –, wie sie da auf dem Boot ihres Daddys spielte, unter einem Sonnenschirm im Garten stand, in einem rüschenbesetzten Bikini am Strand herumtollte. Das letzte Bild zeigte sie in einem langen weißen Kleid, auf der einen Seite von einem feierlich dreinblickenden blonden Kind und auf der anderen von einem alten Mann flankiert, in dem ich Sanderson Fuller erkannte. Fuller hatte stolz und besitzergreifend den Arm um sie gelegt.

»Ich habe meinen Vater gehaßt.« Sie sagte das ganz schlicht, als sei es ihr ernst damit. Ich nahm das Foto in die Hand und sah es mir näher an. Es war auf einem Debütantinnenball aufgenommen worden, wo alles weiß war – Wände, Luftballons, Girlanden, Blumen. Wie hatte sich DeWayne seinen Weg in diese Welt gebahnt?

»Und wann ist DeWayne in Ihr Leben getreten?« fragte ich, um sie aus ihren Erinnerungen zu reißen.

Sie sah mich einen Augenblick lang verständnislos an. »Ich bin in sein Leben getreten«, sagte sie. »1973 hab ich ihn an der Rutgers Universität kennengelernt. Ich hab mich am Smith College so recht und schlecht durchgeschlagen und deshalb dort Sommerkurse belegt. Wir haben uns angefreundet. Dann kam eins zum anderen. Wir haben geheiratet. Ein Jahr später kam ein Kind. Er hat mich verlassen.« Aus ihren Worten sprach der Zorn. »Mein Vater hat diesen Nigger verabscheut.«

Ich wollte meinen Ohren nicht trauen! *Wen wagst du einen Nigger zu nennen, du weißes Mädchen?* Das Wort hatte ich aus keinem weißen Mund mehr gehört, seit ich bei der Polizei gekündigt hatte, wo ich es tagtäglich zu hören bekam. Ich reagierte rein reflexartig: Ich schluckte die Wut an die Stelle hinunter, wo ich sie bei der Polizei immer hingesteckt hatte. Niggerweib. Niggerhure. Niggerschwein. Dreckiges Niggeraas. Ich hatte das so oft gehört, daß es keinerlei Bedeutung mehr hatte. Nur ein Wort eben. Ich versuchte, keinerlei Gefühlsregung zu zeigen, doch sie spürte es trotzdem.

»Ich bin ja jetzt selbst ein Nigger«, sagte sie, als antworte sie auf meine unausgesprochene Wut.

Vielleicht ist das dein Problem. Vielleicht ist dein Sohn deshalb so verkorkst, dachte ich, sagte es aber nicht. Schließlich war das *ihr* Problem. Ich war nur hier, um möglichst viel herauszufinden.

»Sehen Sie Ihre Eltern noch?« fragte ich, obwohl ich dank meiner guten Wyvetta die Antwort schon kannte.

»Mein Vater hat den Kontakt zu mir abgebrochen. Meine Mutter ist tot. Ich habe niemanden mehr außer Gerard.« Sie sagte das ohne jede emotionale Regung, ohne Verletztheit, ohne Liebe; da war nichts als Resignation.

»Das tut mir leid.« Warum ich das sagte, weiß ich nicht, aber es stimmte. Die Ehe mit DeWayne war die kühnste Tat ihres ganzen Lebens, und das einzige, was sie davon hatte, war ein mißratener Sohn und das heruntergekommenste Haus der ganzen Straße. Andererseits gab es aber auch Frauen, die noch weniger vorzuweisen hatten.

»Nun übertreiben Sie mal nicht«, fuhr sie mich an. Da kam der Reicheweißeherrschaftenstolz durch. Dann schlug sie das Album zu und brachte uns wieder in die Gegenwart zurück, und zwar schnell. »Bevor ich ihn Dienstag in dem Kasten da liegen sah, hatte ich Terrence Curtis seit seiner Kindheit eigentlich kaum gesehen«, sagte sie. »Ich wußte im Grunde nicht viel von ihm. Ich kann Ihnen nicht helfen.« Sie nickte mir kurz zu, als sei die Sache damit erledigt. Ich schaute sie skeptisch an. Wieder so ein Ausweichmanöver.

»Vielleicht sollte ich lieber mit Gerard reden«, sagte ich vorsichtig und gab ihr meine Karte. »Würden Sie ihn bitten, mich anzurufen? Sagen Sie ihm, es könnte auch etwas für ihn dabei herausspringen.« Das war natürlich gelogen. Es sprang absolut nichts für ihn dabei heraus.

»Er hat sich ab und zu mit Terrence getroffen«, sagte sie leise, als fiele ihr das erst jetzt wieder ein. »Terrence war vor ein paar Wochen hier. Aber befreundet waren sie eigentlich nicht, wenn Sie wissen, was ich meine. Es war eher eine geschäftliche Beziehung.«

»Eine geschäftliche Beziehung?«

»Fragen Sie Gerard.« Auf einmal tat sie geheimnisvoll.

»Okay«, sagte ich. »Ich frag ihn, wenn wir miteinander reden.«

Doch dazu sollte es nicht mehr kommen.

8

Ich saß auf der weißen Ledercouch in Basil Dupres Wohnzimmer und wartete auf ihn. Hier war alles weiß: weiße Wände, weiße Jalousien, weiße Stühle, weiße Kissen, ein weißer Teppich. Ich wußte gar nicht, daß es so viele Schattierungen von Weiß zu kaufen gibt. Ich hatte mir aus der Flasche Moët in dem gläsernen Sektkübel auf dem Couchtisch ein Glas Champagner eingeschenkt, und die ultramoderne Anlage spielte Reggae von Peter Tosh. Basil hatte mich Freitag früh angerufen und gefragt, ob wir uns nicht um acht in seiner Wohnung statt um zwei in der Crystal Lounge treffen könnten. Ich hatte mich nicht allzu lange gesträubt. Doch inzwischen hatte die innere Stimme, die mir *Achtung Gefahr* zuflüsterte, wenn es angebracht war, schon wieder zu raunen begonnen.

Ich war eine Viertelstunde zu früh bei seinem Apartment angekommen und mit dem Privataufzug, zu dem mich der Portier schickte, in die oberste Etage gefahren. Als er mit einem Ruck auf Basils Stockwerk anhielt, war ich ausgestiegen, dann aber abrupt stehengeblieben, als ich Stimmen hörte: Basil redete wie ein Schnellfeuergewehr in einem Gemisch aus Patois und Englisch mit einem anderen Mann. Worüber sie sprachen, konnte ich nicht verstehen; mein Instinkt sagte mir, es sei auch besser für mich, wenn ich es nicht wüßte. Sie bemerkten mich nicht gleich, daher drückte ich mich an die Wand und schlüpfte in eine dunkle Nische zwischen dem Fahrstuhl und Basils Wohnung.

Die andere Stimme, die einem stämmigen Brother mit langen Michael-Jackson-Locken in einem gutsitzenden grauen Anzug gehörte, fing plötzlich kläglich und wimmernd an zu bitten. Basil wandte sich zum Gehen, doch dann packte er, als sei ihm eine bereits vergessene Beleidigung wieder eingefallen oder er habe etwas gehört, das ihn in jähe Wut versetzte, den Mann am Revers und drückte ihn so heftig gegen die Wand, daß sein Kopf einen kleinen Fettfleck auf dem blaßrosa Grund hinterließ. Ich schrie vor Schreck auf, und Basil drehte sich zu mir um.

»Wie lange stehst du da schon?« flüsterte er leise und ließ dabei die Hände sinken.

»Lange genug«, antwortete ich. Ich verspürte ein leichtes Gefühl der Übelkeit – grundlose Gewalt schlägt mir stets auf den Magen – und hörte die kleine, »Gefahr« signalisierende Stimme unablässig wispern.

»Geh nicht weg«, sagte er, als habe er meine Absicht gespürt. Er trat einen Schritt zurück und machte mir die Wohnungstür auf. »Ich komme gleich nach.« Ich zögerte. »*Bitte*, geh nicht«, wiederholte er, als könne er meine Gedanken lesen. »Geh rein, schenk dir ein Glas Champagner ein. Ich bin gleich da.« Ich sah ihn skeptisch an.

Der Mann, froh um die Gnadenfrist, strich sich verlegen den Anzug glatt, lächelte mir zu, wobei er Basil weiter aus dem Augenwinkel beobachtete, und neigte zum Gruß leicht den Kopf, wie um mich zu beruhigen. Basil wandte sich von mir ab und sagte ein paar Worte auf Patois zu ihm. Entgegen aller Vernunft ging ich hinein.

Ich blieb kurz mitten im Wohnzimmer stehen, überwältigt von dem Weiß auf Weiß, und überlegte dann, was ich jetzt tun sollte. Schließlich ging ich zur Couch, ließ mich darauf nieder und schenkte mir ein Glas Champagner ein. Basil kam kurz darauf herein, jetzt vollkommen entspannt, sein Lächeln so lässig und verführerisch wie eh und je. Er setzte sich, schenkte sich ein Glas ein, und dann fingen wir an zu reden, als ob nichts geschehen wäre. Doch ich konnte die Szene nicht vergessen, die ich eben beobachtet hatte, von der Szene bei der Beerdigung ganz zu schweigen.

»Können wir zur Sache kommen?« fragte ich rasch, trotz des Champagners und Peter Tosh um einen möglichst geschäftsmäßigen Ton bemüht. »Was wolltest du mir über Gerard und Terrence erzählen? Wer ist Bettina?« Die Fragen kamen schneller herausgeschossen als beabsichtigt, als stünde eine eifrige High-School-Schülerin vor einem gefürchteten Lehrer. Ich trank einen großen Schluck Champagner, und er füllte mein Glas rasch wieder auf. Ich wünschte, ich hätte um Tee gebeten.

»Wieso fragst du nach Bettina?«

»Du bist bei der Trauerfeier für Terrence wie der Teufel auf DeWayne losgegangen«, sagte ich. »Weißt du noch, wie du gesagt hast: ›Du sollst samt deinen Söhnen zur Hölle fahren‹? Das sind starke Worte, wenn man sie zu jemanden sagt, dem gerade der Sohn gestorben ist. Ich glaube, daß Terrence Curtis womöglich umgebracht wurde, und ich will den Täter finden. Hat Bettina etwas damit zu tun?«

»Meinst du wirklich, man hat ihn umgebracht?«

»Ja«, sagte ich bestimmt. Er schwieg einen Moment.

»Glaubst du, ich hätte seinen Sohn umgebracht?« Er traf den Kern der Sache mit einer Mischung aus Belustigung und Ungläubigkeit, die mich vorübergehend entwaffnete. »Das ist doch nicht dein Ernst.«

»Warst du's?« Ich stellte die Frage einfach so aufs Geratewohl. Ich habe schon oft Gewalttätigkeiten beobachtet, doch der mörderische Haß, den ich an dem Tag in Basils Augen gesehen hatte, war mir an die Nieren gegangen. Ob ich glaubte, daß er Terrence umgebracht hatte? Ehrlich gesagt, ich wußte es nicht.

»Du kennst die Hintergründe dessen nicht, was du da im Flur gesehen hast, zieh also keine voreiligen Schlüsse«, mahnte er, als hätte er meine Gedanken gelesen.

»Worum ging es denn?«

»Ein Arbeitskonflikt. Heutzutage findet man so schwer gutes Personal.« Er sagte das mit schnodderiger, selbstironischer Lässigkeit, und ich wußte nicht recht, ob ich das komisch oder erschreckend finden sollte. »Es ist besser, wenn du es nicht erfährst«, fügte er plötzlich todernst hinzu, und ich glaubte ihm aufs Wort. »Tut mir leid, daß du das mit ansehen mußtest. Ich möchte mich dafür entschuldigen.«

»Ich bin froh, daß ich es mit angesehen habe.«

»Warum?«

»Dadurch habe ich etwas Wichtiges über dich erfahren.«

Er sah mich merkwürdig an. »Aber das wußtest du doch bereits.«

Ich räusperte mich.

»Warum habt ihr auf Terrences Trauerfeier so miteinander gestritten?« fragte ich.

»Eine alte Rechnung zwischen mir und DeWayne.«

»Was für eine Rechnung?«

»Frag ihn selbst.«

»Wer ist Bettina?«

»Jetzt sind wir also wieder bei *dem* Punkt. Willst du denn gar nicht wissen, was ich dir über Gerard und Terrence zu erzählen habe?«

»Zuerst mal möchte ich etwas über Bettina erfahren.« Das Unbehagen, das bei der Erwähnung ihres Namens in seinen Augen aufblitzte, war nicht zu verkennen. Mein Gefühl sagte mir, daß sie hinter der ganzen Geschichte steckte, und ich wollte verdammt sein, wenn ich dieser Geschichte nicht auf den Grund ging.

»Ich möchte lieber nicht darüber reden.«

»Warum hast du mich angerufen?« Wir waren wieder am Ausgangspunkt angelangt.

»Weil ich dich bumsen will.«

Obwohl er nur aussprach, was sowieso offenkundig war, erschreckte und ärgerte mich seine Wortwahl. Ich konnte mich nicht erinnern, wann ein Mann je seine Absichten so rüde bekanntgegeben und sich so wenig bemüht hatte, charmant zu sein. Ich wußte nicht recht, ob ich, durch seine Ausdrucksweise verletzt, aufstehen sollte oder bleiben und ihn für seine Aufrichtigkeit loben. Statt einer Antwort trank ich einen großen Schluck Champagner.

»Du weißt genau, daß du dasselbe willst«, sagte er nach einer Weile sachlich.

»Da bin ich mir nicht ganz sicher.«

»Ich sehe es doch daran, wie dein Körper sich bewegt, wenn ich in deiner Nähe bin.«

»Bilde dir nicht so viel ein. Du kennst mich nicht so gut,

wie du vielleicht denkst«, entgegnete ich spröde. »Und ich kenne dich auch nicht gut genug, um mich in der Weise auf dich einzulassen.«

»Du kennst mich so gut, wie das überhaupt möglich ist«, sagte er.

»Das reicht mir nicht«, sagte ich rasch.

»Zunächst mal *bumse* ich Männer nicht, wenn ich an ihnen Interesse habe.«

Er lachte mit einer Spur von Verachtung. »Entschuldige meine Ausdrucksweise«, sagte er. »In der Welt, in der ich mich bewege, sagt man, was man meint, und das manchmal direkter, als es einer *Lady* lieb ist. Ich habe keine Zeit, darüber nachzudenken, wie ich mich ausdrücken soll, ich überlege nur, was ich tatsächlich meine, was ich tun muß oder tun will. Und du bewegst dich in der gleichen Welt, Tamara. Das weißt du genausogut wie ich. Worte, und wie man sie gebraucht, haben wenig Bedeutung, nenn es, wie du willst. ›Bumsen‹, ›miteinander schlafen‹, letztendlich läuft es auf dasselbe hinaus.«

»Ich bin noch nicht soweit.«

»Was brauchst du denn noch, damit es zwischen uns klappt? Was mußt du noch über mich wissen, damit wir das tun können, wozu wir beide hier sind?«

»Du solltest nur von dir selbst reden. Ich bin hier, um etwas zu erfahren.«

»Das hast du doch schon.«

»Warum sprichst du in Rätseln?«

»Was glaubst du wohl?«

»Hast du DeWaynes Sohn umgebracht?« fragte ich und brachte das Gespräch damit wieder dahin zurück, wo ich es haben wollte, wo ich sicher sein konnte, daß ich die Dinge einigermaßen im Griff hatte.

»Was meinst du denn?«

»Hast du schon mal irgend jemand umgebracht?« Die Frage hatte überhaupt nichts mit Terrence zu tun, aber ich stellte sie trotzdem.

»Und du?«

»Nein.«

»Du wirst schon noch.«

»Ich habe zuerst gefragt.«

»Du kennst doch die Antwort auf diese Frage, warum stellst du sie dann?«

»Warum haßt du DeWayne so?«

»Weil er in meiner Schuld steht, und diese Schuld muß er mit seinem Blut bezahlen.«

»Wer ist Bettina?«

»Möchtest du noch einen Schluck?«

Ich ließ ihn nachschenken, wiederholte aber meine Frage.

»Das war meine kleine Schwester«, sagte er ruhig. »Am Tage der Trauerfeier war ihr Todestag. Und DeWayne Curtis ist an ihrem Tode schuld.«

In seine Augen trat die Traurigkeit, die dem Gedenken an einen Menschen entspringt, den man verloren hat. Den Blick kannte ich; ich hatte ihn oft genug an mir selbst gespürt. Wir lehnten uns beide für einen Moment auf der Couch zurück, dann begann er abgehackt und völlig emotionslos zu sprechen, als sage er eine auswendig gelernte Geschichte auf.

»Als ich aus Kingston hierherkam, hatte ich nichts zu

reißen und nichts zu beißen und wollte Geld verdienen, um es nach Hause zu schicken. Ich habe Sachen gemacht, von denen ich dir jetzt nichts erzählen will, aber ich schäme mich nicht dafür und würde es wieder tun, wenn es sein müßte. Mein Vater war schon ein Jahr tot. Ein Kopfschuß wegen einer Spielschuld. Ich bin der einzige Sohn und habe vier Schwestern. Bettina war die jüngste.

DeWayne Curtis habe ich durch meine Geschäfte mit den Italienern kennengelernt. Er war ein Schwarzer, und es schien eine gute Partnerschaft zu sein. Er war älter als ich. Reicher. Schneller. Schlauer. Ich wollte ihm imponieren.« Er warf mir einen raschen Blick zu, um meine Gefühle zu erkunden, dann schenkte er sich zur Stärkung Champagner nach.

»Ich hätte alles für ihn getan – um ihm eine Freude zu machen, damit er an mich glaubt. Wir waren Freunde. Die besten Freunde, wie ich meinte. Bettina kam mir in die Staaten nachgereist. Sie ist auf seine Lügen hereingefallen und auf das viele Geld, mit dem er bei ihr Eindruck schinden wollte. Sie war jung. Vielleicht war sie keine Jungfrau mehr, aber sie war erst ein, zwei Mal mit einem Mann zusammengewesen. Für sie war er die große Liebe, er hat ihr das Herz gebrochen, aber wir wissen ja beide, wie DeWayne Curtis seine Frauen verschleißt.«

Seine Frauen. Diese Worte hatte er mir auch bei der Trauerfeier für Terrence an den Kopf geworfen. Ich zuckte zusammen, als ich sie jetzt wieder hörte.

»Mit ihm hat sie zum ersten Mal Ganja geraucht. Doch bald ging sie zu stärkeren Mitteln über. Sie ist als Junkie und Nutte gestorben, als sie noch keine zweiundzwanzig war.« Er hielt einen Moment inne und nahm dann ein goldenes Medaillon von einer langen Goldkette an seinem Hals. Es war mir immer weibisch vorgekommen, auch wenn es ausgeprochen männlich wirkte, wie es da in seine Brusthaare gebettet lag.

»Das war mein erstes Geschenk für sie, als ich allmählich anständiges Geld verdiente und sie in die Staaten kam. Sie hat es bis zu ihrem Tod getragen. Massives Gold – aber sie hat lieber sich selbst verkauft, als das zu verkaufen.« Er reichte mir die Kette.

Ich dachte an Johnny und die goldenen Ohrringe, die er mir zum Abschluß der High School geschenkt hatte. Ein Glücksbringer von meinem toten großen Bruder. Ich ließ Bettinas Medaillon aufschnappen und betrachtete das Gesicht des jungen Mädchens darin. Ich schaute Basil an. Er war ein außergewöhnlich gutaussehender Mann von einer unbestreitbaren Männlichkeit, die jede seiner Bewegungen prägte – wie er den Kopf auf die Seite legte bis hin zu dem Glitzern in seinen Augen, wenn er kicherte. Doch als ich ihn jetzt im Angesicht seiner Schwester betrachtete, erschien mir sein Aussehen in einem neuen Licht. Da war etwas Sanftes, das mir noch nie aufgefallen war. Eine Zärtlichkeit in seinem Lächeln und seinen Augen.

»Sie sieht dir ähnlich.«

»Sie war mein ein und alles. Das einzige, was ich im Leben vorzuweisen hatte, und ihr Tod muß mit Blut gerächt werden.«

»Dem Blut des Vaters, nicht dem der Söhne.«

»Was halt zuerst kommt.« Er legte sich die Kette wieder um den Hals. Ich war wie betäubt von seinen Worten und dem Ton, in dem er sie ausgesprochen hatte. Sprach er auch von meinem Sohn? Er mußte die Frage in meinen Augen bemerkt haben, denn er wechselte rasch das Thema. »Sag mal, Tamara«, fragte er, »wie bist du überhaupt an einen Mann wie DeWayne Curtis geraten?«

In dem Moment hatte er meine Schwäche gespürt und sie mit seinem Killerinstinkt ausgenutzt. Er stellte die Frage, die ich mir selbst die letzten fünfzehn Jahre über gestellt habe, die Frage, die meinen latenten Selbstzweifeln immer wieder Nahrung gibt. Ich zögerte einen Augenblick und gab ihm dann die Routineantwort, die ich mir selbst immer gebe: Es sind ein paar Körnchen Wahrheit darin, aber es ist nicht die ganze Wahrheit, denn die kenne ich selbst noch nicht.

»Vor allem aus Unerfahrenheit«, antwortete ich. »Und aus Kummer.«

Dann lehnte ich mich zurück, wahrscheinlich von dem Champagner und einer jähen Intimität eingelullt, die verwirrend war, doch absolut verführerisch. Ich erzählte ihm von Johnny, daß er sich umgebracht hatte und daß ich das nicht begreifen konnte, weder damals noch heute. Ich erzählte ihm von den ersten Monaten nach seinem Tod, und daß man aus Trauer und Angst Dinge tun kann, die man später bereut. Er hörte zu, anscheinend ebenso gebannt von meiner Erzählung wie ich von der seinen.

»Wir sind uns ähnlicher, als wir uns beide eingestehen wollen«, sagte er nach einer Weile. »Und ich habe ebenso Angst vor dir wie du vor mir. Wir sind also quitt.«

Aus irgendeinem Grund zweifelte ich nicht an seiner Aufrichtigkeit.

Er zog mein Gesicht zu sich heran und küßte mich anfangs scheu, ein Kuß, der um Erlaubnis bat, zärtlich auf meinen Lippen zu verweilen, und trennte sie dann mit einer Begehrlichkeit, die mich erst erschreckte, dann mein Verlangen wachrief. Seine Lippen wanderten sanft knabbernd über meinen Hals und mein Kinn, als koste er ein exotisches Dessert.

»Warte«, verlangte ich und setzte mich auf, momentan verunsichert.

»Warum?« fragte er.

Ich zögerte und versuchte, mir einen Grund einfallen zu lassen, doch mein Kopf war leer und mein Körper voller Empfindungen, die ich schon allzu lange nicht mehr zugelassen hatte.

Ich hatte durchaus Liebhaber in den Jahren nach De-Wayne – einige waren mir in freundlicher Erinnerung geblieben, andere nichts als lahme Zeitverschwendung. Doch ich war in bezug auf Männer vorsichtig geworden und gab mich nur denen hin, die diese Gunst auch bestimmt zu würdigen wußten. Es schien sich nie etwas Festes daraus zu ergeben, und meistens machte mir das auch nichts aus, wenn ich nicht gerade darüber nachgrübelte, wie lange dieser Zustand wohl noch anhalten sollte. Dann klang mir nur allzuoft dieser Quatsch von wegen »Wer rastet, der rostet« in den Ohren, den Annie ständig im Munde führt. Jetzt flüsterte mir eine innere Stimme zu, nun sei der Moment gekommen, die Vernunft über Bord zu werfen und die Gelegenheit beim Schopf zu packen, doch eine andere Stimme in mir warnte, noch ein Tritt in den Hintern sei das letzte, das ich jetzt gebrauchen könne.

Außerdem hatte Basil etwas untergründig Gewalttätiges an sich, das auf mich abstoßend und faszinierend zugleich wirkte und das mir angst machte. Ich betrachte mich nicht gern als eine Frau, die sich von gewalttätigen Männern angezogen fühlt. Doch die Gefahr hat mich stets gereizt – das ist der Teil von mir, der zur Polizei gehen wollte, der beim Autofahren gern rast, der es darauf ankommen läßt. *Den Teufel herausfordern.* So hat Johnny das immer genannt. *Du forderst gern den Teufel heraus.* Aber Johnny war genauso gewesen. Immer mit dem Feuer spielen, ständig in Gefahr, sich zu verbrennen, wenn auch nicht tödlich. *Wer war dieser Mann, bei dem ich mir so leicht vorstellen konnte, wie sein Körper in den meinen eindrang, und was sagte das über mich aus?*

»Willst du *wirklich,* daß wir aufhören?«

»Ich bin mir nicht sicher.«

»Tamara, was erwartest du von mir?« Er sprach mit einer gespielten Ernsthaftigkeit, bei der ich lächeln mußte. »Du weißt doch, daß ich dir nie weh tun würde. Dein Instinkt funktioniert genausogut wie meiner, das weißt du so gut wie ich.

Ich mußte gewisse Dinge tun, um in dieser Welt zu überleben. Manche Seiten an mir wirken bestimmt ungehobelt und grob auf Leute, die mich nicht kennen, aber ich laß mich ebensowenig unterkriegen wie du, Tamara. Mit den Seiten, die dir angst machen, wirst du nie in Berührung kommen. Das schwöre ich beim Grabe meiner Schwester Bettina. Ich schwöre es.«

Basil Dupre hatte ganz gewiß eine tödliche Seite an sich, eine Seite, die ich kannte, die ich gesehen hatte, die einen anderen ohne jeden Skrupel blitzschnell vernichten konnte, wenn der ihm etwas angetan hatte. Aber er hatte auch eine andere Seite, das wußte ich jetzt. *Oder machte ich mir selbst etwas vor? Das war mir allerdings schon häufiger passiert.*

»Bist du dir immer noch nicht sicher?«

»Ich weiß nicht, warum«, sagte ich. Er küßte mich noch einmal, als wolle er meine Zweifel ersticken, und fand instinktiv die Stellen meines Körpers, die dafür am empfänglichsten waren – am Nacken, an den Brustspitzen, an der weichen Haut zwischen den Schenkeln, und er berührte sie mit den Lippen, den Fingern, der Zunge auf eine Art, daß ich nach mehr verlangte.

In Wirklichkeit begehrte ich ihn ebenso wie er mich. Das war so seit dem Moment, als ich ihn zum ersten Mal sah.

Meine Anspannung wich, während er mich entkleidete, und ich dankte Gott, daß ich durch einen glücklichen Zufall Spitzenunterwäsche trug statt meiner üblichen Baumwollslips und Großmutter-BHs von Sears. Er zog sein Hemd aus, und das Medaillon, ein baumelnder goldener Funke, pendelte vor seiner behaarten, muskulösen Brust. Ich begehrte ihn mehr, als ich ihm zu erkennen geben wollte, und ich konnte es unmöglich verbergen.

»Bist du sicher, daß du das willst?« fragte er wieder.

»Ja«, sagte ich, diesmal mit Gewißheit.

»Komm«, sagte er und wies mit einer leichten Kopfbewegung zu seinem Schlafzimmer hin.

»Okay«, sagte ich, »laß mir nur einen Moment Zeit.« Ich küßte ihn rasch auf den Mund und dann auf die breiten Schultern, die leicht nach Schweiß rochen, nach Begierde und Obsession For Men.

Als er gegangen war, saß ich einen Moment lang auf der Couch und versuchte, mich zu sammeln. Ich wußte aus Erfahrung, wie einsam, niedergeschlagen und billig ich mir hinterher vorkommen konnte, wenn die berühmten Anrufe nach dem Vögeln unbeantwortet blieben und ich zu Hause saß und nichts Besseres zu tun hatte, als mir im Fernsehen Arsenio anzugucken und wie besessen darüber nachzugrübeln, ob meine Nachricht auch wirklich auf seinem Anrufbeantworter war. Ich war aus geschäftlichen Gründen hergekommen – wegen einer knallharten Mordsache – und wollte jetzt mit einem Mann ins Bett gehen, der womöglich der Täter war. Forderte ich den Teufel heraus, wie Johnny immer sagte?

Immerhin hatte ich eine klare Alternative: Ich konnte meine Sachen packen, mich zur Tür hinausschleichen und dann mein Leben lang darüber nachsinnen, was es wohl für ein Gefühl gewesen wäre, ihn in mir zu spüren, oder ich konnte in sein Zimmer gehen.

Was schert mich der Teufel, dachte ich mir. Ich vergewisserte mich, daß das Kondom, das ich immer bei mir hatte, noch hinter meinem Führerschein in dem Fotofach meiner Brieftasche steckte, und dankte den höheren Mächten, daß es noch nicht überaltert war. Ich wühlte in meiner Handtasche, zog eine fast leere Flasche Shalimar heraus und sprühte mir einen Hauch davon zwischen die Brüste und um die Knie.

In dem Moment hörte ich den vertrauten, gedämpften Ton meines Piepers, den ich zuvor unter den Kram auf dem Grund meiner Handtasche geschoben hatte. Schuldgefühle überkamen mich, als meine eigene Nummer in dem winzigen Sichtfenster aufblitzte. *Jamal.* Er wußte, daß ich beruflich unterwegs war, und würde mich nur anpiepen, wenn es ein Notfall war.

Ich setzte mich mit halb ausgezogener Bluse und aufgeknöpftem Rock hin und rief meinen Sohn so schnell wie möglich von dem Apparat auf dem Boden neben der Couch an.

Jamal hob nach dem ersten Läuten ab. Er weinte und versuchte nicht, es zu verbergen.

»Ma«, sagte er. »Er ist tot, Ma! Daddy sagt, er ist tot!«

»Wer, Jamal!« schrie ich in den Hörer. »Wer? Wer?«

»Gerard«, schluchzte er. »Bitte, komm nach Hause, Mommy, bitte komm nach Hause. Mein Bruder ist gestern Nacht gestorben!« Für einen Moment verschlug es mir den Atem. Schließlich konnte ich wieder Luft holen.

»Okay, Baby«, sagte ich. »Ich bin schon unterwegs. Hör auf zu weinen, mein Baby. Ich bin schon unterwegs.«

Ich war wie betäubt, als ich mich zusammennahm und zu Basil ging. Sein Bett war groß, üppig und schrie geradezu danach, sich darin zu lieben, und darauf lag sein nackter muskulöser Körper, halb von anthrazitfarbenen Laken bedeckt, in wollüstiger Erwartung.

»Ich muß nach Hause«, sagte ich benommen und wich seinem Blick aus. Im Innern hörte ich noch immer Jamals Weinen, das mich zu Tode erschreckt hatte. Ich wollte mich nicht mit einer Erklärung aufhalten; ich konnte es nicht. Ich ging schnell und ohne mich noch einmal umzuschauen.

Ich war schon fast zu Hause und bog gerade im Eiltempo von der South Harrison in die Central Avenue ab, als mir plötzlich einfiel, daß Basil mir nicht erzählt hatte, was ich wissen wollte. Ich fluchte laut vor mich hin. Doch dann durchzuckte mich ein Gedanke, bei dem ich fast auf den Laster vor mir aufgefahren wäre und bei dem sich mir die Haare auf den Armen sträubten: Gestern war Donnerstag, und Gerard war tot. Es lagen nur fünf Tage zwischen seinem Tod und dem seines Bruders.

9

Gerard Curtis war im Hause von DeWaynes Mutter in Belvington Heights, einem überwiegend weißen Vorort nördlich von Newark, tot aufgefunden worden. Der Nachbar, den DeWayne dafür bezahlte, daß er dort nach dem Rechten sah, hatte ihn Freitag früh in einer vollen Badewanne schwimmend entdeckt. Für die Polizei war es ein Unfalltod durch Ertrinken. DeWayne und ich sahen das anders.

Wir saßen im Büro von Roscoe L. DeLorca, Captain der Polizei von Belvington Heights, und hörten uns die offizielle Version der Ereignisse an. Vor fünf Jahren hatte ich selbst dort gearbeitet und war jetzt zum ersten Mal seit meiner Kündigung wieder auf dem Revier. Der Geruch war unverändert – derselbe Gestank nach abgestandenem Zigarettenrauch, ungelüfteten Kleidern und zu schnell und zu lange gebrühtem billigen Kaffee. Auch DeLorca hatte sich nicht verändert. Er war ein untersetzter Mann mit schwerfälligem Gehabe und einem noch bedächtigeren Lächeln, das charmant oder auch düster wirken konnte, je nachdem, wie sein Tag begonnen hatte. Sein Gesicht wirkte eingefallen, was ihm beständig ein leicht enttäuschtes Aussehen verlieh, und seine schmalen grauen Augen ließen vermuten, daß er stets auf das Schlimmste gefaßt war. An schlechten Tagen wirkte er wie die leibhaftige Karikatur eines häßlichen Bullen.

Aber ich mochte DeLorca und achtete ihn. In den Jahren meines einsamen Kampfes als Frau und Schwarze bei der Polizei hatte er mir nie das Leben schwergemacht oder sich gescheut, Kollegen die Meinung zu sagen – auch denen, mit denen er Freitag abends saufen ging und die eine »Niggerhure« lieber tot oder flach auf dem Rücken liegen sahen, als daß sie ein Polizeiabzeichen trug, als stünde ihr das zu. Fünf Jahre lang war DeLorca mein widerwilliger Mentor und Beschützer gewesen, und als ich kündigte, war er stinksauer: wütend auf mich, weil er an mich geglaubt hatte, und auf sich selbst, weil er nicht gern eine Niederlage einsteckte. Doch an diesem Samstagmorgen war ich in meiner beruflichen Eigenschaft als Privatdetektivin hier, als Beistand für den Vater eines toten Kindes, nicht als einer seiner »Männer«, und er spielte bei der Befragung von DeWayne seine Rolle als Freund und Helfer.

»Das Haus war also seit über einem Jahr unbewohnt?«

»Ja, seit dem Tod meiner Mutter vor eineinhalb Jahren. Ich habe es zwei Jahre vor ihrem Tod für sie gekauft«, sagte DeWayne. Er wirkte nervös. Ich wußte, daß das von seiner Abneigung gegen Bullen kam. »Das Gebäude ist jetzt verschlossen. Seit ein paar Monaten steht es zum Verkauf. Außer den Maklern bei Hausbesichtigungen und dem älteren Herrn, der ein Auge darauf hat, ist nie jemand da.«

»Wußten Sie, daß Ihr Sohn als Jugendlicher mehrfach wegen Drogenhandels festgenommen wurde?« fragte DeLorca.

DeWayne trank rasch und geräuschvoll einen Schluck Kaffee.

»Yeah. Das wußte ich«, sagte er.

»Ihre Exfrau, die Mutter des Jungen, hat ausgesagt, er

habe seit seiner Zeit auf der Junior High School regelmäßig Drogen und Alkohol zu sich genommen. Ich erwähne das alles, weil wir annehmen, daß Drogen- und Alkoholmißbrauch eine gewisse Rolle bei dieser Tragödie gespielt haben. Wir nehmen an, daß er in Ihr Haus ging, möglicherweise high war von Drogen – Barbituraten – und Alkohol, aus irgendeinem Grund ein Bad nahm und dann in der Wanne ohnmächtig geworden und ertrunken ist. Der Tod ist etwa um 23 Uhr 50 eingetreten.«

DeLorca hielt inne und wartete auf eine Reaktion von DeWayne; als sie ausblieb, sprach er weiter. Ein Blick zu mir, und er hätte bekommen, was er wollte.

»Des weiteren gibt es Anhaltspunkte, Mr. Curtis, daß Ihr Sohn nicht zum ersten Mal dort war. Vielleicht hat er zeitweilig da gewohnt – Ihre Exfrau meinte, er sei nicht oft zu Hause gewesen, und unserer Meinung nach hat er sich vielleicht dort aufgehalten, wenn er nicht daheim war. Besaß er Schlüssel?«

»Nein.«

»Haben Sie irgendeine Vermutung, wie er in das Haus gelangt sein könnte?«

In DeWaynes Augen blitzte kurz etwas auf, das ich nicht deuten konnte – Scham? Zorn? Schmerz? –, doch er unterdrückte es rasch. DeLorca hatte es ebenfalls bemerkt und beobachtete ihn daraufhin noch genauer, ließ sich keine seiner Bewegungen entgehen.

»Nein«, sagte DeWayne nach einem Weilchen, als er sich wieder gefangen hatte. »Ich weiß nicht, wie er in das Haus gelangt ist. Aber eins weiß ich genau, Captain: daß der Tod meines Sohnes kein Unfall war. Mir sind in knapp einer Woche zwei Söhne gestorben, Captain. Mein Sohn Terrence starb am vergangenen Samstag. Samstag. Es gibt Leute, die mich am liebsten umbringen würden, die mir den Tod wünschen und auch Geld dafür bezahlen würden, und sie halten sich an das einzige, was ich liebe, nämlich meine Söhne. Meine Kinder werden ermordet, Captain, und außer mir ist das allen scheißegal.«

DeLorca bemerkte den verkniffenen, entschlossenen Zug um DeWaynes Mund und die Verzweiflung in seinem Blick und schaute auf seine Notizen hinunter. Es war absolut nicht zu erkennen, ob er DeWayne ernst nahm oder ob er zu dem Schluß gekommen war, da stehle ihm nur wieder so ein verrückter Neger die Zeit.

»Ich halte das nicht für einen Zufall, Captain.« Nun gab ich auch meinen Senf dazu in der Hoffnung, ihn auf unsere Seite zu ziehen. »Es gibt da ein paar rätselhafte Umstände im Zusammenhang mit dem Tod von Terrence, dem ersten Jungen. Ich glaube nicht, daß er an einer Überdosis gestorben ist, wie die Polizei drüben in Newark annimmt. Womöglich wurde gar keine Autopsie durchgeführt.« Ich drückte mich in bester Polizistenmanier aus, um meine Meinung zu vertreten. Im Gegensatz zu DeWayne glaubte ich nicht an eine Verschwörung gegen ihn, aber seit Gerards Tod war ich überzeugt, daß er und Terrence sich wahrscheinlich gemeinsam auf irgendwelche dunklen Geschäfte eingelassen und beide mit dem Leben dafür bezahlt hatten. Jetzt war ich ebenso entschlossen wie DeWayne, der Sache auf den Grund zu gehen.

»Natürlich wurde eine Autopsie durchgeführt«, sagte DeLorca. »In einem solchen Fall macht man immer eine

Autopsie. Man geht nicht einfach so davon aus, daß es ein Drogentod war, ohne Beweise in der Hand zu haben.« Doch trotz dieser Antwort erkannte ich an einem leichten, kaum wahrnehmbaren Zucken in DeLorcas linkem Auge, daß ich sein Interesse geweckt hatte. Auch DeWayne hatte das Zucken bemerkt und nickte mir dankbar zu. Ich nickte zur Bestätigung zurück.

Tags zuvor war er noch spät am Abend vorbeigekommen, um Jamal zu trösten, und wir hatten bis in die frühen Morgenstunden miteinander geredet und waren dann zusammen auf das Revier gefahren. Ich hatte ihm von meinen Entdeckungen in Terrences Zimmer am Dienstag sowie von meinem Besuch bei Emma am Mittwoch berichtet und ihn gefragt, was er von Basil Dupre hielt. Als Basils Name fiel, flackerte Scham in seinen Augen auf, dann wechselte er das Thema und begann von Carlotta zu reden, die, wie er mir erklärte, seine Rettung gewesen war. Er hatte sie zwei Wochen nach dem Tod von DeWayne jr. geheiratet; damals war sie das einzige in seinem Leben, das ihn zum Lächeln bringen konnte. Inzwischen hatte er ihre Gemeinheit durchschaut, doch er kam einfach nicht von ihr los. Er gab zu, daß er sein Leben lang andere für seine Zwecke benutzt hatte, und jetzt bezahlte er dafür mit allem, was ihm am Herzen lag. Er schwor beim Grabe seiner Mutter, er würde sich eine Kugel durch den Kopf jagen, wenn er sicher sein könnte, daß dann seine anderen Söhne am Leben blieben, doch das würde wohl leider auch nichts nützen. Das waren die ehrlichsten Worte, die ich seit Jahren von ihm gehört hatte, und es wäre gelogen, wenn ich behauptete, sie hätten mich nicht berührt.

»Mr. Curtis.« DeLorca holte mich wieder in die Gegenwart zurück. »Es gibt keinerlei Anhaltspunkte dafür, daß Ihr Sohn Gerard ermordet wurde. Der vollständige gerichtsmedizinische Bericht liegt noch nicht vor, doch es weist alles darauf hin, daß es vor dem Ertrinken zu Alkohol- und Drogenmißbrauch kam. Er hatte einen leichten Bluterguß am rechten Knöchel, doch den hatte er sich höchstwahrscheinlich schon vorher zugezogen. Es weist nichts auf außergewöhnliche Umstände hin. Wir gehen davon aus, daß er zum Zeitpunkt seines Todes allein war.«

»Wäre es möglich, daß wir uns den Bericht ansehen?« fragte ich. DeLorca warf mir einen Blick aus den Augenwinkeln zu, der mir die ungeschriebenen Regeln der Polizei in Erinnerung rief: Wer etwas wissen will, bekommt so wenig Informationen wie möglich.

»Mr. Curtis erhält eine Kopie des Totenscheins, sobald die Autopsie abgeschlossen ist und der Schein vom zuständigen Gerichtsmediziner unterzeichnet wurde.« Das war der Sprung vom Public-Relations-Manager zur Amtsperson.

»Sie sprachen von Anhaltspunkten«, unterbrach ihn DeWayne. »Was für Anhaltspunkte sind das denn?«

DeLorca schüttelte den Kopf. »Konkrete Beweise gibt es nicht, doch ein Mord durch Ertrinken kommt sehr selten vor. Wir haben es hier mit einem Unfall zu tun.«

»Aber man kann nicht hundertprozentig sicher sein«, sagte ich.

»Man kann nie hundertprozentig sicher sein, Hayle. Das wissen Sie so gut wie ich.« Er hatte vorübergehend meine neue Stellung vergessen und schnauzte mich an wie damals, als ich noch bei der Polizei war. Er läutete nach einem Polizeibediensteten, der auch prompt und diensteifrig erschien.

»Hansen, begleiten Sie Mr. Curtis zur Gerichtsmedizin, damit er die persönliche Habe seines Sohnes abholen kann«, sagte er leise. Und dann, zu mir gewandt: »Ms. Hayle«, wobei er das »Ms.« hervorhob, »könnten Sie noch einen Moment hierbleiben?«

Sobald wir hörten, wie DeWaynes und Hansens Schritte sich entfernten, drehte sich DeLorca zu mir um. »Was haben Sie mit der ganzen Sache zu tun?«

»DeWayne ist mein Exgatte und Jamals Vater.«

»Oh«, sagte er, wobei er sich wohl nach Kräften an meine Lebensgeschichte zu erinnern versuchte. »Wie geht's denn dem Jungen?«

»Es geht ihm gut, Chef.« Ich fiel wieder in unsere alte Vertraulichkeit zurück.

»Wie alt ist er jetzt?«

»Vierzehn. Aber immer noch groß für sein Alter.« Das war nur eine beiläufige Bemerkung, doch DeLorca nickte, schaute auf seinen Schreibtisch und wich meinem Blick aus. Da wußte ich, daß er es nicht vergessen hatte.

Jamal war neun Jahre alt, als es geschah – der Anlaß für meine Kündigung und seine Initiation als Schwarzer und als Mann. An dem Abend sollte Marvin Wiggins, der halbwüchsige Junge von nebenan, auf ihn aufpassen. Marvin war ein netter Kerl, Footballspieler, beliebt, ein typischer schwarzer junger Mann mit albernem Grinsen und einem Rapper-Gehabe, das Jamal umwerfend fand und bisweilen, sehr zu meinem Leidwesen, nachahmte. Ich hatte die

Schicht von sechs bis zwei, und Marvin wollte mit einigen seiner »Boys«, anderen Jungen hier aus der Gegend, in die Willowbrook Mall gehen und ein Paar Turnschuhe für Jamal kaufen. Sie kamen zu mir aufs Revier, um das Geld zu holen, das ich ihnen zu geben vergessen hatte, und fuhren schnell, da sie um acht aufgebrochen waren und die Mall um neun zumachte – womöglich schneller als erlaubt. Außerdem waren sie ein Auto voll schwarzer junger Männer, die nach Einbruch der Dunkelheit mit einem neuen Wagen in Belvington Heights herumkurvten, und das konnte nicht gutgehen.

Meine eigenen Brüder in Uniform ließen sie, angeblich wegen zu schnellen Fahrens, in einer Nebenstraße anhalten und wurden fies, als Marvin ihnen frech kam. Sie verpaßten ihm eine blutige Nase, weil er sich wie ein »unverschämter Nigger« aufführte, schlugen ihn zusammen und wollten wissen, ob »sonst noch jemand eine Abreibung wollte«. Jamal machte sich in die Hose. Als er anfing zu weinen, merkten sie, daß er noch ein Kind war und »groß für sein Alter«, kriegten es mit der Angst zu tun und ließen sie laufen. Doch manche Bullen machen sich gerne wichtig.

Fünf große schwarze Kaffer. Ich hörte, wie jemand im Umkleideraum darüber Witze riß. Ich wußte nicht, wovon die Rede war, bis DeLorca mich eine Stunde später zu sich rief und mir erklärte, was passiert war. Er hatte es inzwischen von einem geistig eher unterbelichteten Polizeianwärter gehört, der ein halbes Jahr später gefeuert wurde. DeLorca wußte, daß es sich um meinen Jungen handelte (vier große schwarze Kaffer und ein kleiner schwarzer Kaffer, mein Sohn).

DeLorca versicherte mir zornrot im Gesicht, daß die Polizisten angemessen bestraft würden, doch ich merkte, wie mir das Essen hochkam. Ich nickte nur, ging auf das nächste Klo und kotzte das Chili wieder aus, das ich zwei Stunden vorher gegessen hatte.

Den Anblick von Marvins Mutter bei meiner Rückkehr an dem Abend werde ich nie vergessen. Sie war bei Jamal geblieben, bis ich heimkam. Die Augen meines Sohnes werde ich auch nie vergessen. Zwei Wochen später reichte ich meine Kündigung ein, und alle außer Jamal hielten mich für verrückt; aber mir kam es nur auf ihn an.

»Wie geht's sonst so?« fragte DeLorca und sah mir jetzt voll ins Gesicht. Er stand schon immer mit beiden Beinen fest auf der Erde, und Schuldgefühle waren nicht seine Sache. Er meinte, ich hätte abgebrühter sein sollen, aber er wußte nicht, was es heißt, Mutter zu sein. »Wie laufen die Geschäfte?«

»Gut«, sagte ich. »So das Übliche, Versicherungsbetrug, vermißte Kinder, untreue Ehemänner, Morde, mit denen die Polizei nichts zu tun haben will.«

»Herrgott, Hayle! Hier geht es nicht um Mord. Warum wollen Sie unbedingt einen daraus machen?«

»Weil es einer ist, Captain«, sagte ich. Ich versuchte mir meine Angst nicht anmerken zu lassen. Ich wußte, wenn ich hysterisch wirkte, würde DeLorca keinen weiteren Gedanken mehr an mich verschwenden, wie Polizisten das so an sich haben.

Er zündete sich eine Zigarette an, ohne sich um die zwei verstaubten No Smoking-Schilder an der Wand zu kümmern. »Wie ich eben zu dem Vater des Jungen sagte, Hayle, bei Tod durch Ertrinken handelt es sich selten um Mord, das wissen Sie genausogut wie ich.«

»Und Sie wissen so gut wie ich, daß es keinen hieb- und stichfesten Test für Mord oder Selbstmord durch Ertrinken gibt. Es kann beides sein. Sie sagen, es war ein Unfall, aber Sie können nicht definitiv ausschließen, daß es ein Mord war.«

»Es gibt keinerlei Anhaltspunkte dafür, daß irgend jemand – Männlein, Weiblein oder sonstwas – da im Zimmer war, als der Junge starb. Keinerlei Anzeichen für einen Kampf. Wir nehmen an, daß er in das Haus ging, um Drogen zu nehmen. Der Junge hatte sich schon als Jugendlicher strafbar gemacht; er war als Dealer und User bekannt. Es kann gut sein, daß er im Hause seiner verstorbenen Großmutter Drogengeschäfte abgewickelt hat. Vielleicht hat er ein Bad genommen, weil er sich mit jemandem treffen wollte, vielleicht hatte er ja sogar eine Verabredung mit einem Mädchen, was weiß ich. Hätte die Dusche funktioniert, dann wäre der Junge vielleicht noch am Leben. Aber so hat er ein Bad genommen, betrunken und high von Kokain. Ist in der Wanne eingeschlafen und ertrunken – ganz wie Jimi Hendrix.«

»Jimi Hendrix ist an der eigenen Kotze erstickt; er ist nicht in der Wanne ertrunken, und außerdem waren zwei Groupies dabei.«

DeLorca machte eine wegwerfende Handbewegung. »Es war kein Mord. Hayle, diesmal sind Sie verdammt schief gewickelt. Verdienen Sie sich Ihr Geld anderswo. Wir wissen, was wir hier tun. Nämlich ganz bestimmt nicht nach einem Mörder suchen.«

Er warf mir einen Stapel Fotos von Gerard zu, die am Schauplatz des Todes aufgenommen waren. »Da, Jessica Fletcher«, sagte er. »Schauen Sie sich diese Aufnahmen an. Glauben Sie, Sie können da einen Mord entdecken, *Miss Mord ist ihr Hobby?* Da ist bloß ein dummer toter Junge, der in einer Badewanne ertrunken ist, mehr nicht.«

Beim Anblick der nüchternen Schwarzweißaufnahmen stockte mir der Atem. Ich erinnerte mich, wie quicklebendig Gerard noch am Mittwoch nachmittag gewesen war und seine Mama verflucht hatte, und Donnerstag abend war er tot. Ich hatte ihn nicht gemocht. Nicht einmal seine *Mama* hatte ihn gemocht, doch wie sein bleicher, nackter Körper da in der altmodischen Wanne mit den klauenförmigen Füßen schwamm, wirkte er klein und verletzlich. Ich sah die aus unterschiedlicher Perspektive aufgenommenen Bilder durch; manche zeigten den Schauplatz des Todes, andere waren Nahaufnahmen von der Leiche vor der Autopsie. Mir wurde übel; beim Anblick einer Leiche wird mir immer schlecht.

»Wann wird der gerichtsmedizinische Bericht fertig sein?« fragte ich und gab DeLorca die Aufnahmen zurück.

»Ende der Woche, und ich kann Ihnen jetzt schon sagen, wie der Befund lautet. Unfalltod durch Ertrinken.«

Die Tür ging auf, und DeWayne kam mit aschfahlem Gesicht und feuchten Augen zurück. In der einen Hand trug er eine braune Papiertüte mit Gerards persönlicher Habe. In der anderen hielt er immer noch zerstreut die dämliche Kaffeetasse, die er vorhin mitgenommen hatte. DeLorca streckte die Hand aus, um ihm zu kondolieren. DeWayne stellte den Kaffee ab und gab ihm die Hand.

»Herzliches Beileid, Mr. Curtis«, sagte DeLorca. DeWayne nahm das mit einem schwachen Nicken entgegen. Wir bedankten uns bei DeLorca und machten uns auf den Rückweg. In völligem Schweigen fuhren wir durch Belvington Heights nach East Orange zurück und sagten auch kein Wort, als er mich schließlich absetzte.

Bei mir zu Hause war niemand. Ich mußte an Gerard denken. Vor fünf Jahren war er etwa in Jamals Alter gewesen. Ich fragte mich, ob er wohl je meinem Sohn ähnlich gewesen war. Ob er auch seine Mama geärgert, Basketball gespielt und von nichts anderem geträumt hatte, als was er Samstag abend anstellen sollte? Ab wann war alles schiefgegangen? Fünf Jahre, fünf Tage, fünf Stunden können ein Leben verändern. Sie waren blutsverwandt, er und Jamal. Blutsverwandt. Ein Frösteln überlief mich und fuhr mir durch die Knochen geradewegs in die Seele hinein.

Da ist eben ein Engel über dein Grab geschwebt, pflegte meine Großmutter zu sagen, wenn mich als Kind so ein Frösteln überlief. Es hatte mich immer zu Tode erschreckt.

Aber Grandma, ich bin doch noch gar nicht tot.

Mußt ja nicht tot sein, damit ein Engel über dein Grab schweben kann. Oder über das deines Sohnes.

Ich schenkte mir einen Brandy ein, obwohl es erst früher Nachmittag war, und hoffte, ich würde mich nicht zur Säuferin entwickeln. Als Jamal hereinkam, schüttete ich den Brandy in den Ausguß.

»Wo kommst du denn her?« fragte ich ihn.

»Ich war Ballspielen.«

»Wo?«

»Auf dem Platz.«

»Du weißt doch, daß du mir immer sagen sollst, wo du hingehst. Warum hast du mir nicht erzählt, daß du Ballspielen gehen willst? Was zum Teufel ist denn in dich gefahren? Du weißt verdammt gut, daß du mir einen Zettel hinlegen sollst oder anrufen oder mir sagen, wo du hingehst.«

»Meine Güte, Mom, was schreist du denn so rum, Herrgott noch mal! Es ist halb eins mittags. Ich bin doch kein Baby mehr, verflucht noch mal!« Er hob entrüstet die Hände gen Himmel und verdrehte die Augen. »Mein Gott, was ist denn in dich gefahren?«

»In meiner Gegenwart wird nicht geflucht.«

»Du hast doch auch geflucht!«

»Ich bin mit den Nerven fertig.«

»Du bist ständig mit den Nerven fertig.«

»Du sollst vorsichtig sein, Jamal«, sagte ich.

»Wieso?« Er sah mich mißtrauisch an.

Von seinem Anruf bei Basil und einem kurzen Gespräch bei meiner Heimkehr abgesehen, hatte er nicht über Gerards Tod, dessen Gemeinsamkeiten mit dem Tod von Terrence und den möglichen Zusammenhang zwischen den beiden Ereignissen gesprochen. Er hatte mit DeWayne geredet, als der hier war, aber da war er kurz angebunden gewesen – von Mann zu Mann, er wollte vor seinem Daddy nicht als kleines Kind dastehen. Aber ich wußte, daß er Angst hatte. Er mußte ja Angst haben.

»Komm mal her, Jamal.«

»Wieso?«

»Komm einfach mal her.«

Er kam her und setzte sich neben mich.

»Beunruhigt dich das, was da passiert? Was mit Gerard passiert ist?«

Er schwieg und dachte angestrengt nach, ehe er schließlich antwortete. »Nein«, sagte er trotzig. »Ich bin doch kein Schißhase.«

»Du sollst nicht Schißhase sagen.«

»Was hackst du ständig auf mir herum?« schrie er, entschied dann wohl, daß er mir noch etwas schuldig sei, und seufzte tief auf, als trage er alle Last der Welt auf seinen Schultern. »Ich hab euch gestern reden gehört, und Dad hat gesagt, diese Unfälle da sind gar keine Unfälle. Daß es jemand darauf abgesehen hat, ihn fertigzumachen. Und daß er es nicht verhindern kann.«

»Da ist nichts zu verhindern.«

»Will mich jemand umbringen?«

»Nein, natürlich nicht.« Meine Antwort kam zu schnell, und das wußte er.

»Woher weißt du das?«

»Ich weiß es eben. Basta.« Ich war in den althergebrachten Ton verfallen, der »Es zählt, was ich sage, nicht was ich tue« besagt und der immer bequem ist, aber ich war mir bewußt, daß es damit nicht getan war. »Niemand will DeWayne fertigmachen«, erklärte ich so überzeugend wie möglich. »Vielleicht gibt es einen Zusammenhang zwischen dem Tod von Terrence und Gerard. Vielleicht hatten sich beide auf irgendein Scheißspiel eingelassen, von dem wir noch nichts wissen. Ich versuche das herauszufinden.« Als ich »Scheißspiel« sagte, lächelte Jamal mir kurz zu, als wolle er sagen »Jetzt hab ich dich erwischt«. Dann wurde seine Miene wieder ernst.

»Die blöden Bullen schnappen nie jemand, wenn er was ausgefressen hat. Wieso ermitteln die nicht anständig? Was willst du jetzt tun, Ma?«

»Ich tue, was ich kann. Ich will mit ein paar weiteren Leuten reden…« Ich beließ es dabei, weil ich nicht recht wußte, was ich darüber hinaus sagen könnte.

»Wollen die Bullen denn noch was unternehmen?«

»Ja, sobald wir noch mehr Beweise haben. Aber im Moment können sie nichts tun. Es wurde in beiden Fällen auf Unfall erkannt.«

In dem Moment läutete es an der Tür; in der Annahme, es sei für ihn, sprang Jamal auf und rannte zum Eingang.

»Hallo, ist deine Mom zu Hause?« fragte eine vage vertraute Stimme. »Ich komme vom Büro deines Vaters.«

»Ma, da ist eine Dame, die sagt, sie ist aus Dads Büro«, rief Jamal an der Tür; dann war er mit einem Satz wieder drinnen und lief die Treppe hoch. »Ma, können wir später weiterreden? Ich treff mich mit Hakim auf dem Platz an der South Orange Avenue, und danach gehen wir zu Jerome und gucken uns Videos an. Wenn Hakim anruft, sag ihm, ich bin schon weg.«

»Yeah«, sagte ich. »Komm heim, bevor es dunkel wird.«

»Bevor es dunkel wird? Ma, Jerome wohnt gleich da drüben an der Evergreen Terrace! Komm schon, Mom.«

»Du gehst von dem Platz weg, bevor es dunkel wird«, sagte ich. Ich hörte ihn vor sich hin murren, während er nach oben und dann zur Hintertür hinausrannte.

July stand grinsend an der Tür und hörte sich unsere Unterhaltung an. Sie hielt einen großen braunen Umschlag in der Hand.

»Hallo«, sagte sie freundlich. »Ich wollte Ihnen das hier bringen. Eigentlich sollte ich es mit der Post schicken, aber Sie wohnen direkt an meinem Heimweg, und da dachte ich mir, was soll ich eine Briefmarke verschwenden? Ist das Jamal?« fragte sie, als Jamals Hinterkopf durch die Tür verschwand. Sie trug ein übergroßes Sweatshirt von Gap und ein Paar enge Jeans. Im Vergleich zu unseren früheren Begegnungen wirkte sie jünger und gesünder. Anscheinend hatte sie auch an Selbstbewußtsein gewonnen, und der ländliche Akzent, den sie bei unserer ersten Unterhaltung gehabt hatte, war vollständig verschwunden. Ich überlegte wieder einmal, ob sie und DeWayne etwas miteinander hatten. Es heißt ja, wenn eine Frau die Aufmerksamkeit eines Mannes braucht, kann das ihre Augen so zum Leuchten bringen, und daß July etwas brauchte, hatte ich instinktiv gespürt.

»Yeah, das ist Jamal«, sagte ich. »Wieso arbeiten Sie denn am Samstag?«

»Normalerweise tu ich das nicht, aber bei den ganzen tragischen Ereignissen hab ich ein paar Überstunden gemacht.«

»Was sind eigentlich Ihre Aufgaben bei ihm?«

»Tippen, Anrufe entgegennehmen, was halt so anfällt. So schlage ich mich eben durch«, sagte sie und reichte mir den Umschlag. »Das ist mit der Post gekommen, es sah amtlich aus, und da hab ich DeWayne angerufen. Er hat gesagt, ich soll es in einen Umschlag stecken und Ihnen schicken.«

»Kommen Sie doch einen Augenblick herein«, sagte ich und machte den großen Umschlag auf, in dem ein kleinerer, amtlich aussehender steckte. Er kam vom Fürsorge- und Gesundheitsamt Newark, und ich erkannte, daß es sich um eine Kopie von Terrences Totenschein handelte. Ich legte das Schreiben auf ein Tischchen, um es später aufzumachen und mir anzuschauen.

»Mein Gott, ich beneide Sie«, sagte July beim Eintreten mit einem Blick durch mein Wohnzimmer. Seit dem letzten Sonntag, als das ganze Schlamassel anfing, hatte ich nicht mehr saubergemacht, und so sah es auch aus. Ich fragte mich, wovon sie wohl redete.

»Sie beneiden mich?«

»Yeah.«

»Warum?«

»Sie wissen, was Sie wollen. Sie haben eine eigene Firma.«

»Die *kein* Geld einbringt.«

»Ein hübsches Haus.«

»Das wird mich noch vollständig ruinieren. Es hat früher meinen Eltern gehört. Ich habe es geerbt.«

»Sie haben einen netten Sohn.«

»Das Mutterglück wird auch schwer überschätzt, glauben Sie mir«, sagte ich. »Möchten Sie etwas zu trinken? Tee vielleicht? Einen Sprudel?«

»Ein Sprudel wäre schön.«

Ich holte uns beiden eine Sprite, dann setzten wir uns auf die Couch und tranken schweigend.

»DeWayne sagt, er hätte Sie angeheuert, um herauszufinden, was da vor sich geht.«

Jetzt staunte *ich,* daß er ihr das erzählt hatte. Vielleicht hatten sie ja wirklich was miteinander. »Bisher hab ich noch nicht viel herausgefunden, aber irgendwann kommt etwas zum Vorschein, das ist immer so.« Das hörte sich zuversichtlicher an, als ich eigentlich war. Nichts muß irgendwann zum Vorschein kommen.

»Bei der Trauerfeier haben Sie gesagt, Sie wollten mir ein paar Fragen stellen. Was wollten Sie denn fragen?« Sie trank einen Schluck Sprudel und kaute auf einem Stückchen Eis herum.

»Sie haben gesagt, Sie wüßten eine Menge über De-Wayne, und es hat mich einfach interessiert, was Sie damit gemeint haben.«

»Gar nichts. Das war nur so dahergesagt.« Sie lutschte an dem Eis und zerbiß es krachend. »Dummes Geschwätz. War das nicht ein verrückter Auftritt da bei der Beerdigung?«

»Verrückt würde ich das nicht nennen. Eher traurig. Sehr traurig. Ohne jeden Respekt.«

»Nun ja, zumindest hatten sie eine Beerdigung.«

»Haben Sie mal einen Toten gekannt, der keine Beerdigung hatte?« fragte ich im Scherz.

»Yeah, viele«, gab sie ganz ernsthaft zurück, wobei sie noch einen Schluck trank und den Blick senkte. »Ich werde keine Beerdigung bekommen.«

»Aber natürlich bekommen Sie eine Beerdigung, July! *Jeder* bekommt eine Beerdigung«, sagte ich. »Irgend jemand wird Sie so gern haben, daß er Ihr Andenken in Ehren hält. Wo wir schon bei Verrücktheiten sind – das ist ein verrückter Gedanke.«

»Ich bin irgendwie in einer verrückten Stimmung. Letzte Woche war mein Geburtstag«, sagte sie rasch, als wolle sie sich entschuldigen oder das Thema wechseln. »Am ersten Oktober bin ich dreißig geworden. Aber alle meine Angehörigen sind tot. Daher hatte ich niemand zum Feiern. Niemand zum Feiern, niemand zum Trauern. Ich ganz allein.« Sie sagte das so wehmütig und bekümmert, daß es mich tief im Innern berührte. Trotz ihrer Marotten mochte ich sie.

»Meine Eltern sind auch tot...«

»Meine Mutter hat sich umgebracht«, sprach July schnell weiter, noch ehe ich meinen Satz beenden konnte. Sie sagte das beinah lässig dahin, ohne jede Traurigkeit, und es ließ sich nichts Tröstendes darauf erwidern, außer dem einen, das ich mit ihr teilen konnte.

»Mein großer Bruder Johnny hat sich auch umgebracht«, sagte ich nach einer kurzen Pause. »Er hat sich vor fünfzehn Jahren eine Kugel in den Kopf geschossen. Ich war gerade zwanzig.«

July schaute mich an; der Ausdruck innerer Verbundenheit – oder vielleicht auch Dankbarkeit – in ihrem Blick verriet mir, daß ich das Richtige gesagt hatte. Sie nahm meine Hand, drückte sie einen Moment lang sanft und ließ sie dann los, als sei es ihr plötzlich peinlich.

»Wenigstens haben Ihre Eltern, Ihr Bruder Ihnen dieses Haus hinterlassen«, sagte July. »Meine Mama hat mir keinen Scheiß hinterlassen.«

Es war seltsam, wie sie das sagte, wie sie von Johnnys Tod zu dem Haus überging, aber mein Leben war ja auch von Schmerz in jungen Jahren geprägt gewesen. Ich kannte die Symptome. Ich sah sie bei July, und eins davon war die Unfähigkeit, die eigenen Gefühle zuzulassen. Weiß Gott, das kannte ich auch von mir. Bisweilen nahm der Tod greifbare Formen an – die Lieblingsohrringe der verstorbenen Mutter: Objekt der Begierde von streitenden, trauernden Schwestern. Irgend etwas, das man berühren konnte, damit der Schmerz einen nicht berührte. July hatte recht. Ich besaß das Haus, die Ausbeute des Todes, die meine Eltern und Johnny mir hinterlassen hatten. Aber July besaß auch etwas.

»Sie«, sagte ich nach einer kurzen Pause. »Ihre Mutter hat *Sie* hinterlassen, Sie – July.«

»Das reicht nicht. Kennen Sie das Gefühl?« fragte sie mit jäher Heftigkeit.

»Ja, schon.«

»Ich lese alle Ratgeber über Selbstachtung, die ich zu fassen kriege. Da heißt es immer, man soll den Quell des Schmerzes finden und ausmerzen. Genau das versuche ich jetzt. Langsam, aber sicher. Einen nach dem anderen.«

»Das ist sicher ein gangbarer Weg«, sagte ich.

Nun verstand ich das Verrückte an ihr. Das kannte ich von mir selbst.

»Jetzt geh ich mal nach Hause und stelle mich dem Trübsinn einer leeren Wohnung am Samstagabend«, sagte sie mit einem fröhlichen Kichern, das erkennen ließ, daß sie sich selbst nicht allzu ernst nahm; sie machte das Beste draus, wie meine ewig optimistische Schwester Pet es mir auch immer rät.

»Wollen wir nicht mal zusammen essen gehen?« fragte ich, beinahe ohne nachzudenken.

»Natürlich«, sagte sie. »Mit Vergnügen.« Ich begleitete sie zu ihrem Auto.

»Herzlichen Glückwunsch nachträglich zum Geburtstag«, sagte ich.

»Danke«, rief sie beim Wegfahren durch das Fenster zurück. »Sagen Sie mir Bescheid, wenn Sie Geburtstag haben, vielleicht können wir zusammen feiern.«

Als ich ins Haus zurückging, lächelte ich immer noch über July. Ich öffnete den Umschlag, der in dem anderen steckte, und überflog rasch den Inhalt des Formulars. Terrence war an einer Überdosis Kokain gestorben. Er hatte *doch* Drogen genommen. Ich war wütend und fühlte mich betrogen, was blöd von mir war, denn schließlich war *er* tot. Es konnte kein Mord gewesen sein. Man kann einen Menschen nicht *zwingen,* eine Überdosis Kokain zu nehmen. DeLorca hatte recht.

»Verdammt schief gewickelt«, sagte ich laut und stopfte das Schreiben wieder in den Umschlag zurück. »Verdammt schief gewickelt.«

10

Am nächsten Morgen wachte ich um fünf auf und lag nur so da, lauschte dem Dröhnen des Heizkessels und sah zu, wie die Minuten auf meinem Digitalwecker von 5:05 auf 5:06 und 5:07 sprangen. Als sie bei 5:30 angelangt waren, setzte ich mich auf und schaltete das Licht an. Eine halbe Stunde war vorübergeblinkt, und ich war wieder mal nicht dazu gekommen, mich am Sonntagmorgen so richtig schön auszuschlafen. Verfluchter Mist. Früher hatte ich um halb sechs Uhr morgens gern eine geraucht, und fast tat es mir leid, daß ich es aufgegeben hatte. Andererseits war eine Zigarette jetzt vielleicht das letzte, was ich brauchte.

Terrence war tatsächlich an einer Überdosis Kokain gestorben. Obendrein ließ mich das Foto von Gerard, der tot in der klauenfüßigen Wanne schwamm, nicht mehr los, und mich fröstelte, wann immer ich daran dachte. Wo war der Zusammenhang?

Ich legte mich wieder hin, noch war ich nicht zum Aufstehen bereit. Ich streckte mich langsam und genüßlich aus, spürte dabei meinen ganzen Körper und erinnerte mich an das Gefühl von Basils Lippen, als sie mich Freitag abend berührten. Das Verlangen nach ihm überkam mich, während ich da in dem sinnlichen Schattenreich zwischen Schlafen und Wachen lag und mir vorstellte, wie seine Lippen meinen Nacken und Rücken liebkosen, mir ausmalte, wie ich ihn gespürt hätte, wenn ich geblieben wäre. *Bet-*

tina. Ich konnte die Geschichte von seiner Schwester nicht vergessen.

Doch dann kam mir ein Gedanke, der mich schlagartig wachrüttelte wie ein energischer Hausdrachen. *Hatte er mir die Wahrheit erzählt? Oder wollte er mich von seiner Spur ablenken?* Die ganze Geschichte konnte genausogut nur blauer Dunst sein; vielleicht war Bettina höchst lebendig und bei bester Gesundheit, saß daheim in Kingston und aß Salzfisch und Akee-Früchte. Oder vielleicht gab es sie gar nicht. *Warum hatte mir sonst noch niemand von ihr erzählt? Wann war die ganze Geschichte passiert? Konnte ich ihm wirklich trauen?* Plötzlich fiel mir der Ausdruck ein, mit dem er Carlotta beschrieben hatte: »Bumst alles, was Hosen anhat, und sichert sich nach allen Seiten ab, wie streunende Katzen das so an sich haben.« Wollte auch er sich nach allen Seiten absichern und »bumste alles, was Hosen anhat«? Spielte er das gleiche Spiel?

Ich kann nicht leicht einem Mann widerstehen, bei dem mir, wie die Kinder sagen, »die Socken qualmen«, und ich hatte ja einen Vorgeschmack davon bekommen, wie mir die Socken gequalmt hätten, wenn ich noch eine Stunde länger bei Basil geblieben wäre. Doch jetzt in der morgendlichen Kühle wurde mir klar, daß ich wahrscheinlich wieder einmal die Hormone über den Verstand hätte triumphieren lassen.

Basil Dupre. Was wußte ich eigentlich über ihn außer dem, was er mir erzählt hatte? Mittlerweile sollte ich doch wissen, daß bei allen, die ich attraktiv fand, irgend etwas faul war und ich so schnell wie möglich auf und davon rennen sollte. Mir fielen Annies Worte wieder ein. »Ist dir mal ein so göttlicher Brother wie Basil über den Weg gelaufen, der dir keine Scherereien eingetragen hätte?«

Terrence war an einer Überdosis gestorben, so stand es zumindest in dem Bericht, und Gerard war ertrunken. *Aber es lagen nur fünf Tage dazwischen.* Fünf Tage waren zu kurz, als daß es ein Zufall sein könnte. Denkbar, aber sehr kurz. Basil hatte Zugang zu Kokain. Wo war er gewesen, als Gerard starb? Was hatte er mir erzählen wollen, was in der intimen Umgebung seiner Wohnung gesagt werden mußte und nicht in der öffentliche Atmosphäre der Crystal Lounge?

Es war sinnlos, daß ich versuchte, wieder einzuschlafen; dieses ganze Durcheinander setzte mir allmählich so zu wie ein alter Hund, der sich in einen Schuh verbissen hat. In meinem Büro und mit einer Tasse Red Zinger Tee in Reichweite kann ich am besten denken. Ich war noch nie an einem Sonntag um sechs Uhr früh zur Arbeit gegangen und wollte es auch nicht zur Gewohnheit werden lassen, doch ich mußte das Ganze noch einmal genau sortieren, und zwar in meiner beruflichen Umgebung.

Ich zog ein Paar Jeans und ein altes T-Shirt an, kritzelte einen Zettel für Jamal und ging zu meinem Jetta hinaus, der ein Diesel ist und daher an einem stillen Sonntagmorgen einen Höllenlärm macht. Ich fuhr langsam die South Orange Avenue hinunter, dann über die South Harrison Street bis zur Central Avenue und weiter zu meinem Büro an der Main Street. An dem Morgen waren die Straßen ruhig und leer – die Brüder und Schwestern im Herrn standen gerade auf, die Sünder kehrten eben erst heim. Zur Zeit falle ich entschieden in letztere Kategorie.

Die in mein Büro dringende Sonne verwandelte die dornigen Blätter der herrenlosen Aloepflanze in ein winziges, auf dem Fensterbrett hockendes Monster. Zudem verlieh sie dem Raum einen goldenen Schein; man konnte den Staub nicht sehen, selbst wenn man wußte, wo er zu finden war. Ich füllte den Elektrokessel mit Wasser aus dem Waschbecken in der Toilette am Ende des Flurs, stöpselte ihn ein und rief auf dem Computer die Datei DeWayne auf.

Mittwoch, 8. Oktober erschien in leuchtend grünen Lettern. Diese Aufzeichnungen hatte ich vor vier Tagen gemacht, kurz bevor Jake kam, und ich mußte wieder an seinen schönen braunen Körper denken. Ich überlegte, ob ich ihn anrufen sollte, fand es aber noch zu früh, um ihn zu stören, auch wenn ich wußte, daß es ihm wahrscheinlich nichts ausgemacht hätte. Jake. Basil. Jake war verheiratet. Basil womöglich ein Killer. Mein Gott, was war nur mit mir los? Ich hatte ja wirklich einen feinen Geschmack.

Ich drückte energisch auf die Taste für Drucken und druckte die Datei mit den Notizen vom vergangenen Mittwoch aus. Dann gab ich einen neuen Eintrag ein: Sonntag, 12. Oktober, und anschließend meine neuen Erkenntnisse: Gerards Tod am Donnerstag abend, die polizeiliche Version der Ereignisse.

Ich sah mir noch einmal die Liste vom achten Oktober an. Terrence war *doch* an einer Überdosis gestorben, das war vielleicht das Wichtigste, was ich in dieser Woche erfahren hatte. Wahrscheinlich hatte er die ganze Zeit über Dope genommen und alle an der Nase herumgeführt, die ihm nahestanden. *Mich* hatte er auch an der Nase herumgeführt, noch nach seinem Tode. Verfluchter Mist.

Trotzdem kam mir die Liste immer noch seltsam vor. Kein Junkie hebt eine halbe Schüssel Rindfleischsuppe und einen halb aufgegessenen Apfelkuchen auf. Kein Junkie bewahrt dreihundert Dollar in bar auf und klebt sie an die Kühlschrankwand. Rindfleischsuppe. Apfelkuchen. Frische Milch. Große Scheine.

Ich holte die Polaroidfotos hervor, die ich von dem Inhalt seines Abfalleimers gemacht hatte: Blumen, und zwar Goldrute. Dabei mußte ich an Jamal denken, der keine zwei Meter an solche Blumen herangehen kann, ohne sich die Seele aus dem Leib zu niesen. Als er noch klein war, hatte meine Schwester mir einmal einen Strauß Herbstblumen geschickt, und die Allergie war so schlimm geworden, daß ich ihn zum Arzt bringen und ihm eine Spritze geben lassen mußte.

Es ist immer etwas Offensichtliches, das nicht ins Bild paßt. Achten Sie auf das Offensichtliche. Das hatte DeLorca immer zu mir gesagt, als er noch glaubte, ich würde lange genug durchhalten, um es bis zum Detective zu bringen. Das Pfeifen des Kessels schreckte mich auf; ich kramte in meinem Schreibtisch nach einer Schachtel Celestial Seasonings, ließ einen Teebeutel in eine Tasse fallen und goß kochendes Wasser darüber.

Den Zusammenhang erkennen. Wo war er? Es mußte ihn geben. Terrence war an einer Überdosis gestorben. Gerard war in der Badewanne umgekommen. Zwei tödliche Unfälle aus heiterem Himmel. Ich glaubte nicht daran.

Vielleicht war das der Zusammenhang. Zwei Morde, die wie Unfälle aussahen. Verübt von jemandem, der so viel über die Jungen wußte, daß er das arrangieren und ungeschoren davonkommen konnte. Aber wie bringt man einen Zweiundzwanzigjährigen dazu, so viel Dope zu nehmen, daß es ihn umbringt? Wie ertränkt man einen Zwanzigjährigen in einer Badewanne? Wer konnte DeWayne so hassen? Blutsbande oder Leidenschaft?

Ich schaute mir die Liste vom Mittwoch an, auf der die Leute standen, die etwas mit Terrence zu tun hatten, wobei ich Gerards Namen löschte: Carlotta, Basil, Hakim, Miss Lee, July, DeWayne, Delores, Emma. Keiner der Namen ließ bei mir eine Glocke klingeln. Es mußte ein Motiv geben. Ein Motiv und eine Gelegenheit. Und außer Basil, der aus seinem Motiv – Rache – absolut keinen Hehl machte, hatte meines Wissens niemand auf der Liste eins.

Eher eine geschäftliche Beziehung. Emmas Worte fielen mir wieder ein. Terrence war ein User. Gerard war Händler gewesen. War das vielleicht die Verbindung? Vielleicht hatte es gar nichts mit DeWayne zu tun. Vielleicht war der erste Todesfall ein unberechenbarer Zufall gewesen.

Wenn es Mord war, dann hatte er Methode, und wenn er Methode hatte, dann konnte ich sie auch finden. *Das Geheimnis, wie ein Opfer gestorben ist, liegt in seinem Leben verborgen.* Wer hatte das gesagt? DeLorca? Jake? Es leuchtete ein. Terrence hatte als Junkie gelebt und war wie ein Junkie gestorben. Aber das war ja ein alter Hut.

Ich sah mir die Fotos noch einmal genau an. Blumen. Goldrute. Herbstliche Blumen, herbstlicher Tod. Komisch, wenn man darüber nachdachte. Sie paßten nicht ins Bild. Eine Freundin hätte in der Regel etwas Eindeutigeres geschickt, rote Rosen vielleicht. Wer zum Teufel sollte einem Jungen wie Terrence Blumen schicken? Warum sollte er sie wegwerfen, wenn sie noch frisch waren? Selbst auf dem Foto konnte ich erkennen, daß sie noch nicht verwelkt waren.

Blumen. Papiertaschentücher. Eine leere Packung Grippetabletten. Da hatte ich meinen Zusammenhang. Den Blumenduft riechen. Sich die Seele aus dem Leibe niesen. Die Nase putzen. Eine Pille einwerfen. Wenn man Jamal ist. Oder vielleicht auch Terrence.

Allergien sind erblich. DeWayne hatte welche. Jamal hatte welche. Terrence möglicherweise auch. Ich war immer davon ausgegangen, daß er seine Allergien von DeWaynes Seite geerbt hatte. Meine Familie war ziemlich gesund. Aber Goldrute bringt einen nicht um, und er hatte Kokain im Blut gehabt. Also stand ich wieder am Anfang. Ich sah mir noch einmal die Liste an.

Er hatte legale Drogen in seinem Zimmer gehabt – Grippetabletten. Aber Tabletten bringen einen nicht um. Es sei denn, sie enthalten Zyankali, wie das in den Kriminalromanen aus den dreißiger Jahren immer ist.

Blieb also Kokain.

Aus meiner Zeit auf der Akademie besitze ich noch ein paar Fachbücher über Gifte, Schußwaffen und andere unerquickliche Themen, die ich ganz unten im Bücherregal verstaut hatte. Jetzt holte ich eins hervor und suchte rasch nach einem Abschnitt über Kokain.

Kokain. Methylbenzoylergonin. Beim Durchsehen der Liste erkannte ich, daß man das Zeug nicht nur schnieft und spritzt, sondern manchmal auch mit der Nahrung zu sich nimmt. Das war das ungefährlichste Verfahren, doch bisweilen kam es trotzdem zu Vergiftungserscheinungen.

Das warf ein neues Licht auf die Sache. Man kann einen frisch bekehrten Junkie viel eher dazu bringen, Kokain zu schlucken, als ihn zu zwingen, wieder Crack zu rauchen. Dem Buch zufolge brauchte man mindestens einen Teelöffel voll reines Kokain, um einen Kerl von Terrences Größe und Gewicht umzubringen. Oder auch weniger, wenn man etwas anderes hinzufügte. Bei einer Autopsie wird die Leiche nur dann auf Giftstoffe untersucht, wenn ein spezieller Test beantragt wurde. Falls jemand Gift *und* Kokain genommen hatte, würde das Kokain entdeckt werden, nicht aber das Gift, vor allem, wenn es etwas Exotisches war, das nach dem Tode keine körperlichen Spuren hinterließ – wie das etwa bei Zyankali oder Strychnin der Fall wäre. Ich hätte um das Haus meiner Eltern gewettet, daß sie nicht auf Giftstoffe getestet hatten – nicht einmal auf die gängigen. Wozu für einen Junkie noch Geld verschwenden?

Wie hätte es gewesen sein können? Jetzt ging meine Phantasie mit mir durch.

Wenn jemand über die Allergie Bescheid wußte, hätte er die Pillen manipulieren, sie mit Kokain vollstopfen und dann noch etwas anderes dazutun können. Junkies nehmen leicht zuviel von Medikamenten – von allem, was sich spritzen, schniefen oder schlucken läßt. Den Schmerz, das Jucken oder das Niesen möglichst umgehend loswerden. Nicht lange warten. Junkies leben von einem Augenblick zum anderen, deshalb sind sie ja Junkies. Ein Junkie nimmt vier Pillen, wenn es auch zwei getan hätten. Eine Flasche Wein, wenn man auch von einem Glas beschwipst wird. Terrence, ein ehemaliger Junkie, hatte innerhalb von sechs

Stunden drei oder vier Pillen genommen und damit das Unwohlsein nach Junkie-Art unterbunden, und falls sie etwas anderes als Grippemittel enthielten, konnten sie ihn im Handumdrehen umbringen. Vielleicht war es etwas weit hergeholt, doch um diese Morgenstunde schien alles möglich.

Als ich zu meiner Tasse griff, war der Tee kalt, und ich war zu faul, ihn zur Toilette zu tragen und im Ausguß auszuschütten, daher goß ich ihn in die herrenlose Aloe; womöglich war Red Zinger sowieso gesund für sie. Vielleicht hatte ich eine heiße Spur, und ich wollte meinen Gedankengang nicht unterbrechen.

Wer die Blumen geschickt hatte, hatte wahrscheinlich auch den Mord verübt. Ich würde jeden Blumenhändler in einem Umkreis von zehn bis fünfzehn Meilen anrufen müssen. Irgendwo mußte es doch Unterlagen geben, eine Rechnung, einen Auftragsschein.

Doch hatten die Mörder von Terrence auch Gerard umgebracht? Es mußte noch mehr dahinterstecken. Ich griff zum Telefon und wollte Jake anrufen, stellte es dann aber wieder zurück. Es war noch nicht neun, zu früh für einen Anruf am Sonntagmorgen. Ich überlegte, ob Jamal wohl schon auf war. Eine jähe Furcht ergriff mich so heftig, daß ich erstarrte.

Hatte ich die Haustür zweimal abgeschlossen, als ich ging? Hatte ich die Fenster überprüft?

Ich war paranoid und wußte es auch, aber das war mir egal. Das Telefon klingelte. Ich nahm den Hörer ab, noch ehe das erste Läuten verklungen war.

»Ma, warum bist du so früh weg?«

»Ich hatte etwas zu erledigen.«

»Wieso machst du das sonntags?«

»Ich bin aufgewacht und konnte nicht wieder einschlafen.«

»Hat das etwas mit Gerard zu tun?«

»Nein«, log ich.

»Wann kommst du heim?« Es war das erste Mal seit zwei Jahren, daß er mich das fragte. Im allgemeinen war er gottfroh, wenn er mich aus dem Hause hatte.

»In ein paar Minuten«, sagte ich. Ich würde Jake von zu Hause aus anrufen. »Jamal, ich liebe dich.«

»Ich dich auch, Ma«, sagte er nach einer kleinen Pause, überrascht von meiner plötzlichen Zärtlichkeitsbekundung. »Bringst du von unterwegs ein paar Dunkin Donuts und Egg McMuffins mit?« fragte er; wahrscheinlich wollte er meine Stimmung weidlich ausnutzen.

»Egg McMuffins schmecken nicht, wenn sie kalt sind.«

»Ich steck sie in die Mikrowelle.«

»Okay. Ist die Tür zweimal abgeschlossen?«

»Yeah. Ich hab nachgeschaut, als ich aufgestanden bin.« Noch eine Premiere.

»Bis dann, Baby.«

»Okay«, sagte er. Dennoch hörte ich die Angst in seiner Stimme.

11

In Gedanken war ich noch bei Gerard und Terrence, während ich die Main Street entlangfuhr, in die South Harrison abbog und auf die South Orange Avenue zubrauste. An der Ecke zur Chestnut Terrace wäre ich fast mit einem ausparkenden roten Wagen neuester Bauart zusammengestoßen.

»Verfluchter Mist«, sagte ich und bog in meine Einfahrt ein. Ich hatte nicht gesehen, wer am Steuer saß, doch da fuhr jemand auf jeden Fall genauso schnell wie ich.

Als ich hereinkam, saß Jamal am Tisch und wartete auf sein Frühstück. Er brannte darauf, rauszugehen und mit Hakim im Park Ball zu spielen, und als ich ihm seine Egg McMuffins gab, machte er kurzen Prozeß damit; sie waren im Handumdrehen verputzt. Falls ich vorhin irgendwelche Ängste in seiner Stimme gespürt hatte, waren sie jetzt offenbar verschwunden. Nachdem er gegangen war, duschte ich, schenkte mir ein Glas Saft ein und fing dann an, im Telefonbuch die Blumenhändler durchzuzählen.

Da läutete es zweimal hintereinander an der Tür, einmal kurz und einmal lang und herrisch, doch ich beeilte mich nicht sonderlich, denn ich nahm an, Jamal habe seinen Schlüssel vergessen oder sei zurückgekommen, um mich um Geld anzuhauen. Als ich die Tür aufmachte, stand Basil Dupre auf der Veranda, lässig an das Geländer gelehnt.

»Woher weißt du denn, wo ich wohne?« fragte ich erstaunt. Es war mir etwas unangenehm, daß er mich ausfindig gemacht hatte, auch wenn ich vor zwei Tagen noch drauf und dran gewesen war, mit ihm ins Bett zu gehen.

»Kein ›Hallo Basil, wie schön, daß du mich besuchst‹? ›Komm rein, wir plaudern eine Runde‹?« Er legte den Kopf schief und lächelte. »Hallo, Tamara. Wie geht's denn so?«

»Hallo, Basil, woher weißt du meine Adresse?«

»Du bist nicht schwer zu finden, wenn man weiß, wo man suchen muß.« Er hielt kurz inne und ließ den Blick über die Straße schweifen. »Ich hab mir Sorgen gemacht um dich.«

»Sorgen gemacht? Ich kann selbst auf mich aufpassen. Warum hast du nicht vorher angerufen? Du hast doch die Nummer von meinem Büro.«

»Heute ist Sonntag, hast du das vergessen? Ich habe gestern versucht dich zu erreichen, aber du warst nicht da.«

»Du hättest eine Nachricht bei meinem Auftragsdienst hinterlassen können. Wieso bist du gekommen?« fragte ich ohne Umschweife. Während ich das sagte, wurde mir klar, daß meine ruppige Art – und ich hatte eindeutig eine ruppige Art an mir – mit meinem Selbstgespräch (der Befürchtung, er habe mich von Anfang an wie eine lüsterne Vollidiotin behandelt) um fünf Uhr morgens zusammenhing. Doch von diesem Gespräch wußte Basil ja gar nichts. Er musterte mich eine Weile verwirrt.

»Ich bin dir noch ein paar Informationen schuldig«, sagte er schließlich ernsthaft.

»Kein Arbeitsdisput heute?« stichelte ich, damit er merkte, daß ich nicht vergessen hatte, wie der Kopf des

Brothers mit den Michael-Jackson-Locken gegen die Wand schlug.

Es war deutlich zu sehen, daß Basil das ärgerte, doch er sprach geduldig weiter, wie ein nachsichtiger Vater, der auf ein begriffsstutziges Kind einredet. »Laß gut sein, Baby. Du kennst ja die Vorgeschichte nicht. Du weißt gar nicht, worum es ging. Ich bin hier, weil ich gesagt habe, ich hätte ein paar Informationen für dich, und damit du siehst, daß auf meine Worte Verlaß ist.«

»Auf deine Fäuste auch.«

»Yeah, auf meine Fäuste auch.«

Sein Tonfall besagte: »Entweder du nimmst das so hin, oder du kannst mich vergessen.« Ich wurde jetzt genauso wenig schlau aus ihm wie letzten Freitag, bei der Trauerfeier für Terrence oder bei unserer ersten Begegnung vor vierzehn Jahren, als er mir diesen unvergeßlichen Kuß gab.

»Okay«, sagte ich nach einer Weile. »Komm rein, aber nur für ein paar Minuten. Gleich ist mein Sohn mit seiner Clique wieder da, und ich will nicht, daß sie hier fremde Männer ein und aus gehen sehen.«

»Fremde Männer?« Ein gekränkter Blick, rasch unterdrückt, flackerte in seinen Augen auf. »Nur falls du es vergessen hast, ich kannte dich schon vor deinem Sohn. Und wenn er mit den Jungs zurückkommt, bin ich längst wieder weg. Du traust mir wohl überhaupt nicht, was?« fragte er nach einem Moment mit seinem charmanten Lächeln.

»Nein.«

»Du *meinst,* du traust mir nicht, Tamara. Aber in Wirklichkeit traust du mir schon. Du bist doch eine intelligente Frau. Wenn du mir wirklich nicht trauen würdest, wie erklärst du dir dann, was Freitag geschah? Sollen wir uns hier auf der Veranda unterhalten?« fügte er rasch hinzu.

Die Leute in meiner Straße stecken ihre Nase liebend gern in anderer Leute Angelegenheiten, und ich wollte nicht, daß meine Angelegenheiten überall herumgetratscht wurden. Ich trat einen Schritt zurück und ließ ihn ein.

»Vielen Dank«, sagte er mit übertriebener Förmlichkeit, was ich nicht zu würdigen wußte.

Er trug eine leichte, engsitzende beigefarbene Wollhose, einen eleganten braunen Kaschmirpullover und eine schwarze Lederjacke, die so weich war, daß sie wie Seide fiel. Als wir an dem Spiegel im Flur vorbeikamen, warf ich einen raschen Blick auf meine Erscheinung, und was ich da sah, gefiel mir gar nicht. Aber sauber war ich zumindest. Der Duft der Brombeerseife aus dem Body Shop, die ich beim Duschen benutzt hatte, lag noch auf meiner Haut.

»Magst du Kaffee?« fragte ich.

»Macht es dir auch wirklich nichts aus?«

»Hab ich nicht gerade gesagt ›Komm rein, Basil, und trink einen Kaffee mit mir‹? So langsam gehst du mir auf die Nerven mit deinem Gequatsche.«

Er lachte ein tiefes, gutmütiges Lachen, bei dem ich lächeln mußte. »Kaffee wäre schön.«

Ich ging voraus in die Küche. »Ich hab noch etwas von dem Blue Mountain, den ich aus Negril mitgebracht habe.«

»Wann warst du denn da?« fragte er interessiert.

»In Jamaika? Vor ein paar Wochen.« Es schien schon eine Ewigkeit her zu sein, daß dieses ganze Theater hier angefangen hatte.

Er setzte sich an den Küchentisch und schaute sich um,

wobei ihm keine Eigenheit des Raums entging: die Brathähnchen-Fettspritzer an der Decke; der Brandfleck auf der gelben Anrichte, wo Jamal einen Topf mit angebrannten Erbsen abgestellt hatte; der aus einem Eisstiel gebastelte Serviettenring, den Hakim mir einmal zu Weihnachten geschenkt hatte. Er sah sich um und lächelte.

»Hübsch hier«, sagte er.

»Danke.« Ich fragte mich, ob er die Geister – Johnny, meine Eltern – spürte, die hier herumspukten.

»Bist du hier aufgewachsen?«

»Yeah.«

»Jetzt hab ich etwas Wichtiges über *dich* erfahren.« Damit zitierte er meine Worte vom Freitag in seiner Wohnung. Ich löffelte Kaffee in die Kanne und stellte sie auf den Herd. »Was willst du mir denn erzählen und kommst nie dazu?« fragte ich, um das Thema zu wechseln.

»Wann machen wir da weiter, wo wir aufgehört haben?«

»Erst mußt du mir erzählen, was du versprochen hast.«

»Tamara, warum drehen wir uns ständig im Kreise?« fragte er mit einem kleinen Lachen. Vielleicht lag es an der Küche und dem Kaffee auf dem Herd, vielleicht auch an der Sonne, die mit goldenem, romantischem Leuchten durch das Küchenfenster drang, doch schien jetzt eine noch nie dagewesene Unbefangenheit zwischen uns zu herrschen, und ich stimmte in sein Lachen ein. Spielte mir meine Phantasie da wieder einen Streich?

Der Kaffee war durchgelaufen, und ich holte zwei große Becher aus der Speisekammer; dabei spürte ich seinen Blick auf meinem Körper, und es war ein schönes Gefühl. Ich reichte ihm seinen Becher und holte dann Milch

»Schwarz«, sagte er.

Ich goß ein paar Tropfen Milch in meinen Kaffee und nahm ihm gegenüber Platz.

»Warum bist du am Freitag so geheimnisvoll verschwunden?« fragte er.

»DeWaynes Sohn Gerard ist Donnerstag abend ermordet worden. Ich mußte nach Hause zu meinem Jungen.« Ich redete nicht lange um den heißen Brei herum und beobachtete gespannt seine Miene. Sie verriet keinerlei Reaktion.

»Gerard Curtis ist tot? Das wundert mich nicht«, sagte er nach einer Weile. »Wie ist er gestorben?«

»Er ist in einer Badewanne ertrunken.«

»In einer Badewanne ertrunken?« fragte er spöttisch. »Du willst mich wohl auf den Arm nehmen.«

»Das ist die Version der Polizei. Er starb Donnerstag nacht im Haus seiner verstorbenen Großmutter in Belvington Heights. Wie es heißt, war er betrunken und stand unter dem Einfluß von Beruhigungsmitteln und ist in der Wanne ohnmächtig geworden. Aber ich glaube, da ist etwas anderes abgelaufen.« Ich trank einen Schluck Kaffee und sah ihn über den Becherrand hinweg verführerisch an.

Er lehnte sich auf seinem Stuhl zurück und betrachtete mich lange, wobei ein Lächeln um seine Lippen spielte. »Du meinst also, den hätte ich auch umgebracht?«

»Das habe ich nicht gesagt.«

»Wie gut kanntest du ihn, diesen toten Sohn deines Exgatten?«

»Nicht sehr gut«, sagte ich. Von den wenigen Begegnungen in seiner Kinderzeit abgesehen, waren die paar Minuten auf Emmas Veranda so ungefähr alles.

»Wenn du ihn auch nur ein bißchen gekannt hättest, dann wüßtest du, daß das ein widerlicher Kotzbrocken war, dem es ganz recht geschieht, in irgendeiner Badewanne zu ertrinken.«

Etwas Ähnliches hatte ich selbst vor nicht einmal vier Tagen ausgesprochen, und das ausgerechnet seiner Mama gegenüber, doch Basil sagte das mit einem so höhnischen Grinsen im Gesicht, daß mir ein Schauer über den Rücken lief.

»Hast du denn vor nichts Respekt, nicht einmal vor den Toten?« Die Frage klang selbstgerechter als beabsichtigt.

»Nicht vor denen, die den Tod verdient haben.«

»Wer hat es verdient, so jung zu sterben?«

»Manch einer, der so jung stirbt.«

»Das ist nicht dein Ernst.« Ich sagte nichts von Bettina, erkannte aber an dem Schmerz in seinen Augen und der Art, wie er meinem Blick auswich, daß er wußte, worauf ich anspielte. Andererseits fühlte ich mich auch bestätigt. Würde er so ohne weiteres derartige Gefühle für eine »tote« Schwester zur Schau stellen, wenn sie noch am Leben war?

»Ach, laß uns nicht vom Tode reden«, sagte er mit übertriebenem Pathos.

»Ich hatte die ganze letzte Woche über mit dem Tod zu tun. Für mich gibt es gar kein anderes Thema. Was hast du mit diesem Gerede über Carlotta gemeint? Daß sie alles bumst, was Hosen anhat, wie eine streunende Katze?«

»Genau das, was ich gesagt habe.« Er trank einen

Schluck Kaffee. »Diese Carlotta hat das ganze letzte Jahr über Gerard gebumst. Terrence hat davon gewußt. Gerard hat gewußt, daß er es weiß. Carlotta hat gewußt, daß er es weiß. Und du weißt es jetzt auch.« Er beendete seine Enthüllung mit einem amüsierten Grinsen.

Ich starrte ihn ungläubig an. »Gerard war erst zwanzig. Carlotta ist eine erwachsene Frau«, sagte ich. »So alt wie ich, als Jamal geboren wurde. Warum sollte eine erwachsene Frau wie sie sich mit einem Zwanzigjährigen einlassen?«

»Sie ist zweiundzwanzig, Tamara. Genau so alt wie du bei unserer ersten Begegnung...« Er machte eine bedeutungsvolle Pause und fuhr dann fort. »Zwei Jahre – höchstens – älter als er. Seit wann ist eine zweiundzwanzigjährige Frau gegenüber einem zwanzigjährigen Mann eine erwachsene Frau? Als ich zwanzig war, hatte ich Frauen, die zweimal, dreimal so alt waren wie ich... naja, vielleicht zehn Jahre älter«, fügte er mit verlegenem Lächeln hinzu.

»Aber Gerard?« fragte ich wieder. Er zuckte die Achseln, als wolle er sagen, das sei ihm auch zu hoch.

»Vielleicht hat sie etwas an ihm gefunden, das dir entgangen ist«, erläuterte er. »Du weißt doch, wie man früher sagte: ›Jedem Tierchen sein Pläsierchen‹. Und vielleicht hatte er ihr ein paar Pläsierchen zu bieten, die sie noch gar nicht kannte.«

»Ich weiß nicht recht«, sagte ich, noch immer nicht überzeugt. Doch andererseits, dachte ich, würde das den heftigen Streit erklären, den ich damals auf der Veranda zwischen Emma und Gerard mit angehört hatte. Allem Anschein nach hatten sich die letzten Worte, die zwischen ihnen gefallen waren, darum gedreht, daß er sich mit jemandem traf und mit jemandem schlief, der ihr nicht paßte. Es waren keine Namen gefallen – ob es sich da womöglich um Carlotta handelte? »Woher weißt *du* denn das?« fragte ich Basil.

»Das wußte doch jeder. Gerard war ein Großmaul. Er hat diesen Blödmann von deinem Exgatten überall zum Gespött gemacht. Alle haben ihn hinter seinem Rücken ausgelacht. Von den Kellnern, die ihm in dem billigen Nachtklub am Branford Place, wo er Stammgast ist, den Scotch eingießen, bis zu der ausgeflippten kleinen Sekretärin, die bei ihm am Telefon sitzt. Da schmeißt er sein Geld für das kleine Flittchen raus, als wär's die Prinzessin von Wales, und die bumst hinter seinem Rücken im Hause der eigenen Mama mit seinem Sohn, sooft sie ihn zu fassen kriegt. Eigentlich wahnsinnig komisch, wenn man's recht bedenkt!« Er brach in bösartiges, verächtliches Gelächter aus.

»Hat DeWayne das gewußt?« Ich lauschte aufmerksam auf alles, was er sagte, und erweiterte dabei die Liste in meinem Kopf.

»Wer hätte es ihm sagen sollen? Wer so etwas über einen Mann wie DeWayne spitzkriegt, der behält es für sich, genießt es und lacht sich ins Fäustchen. Es war ein altbekannter Witz. Niemand steht ihm so nahe, daß er ihm auch nur ein Sterbenswörtchen gesagt hätte.«

»Und Terrence hat es auch gewußt?«

»Man munkelte, jemand hätte ihn dafür bezahlt, daß er es DeWayne *nicht* erzählt. Vor seinem Tod hat Terrence mit Geld um sich geworfen, als hätte er das große Los gezogen. Von irgendwem mußte er das Geld ja haben. Gerard war ein kleiner Koksdealer für Kids von der High School, also hatte er Geld. Aber es kann auch Carlotta gewesen sein. Sie hat diesen Trottel von DeWayne Curtis nach Strich und Faden ausgenommen. Ausgepreßt wie eine Zitrone.«

Ich stand auf, um uns Kaffee nachzuschenken, dann setzte ich mich wieder auf meinen Platz ihm gegenüber, wobei mein Knie unter dem Tisch sanft sein Bein streifte; er drückte fest zurück.

»Basil, warum erzählst du mir das alles?« *Was springt für dich dabei heraus?*

»Was hast du denn jetzt schon wieder? Hat dir nie jemand erzählt, daß man einem geschenkten Gaul nicht ins Maul schaut? Du nimmst wohl keine Geschenke an? Und deine Versprechen hältst du auch nicht? Du weißt doch, was ich dir sagen will: Komm jetzt mit zu mir.«

Ich musterte sorgfältig sein Gesicht: das belustigte Lächeln, die dunklen Augen, die begehrlich oder auch betrügerisch glänzen konnten – *Schlafzimmeraugen*, wie meine Großmutter immer sagte –, die breiten, weichen, sinnlich geformten Lippen. Konnte dieses Gesicht, das mir derart den Kopf verdrehte, einem Killer gehören?

Ich schwieg einen Moment und erwog blitzschnell sein Angebot, bevor mir einfiel, daß es Sonntag mittag war; Basil war kein Mann, den man zum Sonntagessen einlud.

»Heute nicht«, sagte ich.

»Wann?« fragte er. Er rückte etwas auf dem Stuhl herum, und ich bemerkte den Wulst einer erfolglos in den Falten seiner teuren Lederjacke verborgenen .38er. Ein leichter Augenaufschlag sagte mir, daß er wußte, was ich gesehen hatte.

»Ich weiß nicht recht, ob ich mit einem Mann weggehen möchte, der eine Schußwaffe trägt.«

»Du warst doch bei der Polizei, also hast du auch eine.«

»Ich hasse Schußwaffen«, sagte ich, und das meinte ich ernst.

»Ich hab einen Waffenschein«, erklärte er. »Ich brauche sie zu meinem Schutz.«

»Schutz? Vor wem?«

»Vor Frauen wie dir, die jede Lüge durchschauen. Ich wurde also verführt und dann sitzengelassen«, fügte er mit selbstironischem Grinsen hinzu. »Du hast bekommen, was du von mir wolltest, und jetzt läßt du mich verzweifelt und verschmäht vor mich hin schmachten.«

»Basil, wir wissen beide, daß du noch nie verzweifelt und verschmäht vor dich hin geschmachtet hast und das auch nie tun wirst – ob wegen mir oder sonst einer Frau.«

»Du kennst mich nicht so gut, wie du denkst, Tamara Hayle«, sagte er. Er trank seinen Kaffee aus und stand auf, wobei er die Jacke glattstrich, um die Waffe besser zu verbergen. Dann drückte er mir einen leichten, neckischen Kuß auf den Mund und wandte sich zum Gehen.

Doch dieser Kuß blieb an den weichen Innenseiten meines Mundes haften und rief in meinem Körper die Erinnerung an das erste Mal wach, als seine Lippen die meinen berührten, dann an den letzten Freitag und alle anderen Gelegenheiten, wo ich mich danach gesehnt hatte, mit der Spitze meiner Zunge über die vollen, runden Linien seines Mundes zu gleiten.

Das Verlangen überfällt die Menschen ohne Warnung oder einen Moment der Besinnung; es läßt ihnen keine Zeit, ins Bad zu rennen und sich die Zähne zu putzen oder Intimspray an die Stellen zu sprühen, die sie für wichtig halten. Wenn ich später darüber nachdachte, wurde mir klar, daß Basil auf das, was dann geschah, genauso wenig gefaßt gewesen war wie ich; es war wie eine »Naturgewalt«, die über uns hereinbrach wie ein heftiger Platzregen, bei dem man die Kleider an sich reißt und unter das nächste Dach flüchtet. Doch wir flüchteten nicht.

Die fieberhafte Erregung zwischen uns war diesmal keine bedächtige Verführung wie am Freitag, kein Verweilen der Lippen auf Gesicht und Hals und Brüsten. Es war ein Feuerstoß, der uns mit einer jähen Hitze ergriff, wie ich es noch nie erlebt hatte. Und doch lag auch Zärtlichkeit in der Glut seiner Lippen, die mich in einen Taumel des Verlangens nach ihm stürzten.

Als erstes zog er die Jacke aus und legte sie auf dem Tisch ab. Die Waffe fiel mir ein, ich hielt inne, doch dann kamen seine Küsse so rasch und leidenschaftlich, daß ich im Handumdrehen jeden Gedanken daran vergessen hatte. Noch ehe ich wußte, wie mir geschah, waren wir ausgezogen und unsere Kleider auf dem Fußboden verstreut. Sein Körper war stark und fest wie Ebenholz. Ich fuhr mit Fingern und Lippen den Bogen seines Rückens entlang und über seine Brust, aus schierer Lust, ihn zu berühren, seine Haut an meinen Fingerspitzen zu spüren und seinen warmen, salzigen Körper mit der Zunge zu schmecken. Er küßte meine Brüste, meine Arme, meinen Nacken, die Innenseite meiner Schenkel, ließ keine erdenkliche Stelle aus.

Doch der Zweifel blieb. *Könnte Basil der Killer sein?* Dieser Gedanke und die jähe Härte des Küchenfußbodens brachten mich schlagartig wieder in die Realität zurück. Basil spürte meine Kälte und machte sich los.

»Was ist?«

»Nichts«, murmelte ich, holte tief Luft und zog mein Sweatshirt herunter.

»Willst du nach oben gehen?«

Ich überlegte einen Moment. Würde es die Sache wirklich leichter machen, wenn ich Basil in meinem Schlafzimmer liebte? Zugegeben, es wäre dann angenehmer. Schließlich bestand tatsächlich die Möglichkeit, daß mein halbwüchsiger Sohn hier hereinplatzte, wo er gewohnheitsmäßig Sandwiches mit Erdnußbutter verschlang und sich dabei »Die Simpsons« ansah, und plötzlich seine Mutter auf dem Fußboden vorfand, wo sie sich mit dem Mann vergnügte, der auf der Beerdigung seines toten Bruders seinen Vater verflucht hatte. Der Gedanke ließ mich erschauern.

»War es so schlimm?« fragte Basil mit belustigtem Grinsen, wobei er mich beobachtete und mein Unbehagen spürte, ohne zu wissen, was mir durch den Kopf ging.

»Nein. Das ist es nicht«, sagte ich rasch. Er küßte mich wieder auf den Hals, genau über dem Schlüsselbein, eine jener »erogenen Stellen«, die mich unweigerlich elektrisieren, und ich erbebte, während ich wieder mit seinem Körper verschmolz. Doch als seine Lippen die meinen berührten und seine Hand sanft meine Brüste streichelte, machte ich mich frei.

Folgte ich mit meinem Zögern einem instinktiven Gespür für die Gefahr?

»Es ist eigentlich nicht meine Art, Männer anzuheizen und dann sitzenzulassen«, sagte ich nach einem Moment. »Wahrscheinlich denkst du das jetzt, nach allem, was eben und letzten Freitag passiert ist. Aber es stimmt nicht.«

»Hab ich das gesagt?« Er zog sich etwas zurück und betrachtete mich mit einem belustigten Glitzern in den Augen. »Vielleicht bist du einfach nur eine Frau, die sich nicht von spontanen Gefühlen mitreißen läßt.«

»In Wirklichkeit bin ich mir jetzt kein bißchen sicherer darüber, was zwischen uns abläuft, als am Freitag«, sagte ich, da ich meinte, ihm die Wahrheit schuldig zu sein. »Vielleicht noch unsicherer.«

»Ich gehe ein ebenso großes Risiko ein wie du.« Er stand auf und streckte mir die Hand entgegen. Ich zog mich weniger geschmeidig, als ich mir gewünscht hätte, nach oben und sah ihm ins Gesicht. »Das können Frauen bei Männern nie begreifen. Das Risiko liegt auf beiden Seiten, nicht nur auf einer. Du hast mich ebenso in der Hand wie ich dich.«

Wir setzten uns an den Tisch zurück und sahen uns an. Jetzt waren wir wieder am Nullpunkt angelangt.

»Ist es wegen DeWayne?« fragte er nach einer Weile. »Meinst du, ich hätte etwas mit dem Tod der beiden Jungen zu tun?«

»Das habe ich nicht gesagt.«

»Brauchst du auch nicht.«

»Basil...«

»Entscheide dich, mein Schatz«, sagte er nach einer Pause. »Und einen guten Rat will ich dir noch geben: Laß keinen Killer in dein Haus.« In seiner Stimme lag ein bitterer Ton, bei dem ich zusammenzuckte. »Ich bin ein schlechter Verlierer.«

»Basil, hier geht es nicht um Gewinnen und Verlieren. Sehen wir uns wieder?« fragte ich, während er seine Jacke anzog, und für den Bruchteil einer Sekunde schoß mir wieder der Gedanke an die Waffe durch den Kopf. Kaum hatte ich das ausgesprochen, da bereute ich es auch schon, und ich hätte es zurückgenommen, wenn ich gekonnt hätte.

Er schwieg. »Das überlaß ich dir«, sagte er. »Wenn du zu einem Entschluß gekommen bist, wer ich bin. Auf Wiedersehen, Tamara«, sagte er leise und küßte mich noch einmal auf die bewußte Stelle am Hals. Ich konnte mich nicht darauf verlassen, daß meine Stimme normal klingen würde, und sagte daher lieber nichts.

Als er weg war, saß ich da und schaute in meine halbvolle Kaffeetasse. Dann hob ich sie zum Mund und nippte geistesabwesend daran. Der Kaffee war inzwischen kalt und bitter geworden. Ich spuckte ihn in die Tasse zurück. Hätten wir nach oben gehen sollen? *Was wäre denn dabei gewesen? Ich war eine erwachsene Frau und konnte mit meinem Leben und meiner Libido anfangen, was ich wollte.*

Auf einmal tat mir das alles so furchtbar leid, daß ich fast seinen Namen gerufen hätte. *Würde es nächstes Mal anders sein?* Warum mußte ich in dieser Phase meines Lebens immer so verdammt auf der Hut sein, so vorsichtig in der Liebe? Ich hatte nie zu den Frauen gehört, die einfach dem Schicksal seinen Lauf lassen und unbekümmert in den Tag hinein leben. Ich verfluchte mich für meine Vorsichtigkeit.

Jetzt hätte ich gern eine Zigarette geraucht. Nur um die

Spannung loszuwerden, um meine Gedanken klären zu können.

Doch letzten Endes hatte ich gar keine Zeit, allzulange darüber nachzugrübeln, wie gern ich eine Zigarette oder auch ein Techtelmechtel mit Basil auf dem Küchenboden gehabt hätte. Jamal und Hakim kamen lachend und auf ihren Basketball eindreschend ins Haus gestürmt.

»Ist der Kerl, der Daddy bei der Beerdigung zusammenschlagen wollte, gerade hier rausgekommen?« wollte Jamal wissen, während er in die Küche dribbelte. »Wir haben ihn weggehen sehen, als wir bei Warren herauskamen. Was hatte denn der hier zu suchen?«

Sofort wußte ich, daß meine Entscheidung richtig gewesen war. »Tu den Ball weg. Nein«, log ich. »Das war jemand anders. Das war ein Freund von mir, falls dich das was angeht.«

Ich wandte mich ab und suchte hektisch die Küche nach Anzeichen unseres Beinahe-Liebesakts ab. Gleichzeitig überlegte ich, ob ich wohl Spuren im Gesicht hatte. Jamal sah mich prüfend an.

»Wie gut kennst du ihn?« fragte er mit Beschützermiene.

»Hör mal, mein Sohn.« Ich hob das Wort »Sohn« hervor und bemühte mich um einen möglichst autoritären Ton. »Ich habe keinen Bedarf daran, daß ein vierzehnjähriger Bursche mit zuviel Testosteron im Blut mich bewacht. Danke für deine Besorgnis um mein Sozialleben, aber das ist wirklich nicht nötig. Du hast Freunde, die ich nicht kenne. Ich habe auch Freunde, die du nicht kennst. Lassen wir es dabei. Kümmere dich um deine eigenen Angelegenheiten, mein Schatz. Habt ihr denn gar nichts zu tun?« Damit drehte ich mich um und bedeutete ihm und Hakim mit hochgezogenen Augenbrauen, daß sie jetzt gehen konnten.

Jamal lächelte mich an. »Okay, Mom. Aber wenn hier mal eine Superbraut aus dem Haus kommt, während du weg bist, will ich bitte kein Sterbenswörtchen von dir zu hören kriegen.« Hakim kicherte und schlug ihm anerkennend auf die Hand.

»Jetzt reicht's aber, Jungs«, sagte ich in einem Ton, der ihnen bedeutete, daß ich es ernst meinte. Jamal zuckte die Achseln, als wolle er sagen, »Mach, was du willst«, schob einen Beutel Orville Redenbacher Popcorn in die Mikrowelle und lief dann mit Hakim ins Wohnzimmer, um sich Videos anzugucken. Ich setzte mich hin und machte mir eine Tasse Pfefferminztee; als ich ihn trank, hatte ich noch immer den Geschmack von Basil auf den Lippen.

»Kann ich heute hier übernachten, Tante Tam?« fragte Hakim ein paar Stunden später, als ich Jamal rief, um den Abendbrottisch zu decken. Hakim war der einzige Mensch außer Jake, der mich »Tam« nennen durfte. Vor einem Jahr hatte er das Wort »Tante« hinzugefügt; er meinte, es sei an der Zeit, daß er mir etwas Respekt entgegenbrachte. »Machst du uns was im Wok?« Er war auch das einzige Kind, das ich kannte, dem das, was ich da in meinem uralten, fast unbenutzten Wok zusammenrührte, wirklich schmeckte.

»Nä, Mann«, sagte Jamal empört zu ihm. »Das mag doch kein Mensch, dieses Zeugs aus dem dämlichen Wok da.«

»Halt den Mund, Jamal. Hakim, du kannst bleiben«,

sagte ich. »Ruf deine Großmutter an, und dann kochen wir was im Wok, aber ihr müßt es kleinschneiden. Das ödet mich nämlich an.«

Er rief seine Großmutter an und kam nach zwanzig Minuten zu mir in die Küche. Während er Selleriestauden, Zwiebeln und ein paar Pilze kleinschnitt, die schon rund eine Woche im Kühlschrank herumgelegen hatten, plapperte er unaufhörlich über Basketball, daß Chemie sein Lieblingsfach sei, aber er mochte es niemand sagen, und daß er Trompete übe, damit er so spielen könne wie Wynton Marsalis – Sachen, die er Jamal nie erzählen würde, weil der zu jung war, und seiner Großmutter auch nicht, weil die zu alt war.

Aber ich hörte nur halb hin, meine Gedanken waren noch bei Basil, bei dem, was beinahe zwischen uns passiert wäre, und dabei, was er mir erzählt hatte; es ging mir weiter im Kopf herum, während ich das Huhn im Wok briet, Reis kochte, mir »Roc« und »The Sunday Night Movie« anschaute und mich schließlich zum Schlafen unter meine Daunendecke kuschelte. Als das Telefon klingelte, nahm ich erst nach dem vierten Läuten ab, gerade noch rechtzeitig, bevor sich der Anrufbeantworter einschaltete. Halb hoffte ich, daß es Basil wäre. Doch es war Jake.

»Schläfst du schon?«

»Nein, nicht richtig.«

»Hat Jamal dir ausgerichtet, daß ich angerufen habe?«

»Dieser hinterhältige kleine Wicht erzählt mir doch nie was. Aber ich wollte dich morgen anrufen. Hast du das mit Gerard gehört?« Ich setzte mich auf, beinahe wieder wach.

»Yeah, ich hab es drüben auf dem Revier erfahren. Was zum Teufel geht da vor, Tam?«

»Ich weiß es nicht. Aber heute hab ich was erfahren, das vielleicht ein Teil des Puzzles ist.« Ich erzählte ihm alles, was Basil mir berichtet hatte, sowie die offizielle Lesart von Terrences Tod. Mein Abenteuer auf dem Küchenboden erwähnte ich nicht.

»Glaubst du denn, daß jemand das tun könnte – dafür sorgen, daß Terrence einen schweren und letztendlich tödlichen allergischen Anfall bekommt?« fragte Jake.

»Yeah. Es scheint etwas abwegig, daß jemand so weit gehen, sich ein so kompliziertes Verfahren einfallen lassen sollte, aber yeah, meiner Meinung nach wäre es durchaus möglich.«

»Man hätte ihn doch einfach erschießen können?«

»Es sollte wie ein Unfall aussehen, damit sich die Polizei nicht damit befaßt. Da hat jemand gewußt, daß er ein Junkie war und daß sich kein Mensch um einen Junkie schert.«

»Also stimmst du DeWayne zu?« fragte Jake.

»Ich weiß nicht«, sagte ich. »Meiner Meinung nach handelt es sich nicht um eine Verschwörung oder so, wie DeWayne meint, aber ich glaube, indirekt hat es doch etwas mit ihm zu tun.«

»Aber warum?«

»Das hängt davon ab, wer es war.«

»Wie hätten die denn da reinkommen sollen?«

»Vielleicht haben sie Miss Lee gebeten, sie hereinzulassen, und gesagt, daß sie ihn kennen. Vielleicht haben sie sich als Boten ausgegeben. Mein Gott, vielleicht waren es ja Bekannte von ihm, und sie haben die Tabletten einfach aus Gefälligkeit mitgenommen und ihm gegeben. Es ist gar nicht so schwer, sich Zutritt zu einer Wohnung zu verschaffen, wenn man wirklich will.«

Ich hielt inne. »Ich glaube nicht, daß er sich die Blumen selbst gekauft hat; ich wollte herausfinden, ob sie durch Boten kamen, aber das wäre womöglich nur Zeitverschwendung. Jeder hätte sie in irgendeinem Supermarkt besorgen können – bei A&P, Pathmark, überall, da gibt es alle möglichen Blumen. Vielleicht waren sie ein Geschenk, und er hat sie aus Höflichkeit angenommen und dann weggeworfen, und das würde bedeuten, er kannte die Leute und wollte sie nicht kränken. In vielerlei Hinsicht war Terrence ein ganz netter Kerl, und das wußten die auch. Diese Leute kannten ihn gut genug, um zu wissen, daß er wahrscheinlich unter Allergien litt, oder sie kannten DeWayne gut genug und wußten, daß es erblich ist.«

»Wieviel Kokain hätten man gebraucht, um ihn umzubringen?«

»Einen Teelöffel voll. Aber vielleicht war es nicht nur Kokain. Vielleicht wurde etwas hineingemischt, damit es tödlich wirkt«, sagte ich.

»Da könnte was dran sein, Tam.« Anscheinend dachte er über etwas nach. »Wir hatten vor ein paar Jahren einen Fall, wo jemand Schierlingsstengel zermahlen hat.«

»Schierling?«

»Man findet ihn hier in der Gegend – er ist in Eurasien und Afrika heimisch, aber wer sich auskennt, findet ihn auch hier. Jedenfalls, der Täter hat es in Schokoladenkekse mit Acid – LSD – reingetan. Der Brother hat gedacht, er ist auf einem Trip, und dieser Trip hat ihn geradewegs auf den Friedhof gebracht. Es wirkt wie Curare, es lähmt die Muskeln. Es tut höllisch weh, aber wenn man auf einem Trip ist, spürt man nichts davon. Die Todesursache ist Atemlähmung. Acid hat seltsame Nebenwirkungen, hat der Leichenbeschauer gesagt. Doch die Mama des Opfers hat Stein und Bein geschworen, daß er vergiftet worden sei, und als wir später Tests durchgeführt haben, war das Ergebnis: Schierling. Gift mit etwas anderem vermischt ist also durchaus möglich.«

Jetzt war ich hellwach. Unten im Wohnzimmer hörte ich Jamal und Hakim immer noch MTV gucken. Ich stand auf, machte die Tür zu und kletterte wieder ins Bett.

»Terrence hat vor seinem Tod nur so mit Geld um sich geworfen«, sagte ich.

»Vielleicht hat er Gerard und Carlotta erpreßt? Falls das Geld von einem von beiden kam…«, nahm Jake den Faden wieder auf. Ich lag im Bett und hörte zu. »Das würde das Geld erklären, das du in seinem Kühlschrank gefunden hast. Es erklärt auch, warum Gerard und Carlotta bei der Trauerfeier für Terrence nicht gerade gramgebeugt waren. Hatten sie beide eine Gelegenheit? Ein Motiv hatten sie, vor allem Carlotta. Erzähl mal, was du von ihr weißt.«

»Zweiundzwanzig. Hübsch. Mein Gott, du hast sie ja gesehen, sieht phantastisch aus, wenn auch etwas billig. Ihr Mädchenname ist Carlotta Lee. Ihre Tante war Terrences Vermieterin.«

»Also hätte sie leicht Zugang zu seiner Wohnung finden können. Wie heißt ihre Tante?«

»Miss Lee, mehr weiß ich nicht.«

»Cleotha Lee?« fragte Jake.

»Cleotha? Weiß ich nicht. Herr des Himmels, wer würde sein Kind Cleotha nennen?«

»Das ist so ein guter alter Name aus dem Süden, den die Leute in früheren Zeiten hilflosen Kindern angehängt haben. Sag ja nichts dagegen. Ich habe eine liebe alte Cousine väterlicherseits namens Cleotha.«

»Wer ist Cleotha Lee?« fragte ich.

»Vor etwa zwanzig Jahren hat Cleotha Lee für die Mafia Geld gewaschen. Hat nach den Unruhen Land aufgekauft, billig gekauft und billig verkauft. Hat kleinen Nachwuchsgangstern wie deinem Ex Startkapital verschafft. Hat ein bißchen mit Koks und Grass gehandelt, als die Leute Koks zur ›Entspannung‹ nahmen und alle high waren. Nichts Großartiges, alles kleine Fische, aber für Pelze und Perücken hat es gereicht.«

»Meinst du, sie kennt DeWayne von damals? Ich weiß, daß er in den frühen Siebzigern in den Norden, nach Newark gekommen ist, gleich nach den Unruhen.«

»Das mag sein. Es gibt vieles, das du über diesen Brother nicht weißt, Tam. Meinst du, er hat das mit Carlotta und Gerard gewußt?«

»Meiner Meinung nach hätte er einen Verdacht haben können.« Mir fiel der merkwürdige Ausdruck in DeWaynes Augen wieder ein, als DeLorca ihn fragte, ob er wüßte, wie Gerard in das verschlossene Haus seiner Mutter gelangt sein könnte.

»Meinst du, DeWayne könnte Terrence umgebracht haben?« fragte Jake geradeheraus.

»Nein, Jake! Ich traue DeWayne einiges zu, aber ein Killer ist er nicht!« Ich war selbst überrascht, daß ich DeWayne so verteidigte.

»Aus Eifersucht, aus Leidenschaft für seine hübsche junge Frau tut ein Brother so manches, Tamara. Vielleicht hat Carlotta Terrence umgebracht. Und DeWayne hat dann Gerard umgebracht.«

»DeWayne würde doch nicht seinen eigenen Sohn umbringen, Jake. Eher hätte er Carlotta auf die Straße gesetzt, als daß er das täte.«

»Vielleicht hatte Miss Lee etwas gegen ihn in der Hand, das dies verhinderte. Ich weiß nicht. Vielleicht hatte er gar nicht die Absicht, Gerard zu töten, vielleicht ist es einfach über ihn gekommen.« Jake blieb hartnäckig.

»Warum würde er mich dann immer noch bezahlen, um irgendwelche Mörder zu suchen?«

»Als er dich beauftragt hat, war Gerard noch nicht tot.«

»Warum hat er mich dann nicht zurückgepfiffen?«

»Vielleicht tut er das ja noch.«

»DeWayne hat Gerard nichts angetan, Jake. Das war kein Mord aus Leidenschaft. Er wurde in der Badewanne ertränkt, das ist hinterhältiger, vorsätzlicher Mord. Und noch etwas: Wie ertränkt man einen erwachsenen Mann in einer Badewanne?«

»Es war so eine altmodische, klauenfüßige Wanne, die im Rücken schräg abfällt, ja?«

»Woher weißt du das?«

»Hast du mal in so einem Ding gebadet, Tam? Wir hatten früher bei meiner Mutter auch so eine. Da liegt jemand ganz entspannt mit dem Rücken an der Schräge in der Wanne, die Augen zu, ist bekifft oder betrunken und zack!, das geht ganz leicht. Man packt ihn am Fußgelenk und zieht. Der Kopf ist gleich unter Wasser. Die Seiten sind zu glitschig, als daß er sich daran festhalten und wieder hochziehen könnte. Solange man den festhält, kann der gar nichts machen, er ertrinkt einfach. So sicher wie das Amen in der Kirche. Schwupp! ist er mausetot.«

Ich ließ mir das einen Moment durch den Kopf gehen. »Ein Mann würde das nicht machen.«

»Wirst du jetzt sexistisch, ja?« Jake kicherte. »Wer einen anderen umbringen will, tut das auf jede erdenkliche Art und Weise. Wenn Carlotta Terrence umgebracht hat, um einer Erpressung zu entgehen, hat sie vielleicht auch Gerard ermordet.«

Ich dachte darüber nach. Carlotta wirkte recht kaltblütig, aber würde sie ihren Liebhaber umbringen? »Warum hätte sie Gerard töten sollen?«

»Vielleicht hatte sie ihn satt. Vielleicht wollte sie DeWayne etwas beweisen. Vielleicht hat DeWayne gedroht, ihr etwas anzutun, oder er hat ihr erzählt, daß sie irgendwie in Gefahr ist.«

»Warum sollte ihr das so wichtig sein?«

»Da kann ich auch nur raten. Und ich will dir noch was sagen, du solltest deinen lieben Basil bei der ganzen Sache nicht ausschließen.«

Mir blieb das Herz stehen. »Wie meinst du das, meinen *lieben* Basil?« fragte ich, und alle meine Gefühle – die Leidenschaft, der Zwiespalt, die Bedenken – drückten sich in meiner Stimme aus.

Er antwortete nicht direkt auf meine Frage. »Sieh dich vor, mehr sag ich nicht.« Er sprach jetzt mit mir wie ein großer Bruder, ein Ton, den ich seit Jahren nicht mehr von ihm gehört hatte, aber es schwang noch etwas anderes darin mit. Ob das Eifersucht war?

»Er ist nicht mein *lieber* Basil, Jake. Was weißt du über ihn?«

»Nichts. Aber es heißt, er kann nicht mehr zurück, weil er auf den Inseln jemanden umgebracht hat. Ein Kollege aus dem Büro hat einen Bruder, der in der gleichen Gegend bei Kingston aufgewachsen ist. Der behauptet, Basil hätte den Kerl umgelegt, der seinen Vater umgebracht hat. Vendetta. Wie bei den Italienern in ihren sizilianischen Kleinstädten. Rache. Leute wie Basil fahren auf so was ab, Ehre und solchen Quatsch.«

Rache. Mir wurde flau im Magen. Bettina.

»Man könnte wohl behaupten, daß er mit DeWayne auf Kriegsfuß steht«, sagte ich gedehnt. Aber Jake hörte mir kaum zu. Er war jetzt nicht mehr zu bremsen.

»Gerüchten zufolge mischt er im kleinen Stil in der Drogenszene mit. Gerard war auch ein kleiner Dealer.«

»Hast du mal was davon gehört, daß Basil eine Schwester namens Bettina hat?« fragte ich vorsichtig.

»Nein, was soll mit der sein?«

»Ich habe gehört, DeWayne soll daran schuld sein, daß sie auf den Strich ging, und an ihrem Tod auch.« *›Ich habe gehört...‹ Ich nahm ihn in Schutz.*

»Jemand auf den Strich zu schicken ist aber nicht DeWaynes Stil«, sagte Jake.

»Meinst du, Basil hätte vielleicht etwas mit Gerard oder Terrence zu tun?« fragte ich. Mir klopfte das Herz; hoffentlich hörte Jake mir meine Angst nicht an.

Er schwieg kurz, bevor er antwortete, als denke er über etwas nach. »Wenn ja, dann ist die Sache zu groß für dich, Tam, dann halt dich da raus. Gerard und Terrence waren beide die geborenen Verlierer. Ich will ja nicht schlecht von den Toten reden, aber bei den beiden jungen Brothers war Hopfen und Malz verloren.«

»Ich weiß. Aber ich habe trotzdem Angst, Jake. Wenn wir uns nun irren und das Ganze hat gar nichts mit Carlotta oder Basil zu tun. Wenn Jamal noch mehr mit hineingezogen wird, als er es ohnehin schon ist.« Ich flüsterte wie ein kleines Kind, als würde es wahr werden, wenn ich es laut sagte. »Es macht mir einfach eine Heidenangst.«

»Tamara, du weißt, daß ich immer für dich da bin, Tag und Nacht, wann immer du mich brauchst«, sagte Jake in dem festen, sicheren Ton, bei dem ich mir vorkomme wie ein kleines Mädchen, das sich an seinen starken, lieben Daddy schmiegt.

»Ich fürchte mich zu Tode, Jake.«

»Egal, was da passiert ist, es betrifft ausschließlich Terrence und Gerard und hat nichts mit dir und Jamal zu tun«, sagte Jake bestimmt in dem Tonfall eines großen Bruders, in dem ich ihn auf Jamal hatte einreden hören, wenn er Trost brauchte und Jake ihn beruhigen wollte.

»Kann sein, daß Carlotta, Miss Lee, DeWayne, Basil da allesamt mit drinstecken. Tam, du hörst mir gar nicht zu«, sagte Jake mit Bestimmtheit. »Das ist DeWaynes Schlamassel, ganz egal, was es nun ist. Es geht um seine hübsche junge Frau und ihre verschlagene alte Tante und um diesen Ganoven von Ex-Partner.« Bei den letzten Worten zuckte ich zusammen. *Dieser Ganove von Ex-Partner, den ich beinahe auf dem Küchenfußboden geliebt hätte. Oder eher gebumst?*

»... und nicht um dich«, fuhr Jake fort. »Und um Jamal auch nicht. Ruf doch DeWayne morgen an und sag ihm, du willst nichts mehr mit der Sache zu tun haben.«

Ich stutzte. Das war mir bisher noch gar nicht in den Sinn gekommen. Wenn ich mich einmal auf etwas eingelassen habe, gebe ich es nicht gern auf.

»Wie meinst du das, daß ich nichts mehr mit der Sache zu tun haben will?«

»Genau wie ich es sage.«

»Ich will nicht so leicht aufgeben.«

»Nimm deine gesammelten Erkenntnisse, alles, was deiner Meinung nach passiert ist, und sprich es mit DeLorca durch. Ich werd mit ein paar Bekannten bei der Polizei reden und herausfinden, ob du was Amtliches in die Hand bekommen kannst, um der Sache wirklich nachzugehen. Tam, es gefällt mir nicht, was du mir da erzählst. Ich weiß nicht, wann ich dich das letzte Mal ängstlich erlebt habe, und es gefällt mir nicht. Du mußt mir was versprechen. Versprich mir, daß du noch einen Tag dranhängst. Bis morgen. Noch einen Tag, und dann schickst du DeWayne eine Rechnung und läßt die Finger davon. Okay?«

»Ich weiß nicht recht.«

»Halt dich da raus, Tam. Wahrscheinlich hättest du dich gar nicht erst auf den ganzen Schlamassel einlassen sollen. Der Tod von DeWaynes erstem Sohn war ein Zufall. Jetzt plagt ihn das schlechte Gewissen. Gerard und Terrence hatten Dreck am Stecken – Gerard hat es mit der besseren Hälfte seines Daddys getrieben und war blöd genug, das nicht für sich zu behalten. Terrence wußte, daß sein Bruder die Hosen nicht anbehalten kann, und war blöd genug, das nicht für sich zu behalten. Eine große Klappe, wildgewordene Hormone und schamlose Gier haben schon manch einen guten Mann ins Verderben gestürzt, und diese beiden waren nicht gut.

Das Spiel ist aus, Tam. Laß die Finger davon. Du läßt dich wieder mit DeWayne ein. Du wirst wieder in sein Leben hineingezogen, der Kerl ist wie ein Krake, wie ein verdammter Krake. Du hast ja schon wieder Mitleid mit diesem jämmerlichen Wicht, und das beunruhigt mich. Laß DeWayne samt seinen verkorksten Problemen hingehen, wo der Pfeffer wächst. Fall nicht noch mal auf ihn herein, verstehst du?«

»Jake, ich bin ja nicht blöde. Du weißt doch, daß ich mich nicht wieder mit DeWayne einlasse. Wie kannst du nur so etwas sagen?«

»Ich kenn dich doch, Tam. Dir braucht nur ein Versager mit einer interessanten und gefährlichen Aura über den Weg zu laufen, und ehe der Monat um ist, bist du in ihn verliebt.«

»Jake. Das macht mich jetzt wütend. Wie kannst du nur so etwas sagen?« Ich war zornig, weil ich wußte, daß er recht hatte. Zornig auf ihn, denn wahrscheinlich hätte er es sein sollen und nicht Basil, und in dem Fall wäre alles in Ordnung gewesen. Aber er war es nicht und würde es wohl auch nie sein. »Jake, laß mich in Ruhe, verdammt noch mal!« sagte ich wie ein trotziges Kind. Ich spürte, wie mir die Tränen kamen, wegen allem, was ich in meinem Leben nicht im Griff hatte.

»Tam, du bist müde, laß gut sein«, sagte Jake sanft. »Versprich mir eins: Noch einen Tag, dann schreibst du deinen Verdacht über Terrences Tod auf und meine Theorie über die klauenfüßige Wanne auch und den ganzen anderen Quatsch, über den wir heute geredet haben, und das bringst du DeLorca. Sag ihm, du weißt nicht, wer es getan hat und ob es *überhaupt* jemand getan hat, aber du hast den Verdacht – zack, bum, Schluß, aus.«

»Das ist ihm bestimmt egal«, sagte ich, meine Gedanken waren bei Basil, bei dem, was beinahe passiert wäre, und den Zweifeln, die trotz alledem wieder in mir wuchsen.

»Hör mal. Du kannst von der Polizei halten, was du willst – und ich sag ja gar nicht, daß es unbegründet ist –, aber es gibt da tatsächlich Leute, die ein Interesse daran haben, die Schurken dingfest zu machen – oder Schurkinnen, je nachdem. Und einer von denen, die ein Interesse daran haben, ist DeLorca, das weißt du so gut wie ich.«

In bezug auf DeLorca hatte Jake recht, und in bezug auf meine Müdigkeit auch. Daß Gerards Tod so schnell auf den von Terrence gefolgt war, hatte mich fix und fertig gemacht. Für wen hielt ich mich denn, daß ich jetzt schon Mörder fassen wollte – selbst wenn es sich um Mord handelte? Vielleicht hatte Jake ja recht. Ich sollte meine Gedanken DeLorca vortragen und mit ihm darüber reden. Mit einer unbestreitbaren Wahrheit hatte Jake ins Schwarze getroffen: DeWayne war stärker in mein Leben eingedrungen, als mir lieb war. Und jetzt war da noch Basil. Ich war müde und hatte das ganze Theater satt.

»Okay«, stimmte ich nach einer kurzen Bedenkzeit zu. »Ich rufe DeLorca an.«

»Und DeWayne?«

»Wenn ich morgen zur Arbeit gehe, sag ich ihm, wie die Dinge liegen.«

»Geh jetzt schlafen, Tam.«

»Okay, Jake.« Ich seufzte. »Noch einen Tag, ich versprech's dir.« Das sagte ich eher zu mir selbst, und als ich auflegte, war es mir ernst damit.

12

Bei Wyvetta Green wußte man nie genau, wie sich ihr Aussehen von heute auf morgen verändern würde. Konstant blieb, daß sie groß und schlank war, eine melasseweiche Haut hatte und ein ungezwungenes Lächeln. Doch außer ihr kannte ich keine Sister, die ihre Frisur so oft wechselte wie andere die Kleider. Als ich am nächsten Tag spätvormittags in Jan's Beauty Biscuit kam, hatte sie die Haare à la Marge Simpson hoch auf dem Kopf aufgetürmt und die Spitzen in einem merkwürdigen Braunton mit einem Hauch von verbranntem Orange gefärbt. An manchen Tagen konnte sie eine solche Frisur mit Bravour tragen, aber an anderen wurde es selbst ihrem Freund, dem großmäuligen Earl Elam, zuviel. Dies war ein Tag der zweiten Kategorie.

»Gefällt es dir?« fragte Wyvetta, als ich das Biscuit betrat.

»Also, Wyvetta, wenn du meine ehrliche Meinung hören willst...«

»Kein Mensch hat dich nach deiner ehrlichen Meinung gefragt, du sollst gefälligst lügen wie alle anderen auch!« Sie zwinkerte mir zu und kämmte gleichzeitig einer skeptisch dreinblickenden Kundin sorgfältig ein weißes Schaumzeug ins Haar. »Was denkst du dir eigentlich dabei, so spät hier reinzuschneien? Du hast es gut, daß du nicht arbeiten mußt wie alle anderen. Manche Weiber haben eben ein unverschämtes Glück! Die Dame hier ist Detek tivin. Eine waschechte Privatdetektivin«, fügte sie mit einem Wedeln des Kamms in meine Richtung an die ihr hilflos ausgelieferte Kundin gewandt hinzu. »Wenn Ihnen jemand Geld schuldet oder mit Ihrem letzten halben Dollar ausgebüxt ist, sind Sie bei der Sister an der richtigen Adresse, die spürt ihn wieder auf.«

Ich nahm ihr Kompliment mit einem Nicken entgegen, und die Kundin musterte mich mit vermehrtem Respekt.

Wyvetta widmete sich wieder ihrer Arbeit und wich dabei den Dämpfen der Chemikalien aus, die sie auftrug. »Also, was soll das, daß du hier um die Mittagszeit aufkreuzt?«

»Hab verschlafen.«

»Verschlafen?« Die Frage triefte nur so vor Anzüglichkeit. »Die meisten Leute erledigen das ›Verschlafen‹ am Freitag und Samstag!«

»Du immer mit deiner schmutzigen Phantasie, Wyvetta. Ich hab gestern schon gearbeitet, als du noch mit deinem Earl am Kuscheln warst. Ich hab Schlaf nachzuholen.«

»Wann denn?« fragte Wyvetta und wischte ihrer Kundin mit mütterlich-schwungvoller Geste ein paar Schaumkleckse von der Wange. »Ich war um zwei Uhr hier, um den Papierkram zu erledigen.« Sie sah mich grinsend an. »Ich bin jeden Sonntag, *jeden* Sonntag hier und bring meine Papiere in Ordnung, dann brauch ich nicht so einen Trottel zu bezahlen, damit der im April meine Steuern macht. Wann warst du denn hier?«

»So gegen sechs oder sieben Uhr früh«, entgegnete ich und sah gleichzeitig die Briefe und buntgemischten Reklamezettel aus unserem gemeinsamen Briefkasten durch

»Sechs oder sieben! Also, du hast sie nicht mehr alle, und die Rechnungen da kannst du gleich wieder dahin stecken, wo sie hergekommen sind. Heute ist sowieso schon mein Unglückstag.« Wyvetta zog einen Flunsch, als ich ihr mehrere Briefe reichte. »Wie die alte Eviliene in »The Wiz« sagt: ›Daß du mir ja kein Unglück bringst.‹ Und wie meine Großmama zu sagen pflegte: ›Eine schlechte Nachricht kommt selten allein.‹« Wyvetta häufte für ihr Leben gern ein Zitat aufs andere, brachte sie allerdings fast immer durcheinander.

»Wyvetta, es heißt ›Ein Unglück kommt selten allein‹.«

»Wo wir gerade bei schlechten Nachrichten sind, Mädchen«, sagte sie, ohne sich um meine Berichtigung zu kümmern. »Du hattest Besuch heute morgen. Rate mal, wer heute früh hier hereinspaziert kommt, als ich die Tür aufmache? Dein Ex. Und rate mal, wer dann hereinstolziert, zehn Minuten, nachdem er weg ist? Mrs. Carlotta Lee Curtis!«

»DeWayne und Carlotta? Und *alle beide* wollten zu mir?«

»Yeah. Ich freu mich immer, wenn ich Carlotta seh. Die ist genau mein Fall mit ihrer Fünfhundert-Dollar-Haarpracht! Aber die Gute sah schlecht aus heut morgen, wie wenn da was an ihr nagt.«

Ich hatte recht gehabt. Wyvetta hatte tatsächlich Carlottas Haarverlängerungen gemacht. Den Klatsch über sie würde ich nach Ladenschluß zu hören bekommen.

»Dein Ex? Keine Ahnung, was der wollte«, fuhr Wyvetta fort. »Sieht aber umwerfend aus, der Kerl. Der kann mich in seinem tollen silbernen Lexus ausführen, wann immer er will!«

»Mmh-hm!« brummte die gefangene Kundin zustimmend.

»Wyvetta, so was darf man sich nicht zu sehr wünschen, sonst kriegt man es womöglich noch«, sagte ich säuerlich. »Was haben sie denn gesagt, bevor sie gegangen sind?«

»Tja, der schöne Herr Lexusfahrer DeWayne hat gesagt, ich soll dich bitten, ihn so bald wie möglich zu Hause anzurufen. *Sie* hat gesagt, sie ruft dich später noch an.«

»Danke, Wyvetta, ich komm nachher noch mal vorbei«, sagte ich, legte Wyvettas Post auf dem Ladentisch ab und lief rasch die Treppe hoch.

Alle beide? DeWayne konnte ich verstehen, aber alle beide? Das Telefon klingelte, noch ehe ich den Mantel ausgezogen hatte.

»Wo zum Teufel hast du gesteckt?« fragte DeWayne ungeduldig.

Ich erstarrte. Innerhalb von fünf Sekunden war es ihm gelungen, auch noch den letzten Rest des Wohlwollens auszulöschen, das ich bei unserem Gespräch Freitag nacht für ihn entwickelt hatte, als er Jamal beistehen wollte, nachdem man Gerards Leiche gefunden hatte.

»Was zum Teufel glaubst du eigentlich, wen du vor dir hast?« raunzte ich mit so viel Gift und Galle zurück, wie ich ausspucken konnte, ohne daß mir übel wurde. »Bist du übergeschnappt, daß du in dem Ton mit mir sprichst? Ich bin nicht mehr mit dir verheiratet, verdammt noch mal.«

»Mein Gott. Entschuldige, Tammy. Das sollte sich nicht so anhören. Du weißt doch, daß ich nicht so mit dir rede. Du weißt, daß ich noch *nie* so mit dir geredet habe, außer vielleicht ein oder zwei Mal. Dieser ganze Mist hat mir so furchtbar zugesetzt, daß ich keinen klaren Gedanken mehr fassen kann. Ich kann nicht mal anständig mit einer anständigen Frau reden.«

»Und sag nicht Tammy zu mir«, fügte ich immer noch wütend hinzu.

»Entschuldige, Tamara. Hast du einen Moment Zeit? Emma will keine Beerdigung für Gerard. Sie will ihn einäschern lassen«, sagte er, ohne meine Antwort abzuwarten. »Es war sowieso mehr ihr Sohn als meiner. Das ist meine Meinung dazu. Ich bin zu erschöpft, um mit ihr zu streiten. Sie will einen Gedenkgottesdienst arrangieren, nur für ein paar Leute, sagt sie. Ich möchte Jamal mitnehmen, wenn du nichts dagegen hast.«

»In Ordnung, sag ihm einfach Bescheid.«

»Heute morgen hab ich die kleine Nutte vor die Tür gesetzt, mit der ich verheiratet war«, fügte er als Nachsatz hinzu, als sei ihm das eben erst eingefallen.

Er hat das mit ihr und Gerard rausgekriegt, dachte ich im stillen. »Wieso?« Ich tat so, als wüßte ich von nichts. »Letzten Freitag hast du noch gesagt...«

»Ich weiß, was ich gesagt hab. Aber jetzt ist es aus und vorbei. Kann ich dich irgendwie treffen, damit wir uns persönlich unterhalten können? Vielleicht können wir irgendwo was trinken? Oder später essen gehen?«

»Ehe wir weiter darüber reden, muß ich etwas anderes mit dir besprechen«, sagte ich. »Ich hab noch mal über alles nachgedacht, was da passiert ist. Ich glaube nicht, daß ich der richtige Mensch bin, um dieser Sache nachzugehen, ich...«

»Wie meinst du das?«

»Es gibt da Dinge zwischen dir und deiner Frau, in die ich mich lieber nicht einmischen will. Zwischen dir, Carlotta, ihrer Tante, Basil…«

»Was hat denn diese alte Hacke mit der ganzen Sache zu tun? Und Basil, dieser schmierige Dreckskerl – seinen Namen solltest du mir gegenüber lieber nicht in den Mund nehmen, Tamara. Mit dem hab ich nichts mehr am Hut!«

»Und was ist mit Bettina?«

Schweigen. »Was soll mit ihr sein?«

»Mir reicht's«, sagte ich schließlich. »Ich will mit der ganzen Sache in keiner Weise mehr etwas zu tun haben. Heute ist mein letzter Tag. Morgen früh schick ich dir meine Rechnung. Es wäre mir lieb, wenn…«

»Soll das heißen, daß du aufgibst? Soll das bedeuten, daß du mir nicht hilfst? Willst du mehr Geld? Geht es darum?« fragte er scharf.

»Ich will meinen Seelenfrieden wiederhaben«, sagte ich nunmehr mit erhobener Stimme. »Der ist nicht mit Geld zu bezahlen, DeWayne. Ich hab da kein gutes Gefühl, so was will ich einfach nicht machen. Die ganze Geschichte geht mir auf die Nerven.«

»Auf die Nerven? Auf *deine* gottverdammten Nerven? Und was ist mit meinen Nerven, Tamara? Was ist mit mir? Ihr verfluchten Weiber, euch geht's immer nur um euch, ja?«

»Verpiß dich doch, DeWayne«, sagte ich. Mein Blutdruck stieg in ungeahnte Höhen, ich war stocksauer, daß er es wieder einmal geschafft hatte, mich auf die Palme zu bringen. »Schick mir einfach meine verdammte…«

»Warte, bitte, Tamara, bitte«, sagte er flehend, was bei

ihm selten vorkam. »Himmel noch mal, es tut mir leid, Tamara. Beim Grabe meiner Mutter, es tut mir leid! Hör mir nur noch eine Minute lang zu.«

»Was?«

»Meine Kinder, Tamara, alle meine Kinder.«

»Söhne, an die du nie einen rechten Gedanken verschwendet hast, bis sie anfingen zu sterben.«

»Okay«, sagte er. »Das gehört vielleicht auch dazu. Vielleicht liegt es daran, daß ich mir bei der ganzen Sache wie ein Scheißkerl vorkomme. Vielleicht liegt es daran, daß ich ja wirklich ein Scheißkerl bin, weil ich nicht so für sie da war, wie es sich gehört. Aber dadurch bin ich ihnen etwas schuldig, Tamara. Ich bin es ihnen schuldig, daß ich herausfinde, wer dahintersteckt. Bitte, bitte hilf mir.«

»Such dir jemand anders.«

»Das kann ich nicht. Du weißt doch, in was ich so alles verwickelt war, mein Leben lang. Die Menschen, denen ich trauen kann, lassen sich an einer Hand abzählen, und einer davon, meine Mama, ist tot. Der zweite, du, tja, du weißt ja, wie die Dinge im Moment zwischen uns liegen. Und die Fotze, mit der ich bislang verheiratet war, die hab ich gerade rausgeschmissen. Soweit ich weiß, könnte *sie* durchaus Terrence ermordet haben. Grund genug hatte sie, das steht verdammt noch mal fest.«

Er wußte eindeutig über Carlotta und Gerard Bescheid, und über Terrence auch.

Ein Klicken in der Leitung zeigte an, daß da ein anderes Gespräch kam.

»Da kommt eben ein anderer Anruf«, sagte ich. »Ich ruf gleich wieder zurück.« Ich schaltete um, froh, daß ich ihm entkommen konnte. Eine verhuschte, traurige kleine Stimme wehte vom anderen Ende der Leitung herüber. *Carlotta.*

»Miss Hayle«, sagte sie. »Ich wollte fragen, ob ich heute noch einen Termin bei Ihnen bekommen kann?« *Miss Hayle?* Was war das wieder? Aber Wyvetta hatte recht. Sie hörte sich schlimm an.

»Carlotta, können Sie mir sagen, worum es geht?« fragte ich.

»Ich kann jetzt nicht darüber reden, nicht am Telefon. Ich bin bei meiner Tante in der Avon Avenue. Könnten Sie hierherkommen? Können wir uns hier unterhalten?« Sie klang wie ein kleines Kind, und ich konnte das, was ich über sie wußte, nur mühsam mit der hilflosen Kleinmädchenstimme zusammenbringen, die ich da hörte. Ich hatte zu DeWayne gesagt, daß ich diesen Fall – ihn und seine Probleme – satt hatte, und das stimmte auch. Ich wollte, daß alles wieder wie früher wurde – daß er mich alle paar Monate anrief, um mit Jamal in Kontakt zu bleiben, und sich ansonsten aus meinem Leben heraushielt. Doch meine Neugier gewann wie üblich die Oberhand. Das wurde mir immer wieder zum Verhängnis. Ich beschloß, den heutigen Tag sei ich Terrence noch schuldig. *Noch einen Tag.*

»In einer Stunde vielleicht?« fragte ich Carlotta.

»Yeah. Wenn Sie mit meinem Mann sprechen, dann sagen Sie ihm nicht, daß ich angerufen habe«, fügte sie rasch hinzu und legte auf.

Ich schaltete wieder zu DeWayne zurück.

»Gibst du mir noch eine Woche Zeit?« fragte DeWayne.

»Mein Entschluß steht fest.«

»Dann mach doch, was du willst, verflucht noch mal.« Damit legte er auf.

13

Der Kreis hatte sich geschlossen. Ich stand wieder da, wo ich angefangen hatte, nämlich auf der Veranda von Miss Lees Haus, und das schien genau der richtige Ort zu sein, um die Sache zu beenden. Ich dachte an Terrence und sein kleines, kahles Zimmer im obersten Stock; auf einmal bekam ich Schuldgefühle. »Ganz ruhig«, befahl ich mir. »Ganz ruhig bleiben.« *Hatte ich ihm gegenüber meine Schuldigkeit getan?* Ich hatte getan, was ich konnte. DeWayne hatte eine Schuld abzutragen, nicht ich.

Ich überlegte, ob ich Carlotta erzählen sollte, daß ich mich aus dem Fall zurückziehen wollte, und beschloß dann, mich nicht damit abzugeben. Sie würde es früh genug erfahren. Die Neugier hatte mich hergeführt, und diese Neugier mußte befriedigt werden. Ich klingelte einmal an der Tür und dann zur Sicherheit gleich noch einmal. Carlotta kam, noch ehe das Läuten verklungen war.

Sie trug schwarze Leggings, in denen ihre Beine dünner wirkten als damals in den hochhackigen Schuhen, und ein schmuddeliges schwarzes Sweatshirt mit einem Bild von Mike Tyson und der Aufschrift »Free him« auf der Vorderseite. Die Haare hatte sie zu einem dicken Pferdeschwanz gebunden, der ihr schlaff auf den Rücken herunterhing; allem Anschein nach würde Wyvetta eher früher als später das Geld von diesem guten Mädchen zählen können. Anstelle des zehncentstückgroßen Diamantschmucks, den sie bei Terrences Trauerfeier im Ohr hatte, trug sie jetzt kleine goldene »Türklopfer«-Ohrringe. Auch Lidschatten, Rouge und der leuchtend rote Lippenstift vom letzten Dienstag waren verschwunden. Ihr Gesicht wirkte farblos und spitz, die Augen waren rot. Insgesamt machte sie den Eindruck einer zu Tode betrübten Sechzehnjährigen.

»Danke, daß Sie gekommen sind«, sagte sie mit kleinlauter, höflicher Stimme.

»Ich helfe immer gern«, erwiderte ich in dem gedämpften, aufgesetzt-professionellen Ton, in den ich bei derartigen Gelegenheiten verfalle. Die Vorhalle sah nicht viel besser aus als bei dem Regen letzte Woche. Hier und da brach die Sonne durch die verstaubten Jalousien, doch der Raum machte immer noch den Eindruck, als müsse er dringend frisch gestrichen werden, und im Schirmständer waren dieselben klapprigen, herrenlosen Regenschirme versammelt. Wir gingen schweigend durch die düstere, feuchtkalte Vorhalle zu der Wohnung ihrer Tante. Sie ließ ein Schlüsselbund mit einem runden Dutzend Schlüssel rasseln, suchte zwei davon heraus und schloß rasch zwei Türriegel auf.

Wir betraten ein in hellen Farben gehaltenes Wohnzimmer; die Wände erstrahlten in dem durch makellos saubere Fensterscheiben hereinleuchtenden Sonnenlicht – ein überwältigender Gegensatz zu der Schummrigkeit der Vorhalle –, und es lag ein leichter Fliedergeruch in der Luft. In zwei Fenstern hingen üppige Farne, Lichtschienen liefen an der Decke entlang, und an der Wand schlängelte sich eine Couch dahin, ein langes, schmales Teil mit beigefarbenen Samtpolstern. Nach Zierdeckchen und Usambaraveilchen hatte mir Miss Lee nicht ausgesehen, aber diese Ausstattung hatte ich auch nicht erwartet.

Ich hatte Carlotta immer für eine Frau nach DeWaynes Geschmack gehalten – ein ausgekochtes kleines Luder, trotz ihres Alters (obwohl DeWaynes Frauen nie so waren, wie man es erwartet hätte – dafür konnte ich mich verbürgen). Doch heute wirkte sie trauriger und verletzlicher, als ich sie je erlebt hatte.

»Bitte, setzen Sie sich«, sagte sie mit einer Kopfbewegung zur Couch hin, und ich ließ mich darauf nieder. Sie setzte sich auf einen Stuhl direkt mir gegenüber und nahm sich eine Zigarette aus einer halbvollen Packung Newports, meiner alten Marke. Ich sah zu, wie die Zigarette aus der Packung kam, und verfolgte ihren raschen Weg zu den Lippen – wer einmal süchtig war, wird die alten Gewohnheiten nur schwer los. Carlotta bemerkte mein Interesse und schob mir die Schachtel über den Couchtisch zu.

»Möchten Sie eine?«

»Nein, danke«, sagte ich. »Ich hab's aufgegeben.«

Sie warf mir einen skeptischen Blick zu, dann zündete sie ein Streichholz an, nahm einen tiefen Zug und brachte mit einem Ruck ihres schlanken Handgelenks die Flamme zum Erlöschen.

»Sie möchten sicher wissen, warum ich Sie angerufen habe«, sagte sie.

»Die Frage ist mir durch den Kopf gegangen.«

»Ich brauche ein paar Auskünfte.« Mir fiel auf, daß ihre Unterlippe beim Sprechen leicht zitterte. »DeWayne hat mir vorletzten Sonntag erzählt, daß er Sie engagiert hat, und ich wollte wissen, ob Sie irgend etwas darüber herausgefunden haben, wer Gerard umgebracht haben könnte.« Sie nahm zwei rasche Züge aus ihrer Zigarette und klopfte dabei mit dem linken Fuß ein leises Rat-a-tat auf dem braunen Wuschelteppich am Boden. »Wenn Sie wollen, bezahle ich auch dafür. Ich habe Geld… ich kann Geld auftreiben, und ich muß es wissen. Ich habe meine Gründe.« Sie schaute auf den Couchtisch hinunter, zog noch einmal an der Zigarette und blies dann den Rauch in einem langsamen Schwall aus.

»Warum?« fragte ich.

»Warum was?«

»Warum müssen Sie das wissen, und was sind Ihre Gründe?«

»Was soll das heißen, warum? Er war der Sohn meines Mannes, reicht das nicht? Ich will wissen, wer ihn getötet hat.«

»Die Polizei meint, Gerard ist bei einem Unfall in der Badewanne ertrunken.«

»Ich kann mir nicht denken, daß Sie das glauben. Ich sagte schon, ich werde Sie für Ihre Auskünfte bezahlen.« Sie wandte den Blick ab. »Ich sage doch, ich habe Geld, um Sie zu bezahlen, zusätzlich zu dem Honorar, das Sie von DeWayne bekommen; ich habe meine Gründe dafür, und die gehen Sie verdammt noch mal nichts an.« Das Letzte fügte sie mit einem Anflug von Gehässigkeit hinzu, was mich erstaunte, weil es völlig unbegründet war; schließlich hatte sie mich angerufen.

»Sie haben viele Gründe, über die Sie sich nicht auslassen wollen«, sagte ich.

»Lassen wir doch den Quatsch.« Während sie das sagte,

sah sie mir direkt ins Gesicht und kniff die Augen zusammen – jetzt wollte das kleine Mädchen einen hartgesottenen Burschen spielen.

»Yeah, lassen wir den Quatsch.« Ich kniff gleichfalls die Augen zusammen und sprach lauter, um ihr Paroli zu bieten. »Ich weiß, daß Sie es mit Gerard getrieben haben. Ich weiß, daß Terrence das wußte. Ich weiß, daß DeWayne es jetzt auch weiß und Sie gerade rausgeschmissen hat, wahrscheinlich aus diesem Grund, aber möglicherweise auch, weil Sie und Gerard seinen Sohn umgebracht haben. Ich weiß, daß Terrence tot ist. Ich weiß, daß Gerard tot ist. Ich weiß, daß jemand die beiden umgebracht hat. Aber ich weiß noch nicht, wer es war, also lassen *Sie* doch einfach den Quatsch und erzählen *mir,* worum es hier eigentlich geht.«

Was dann geschah, kam für mich völlig unerwartet; ich hätte es allerdings kommen sehen können, wenn ich den Fuß beobachtet hätte, der da sein leises Stakkato auf dem Teppich klopfte. Ihre Schultern fielen plötzlich nach unten, der Kopf sackte auf die Brust, und sie begann zu weinen.

Es war nicht das feine, gezierte Weinen, das man von sich gibt, wenn man Mitleid erregen will, sondern eines, das tief in der Kehle beginnt, dann durch alle Eingeweide wandert und den ganzen Körper beben läßt wie bei einem Anfall. Es war ein Weinen der Verzweiflung und des Schmerzes, so stark empfunden, daß auch mir die Tränen kamen.

Um ehrlich zu sein, ich konnte noch nie jemanden weinen sehen, ohne mitzuweinen. Es passiert mir, wenn ich mir ein gutes *Movie of the Week* anschaue und jedesmal, wenn ich »Die Farbe Lila« sehe. Ich weine bei Hochzeiten, wo ich die Braut nicht kenne, und bei Beerdigungen, wo ich den Toten nicht kenne. Tränen sind mein schwacher Punkt, ein ärgerlicher Reflex, der bei meiner Arbeit, die angeblich einen »harten Mann« erfordert, entsetzlich peinlich ist. Und Carlottas heftiges Weinen rührte an die Stelle tief in meinem Inneren, wo ich um alles trauere, was ich je verloren habe. Ich sah ihr etwa drei Minuten lang zu, dann streckte ich die Hand aus und berührte sie leicht an der Schulter, um sie zu trösten.

»Mein Leben ist vorbei. Ich hab jetzt nichts mehr. Sie verstehen das nicht«, murmelte sie mit verzweifeltem Kopfschütteln. »Sie verstehen das eben nicht.«

»Was verstehe ich nicht?« Auf einmal war ich ihre Beichtschwester.

»Sie verstehen das nicht.«

»Erzählen Sie es mir, Carlotta. Es geht Ihnen bestimmt besser, wenn Sie es einfach herauslassen.«

»Sie verstehen es nicht... Niemand versteht, wie sehr ich ihn liebe.«

»DeWayne?« fragte ich.

Sie sah mich an, als hätte ich soeben auf den Teppich gespuckt.

»Nein! Den doch nicht. Gerard. Ich habe Gerard geliebt!«

»Gerard?« fragte ich, ohne mein Erstaunen zu verbergen. Der Gedanke war mir noch nie gekommen, daß Carlotta Gerard tatsächlich lieben könnte. Ich war davon ausgegangen, daß ihre Affäre nur dazu da war, um DeWayne zu ärgern. Ich hatte angenommen, daß DeWayne in der Gegend herumschlief, und da hatte sie mit seinem Sohn geschlafen und ihm damit den ärgsten Tiefschlag versetzt, der ihr zur Verfügung stand. Aber den Jungen tatsächlich zu lieben? Das war selbst seiner eigenen Mama schwergefallen.

»Das hab ich nicht geahnt«, sagte ich vollkommen aufrichtig.

»Wir hatten viel gemeinsam. Ich habe noch nie zwei Menschen erlebt, die so viel gemeinsam hatten, und jetzt, wo er nicht mehr ist, habe ich niemand mehr«, sagte sie. Sie weinte jetzt nicht mehr, aber ihre Stimme war vollkommen tonlos.

»Wann ist das denn passiert? Sie waren doch erst etwa ein Jahr mit DeWayne verheiratet.«

Sie zupfte nervös an ihrem Haar und zog dann den Pferdeschwanz nach vorne, zwischen die Augen von Mike Tyson, dabei streichelte sie ihn wie etwas Lebendiges. »Wir kannten uns von der Schule her, das heißt, eigentlich kannte ich Terrence; wir waren etwa gleich alt, ich bin in seine Klasse gegangen, und er hat mich mit Gerard bekannt gemacht. Das war vor meiner Ehe mit DeWayne.«

»Sie haben schon mit Gerard geschlafen, bevor Sie DeWayne geheiratet haben?«

»Wir haben nicht miteinander geschlafen«, sagte sie plötzlich sittsam. »Aber wir waren befreundet. Gerard hatte wirklich nicht viele Freunde.«

Ich ließ das auf sich beruhen. »Wann hat sich das geändert?«

»Wissen Sie, als ich geheiratet habe, wollte ich, daß es

eine gute Ehe wird«, sagte sie, als müsse sie sich verteidigen. Ich zuckte gleichgültig mit den Achseln, um deutlich zu machen, daß mir das ziemlich egal war. Sie musterte einen Moment lang mein Gesicht und fuhr dann fort. »DeWayne ist älter als ich. Er ist soviel *älter* als ich.«

»Aber das haben Sie doch gewußt, als Sie ihn geheiratet haben.«

»Als ich ihn geheiratet habe, dachte ich, daß ich ihn liebe. Er hatte es anscheinend geschafft. Er war überall bekannt. Ich dachte, daß er überall geachtet wird. Er hatte Geld. Er fuhr immer schöne Autos. Er war immer gut angezogen. Er sah gut aus, und weil er älter war, wirkte er auch klug. Er hat sozusagen für mich gesorgt. Und Cle mochte ihn auch, sie kannte ihn schon seit seiner Kindheit. Sie und sein Cousin Delroy sind einmal miteinander gegangen, daheim in Virginia, wo sie herkommen; Delroy und sie wollten heiraten, dann ist sie fortgegangen und hierher in den Norden gezogen, um Geld zu verdienen. Sie hat gemeint, ich sollte ihn heiraten.«

»Cle?«

»Meine Tante Cleotha.«

Also hatte Jake recht gehabt. Es war Cleotha Lee, und sie kannte DeWayne eindeutig schon lange. Sie war mir bei unserer Begegnung letzte Woche gleich bekannt vorgekommen, aber ich konnte sie nicht unterbringen. Wahrscheinlich waren wir uns in meiner Zeit mit DeWayne irgendwann einmal über den Weg gelaufen.

»Sie haben das sozusagen untereinander ausgemacht. Aber dann kam alles ganz anders als geplant. Jetzt ist Gerard tot, und ich bin wieder hier bei meiner Tante, wo ich angefangen habe«, fuhr Carlotta weinerlich fort. Nun hörte ich das zweiundzwanzigjährige kleine Kind sprechen, das sie im Grunde war. Komisch, wenn ich's mir recht überlegte, hatte ich DeWayne ungefähr im selben Alter und ungefähr aus demselben Grund geheiratet.

»Ihre Tante hat gesagt, Sie sollen DeWayne heiraten? Was hatte sie denn davon, wenn Sie bei ihm bleiben? War sie ihm etwas schuldig? Oder er ihr?« fragte ich mit unverhohlener Neugier.

»Sie hat es nicht direkt gesagt, aber sie wollte ganz eindeutig, daß ich bei ihm bleibe, und im großen und ganzen habe ich meistens getan, was sie wollte.« Sie spürte mein Interesse und wich mir aus.

»Und dann haben wir geheiratet, und er hat den Jungen, Hakim, mit in die Ehe gebracht, und der hat mich gehaßt, weil ich nicht seine Mutter war, und ich hab ihn gehaßt, weil er mir im Weg stand, und dann war da noch Gerard, der sah gut aus und war nett zu mir, und er konnte DeWayne nicht ausstehen und seine Mutter auch nicht, und meine Tante fiel mir allmählich genauso auf die Nerven, und so ging einfach alles seinen Gang.«

Einen Moment lang saßen wir beide nur da und lauschten der Radiomusik aus einem Zimmer im oberen Stock – »Love Me in a Special Way«, ein alter Song von DeBarge, der während meiner Ehe herausgekommen war; da waren meine Gefühle vorübergehend wieder da – die Ängste, selbst die Liebe, die ich einst für DeWayne empfunden hatte. So wirken alte Songs nun mal, wenn man sie läßt.

»Und dann ist noch etwas anderes passiert«, sagte Carlotta ruhig.

»Was denn?« Jetzt war meine Aufmerksamkeit wieder ganz bei ihr.

»Ein paar Monate nach unserer Hochzeit benahm er sich plötzlich, als ob ihm etwas auf der Seele läge. Er fing heftig an zu trinken, nahm auch mal etwas Koks, als ob er etwas in sich abtöten wollte. Und dann hat er es nicht mehr gebracht.« Sie sagte das frei heraus, ohne jedes Bemühen um Takt oder eine freundliche Note – hier redete eine junge Sister ganz nüchtern Klartext.

»Sie meinen, er hat *es* nicht mehr gebracht?« fragte ich. Carlottas Mundwinkel verzogen sich zu einem Grinsen. »Sie meinen, DeWayne war impotent?«

»So heißt das wohl«, meinte sie achselzuckend. »Impotent. Er hat es einfach nicht mehr gebracht. Und Gerard hat es gut gebracht.« Wir schwiegen beide ein Weilchen, damit ich das verdauen konnte.

»Haben Sie je herausgekriegt, was mit ihm los war? Außer, daß er... es nicht mehr gebracht hat, meine ich«, fragte ich schließlich, um das Schweigen zu brechen.

»Wissen Sie was, ich wußte es nicht, ich habe nicht versucht, es herauszufinden, und es war mir im Grunde auch scheißegal«, sagte Carlotta mit Entschiedenheit. Sie stand auf und ging hinaus, wobei sie den Pferdeschwanz wieder nach hinten warf.

DeWayne impotent. Irgendwie war das komisch. Mr. Macho. Überall großkotzig Kinder zeugen, und jetzt kriegte er ihn bei seiner zweiundzwanzigjährigen Frau nicht mehr hoch. Ich hätte gern einen Funken Befriedigung über DeWaynes Pech, etwas von der »Rache einer gekränkten schwarzen Frau« empfunden, aber es ging nicht.

Da war nichts, nicht einmal Traurigkeit. Ich überlegte, ob das vielleicht alles miteinander zusammenhing, der Verlust seines ersten Sohnes DeWayne jr. und die plötzliche Impotenz – die Konfrontation mit dem Tod und der eigenen Sterblichkeit. Oder schrie sein erschöpfter Schwanz einfach nur »Es reicht! Es reicht!« angesichts der Realität einer jungen, lüsternen Ehefrau?

Da schnappten die Riegel an der Wohnungstür, und Miss Lee rauschte in ihrer ganzen winzigen Pracht und Herrlichkeit mit zwei Pathmark-Tüten voller Lebensmittel herein. Zuerst bemerkte sie mich nicht, da sie im Rhythmus einer undefinierbaren Melodie, die sie laut vor sich hin summte, mit dem Kopf wackelte. Sie trug einen braunen Trenchcoat, der aussah, als ob er aus Carlottas Kleiderschrank stammte, sowie eine lange mitternachtsschwarze Pagenkopfperücke à la Marilyn Quayle. Ich erkannte ihr Parfüm – eine aufdringliche Fliedermischung – als den Quell des Zimmerdufts. Als sie mich entdeckte, warf sie mir einen finsteren Blick zu und stellte die Einkäufe ab.

»Was wollen Sie hier?« raunzte sie mich an, ungefähr so wie am vergangenen Dienstag. Noch ehe ich antworten konnte, kam Carlotta mit einer Dose Bier zurück, die sie sorgfältig auf dem Tisch abstellte.

»Ich habe sie herbestellt«, antwortete sie an meiner Stelle und funkelte ihre Tante herausfordernd an. Miss Lee wandte sich Carlotta zu.

»Was soll denn diese Dummheit?« Die unverhohlene Feindseligkeit in ihrer Stimme verblüffte mich.

Carlotta warf ihr einen betont verständnislosen Blick zu. »Ich wollte sie fragen, was sie über Gerard weiß.«

»Nichts«, sagte Miss Lee ärgerlich und warf Mantel und Handtasche auf das Tischchen mit den Einkäufen. »Sie weiß rein gar nichts, weil's da nämlich nichts zu wissen gibt.«

»Das kannst du nicht wissen, Cle«, sagte Carlotta.

»Ich weiß mehr, als du denkst«, entgegnete Miss Lee.

»Ich hab ihn geliebt, Cle, du nicht. Ich will eine Antwort auf meine Fragen.« Carlotta trat ihrer Tante mit einer Eindringlichkeit entgegen, die mir sagte, daß sie dieses Gespräch nicht zum ersten Mal führten. Cleotha Lee sah mich an und dann rasch wieder zu ihrer Nichte zurück, wie eine Mutter, die ihrem Kind bedeuten will, es solle still sein, bis der Besuch weg ist.

»Hör jetzt bloß mit diesem Quatsch auf!« befahl sie. »Dieses Theater hängt mir zum Hals raus.«

»Du kannst meine Gefühle nicht ersticken«, sagte Carlotta. »Du kannst vieles ersticken, Cle, aber meine Gefühle nicht.«

»Du bist nicht Erica Kane oder Victoria Lord und auch keine andere Diva aus diesen Seifenopern, die du dir ständig anguckst, also tu nicht so theatralisch und leg dir ein bißchen Selbstachtung und gesunden Menschenverstand zu, verdammt noch mal. Du kannst von Glück reden, daß der Junge tot ist. Geh und leb dein Leben, wie dein Daddy das gewollt hat. Geh wieder zu deinem Mann zurück, wo du hingehörst.«

»Bloß weil du selbst kein Leben hast, bloß weil du gar nicht mehr weißt, wie das ist, wenn man wirklich Gefühle hat oder einen Menschen liebhat – bloß weil du dein Leben daheim im Süden gelassen hast, brauchst du mir noch lange nicht meins wegzunehmen«, sagte Carlotta mit wutbebender Stimme.

»Ich hab nichts da unten gelassen als zerrissene Schlüpfer und schwere Zeiten«, sagte Miss Lee und funkelte Carlotta wütend an. Dann wandte sie sich mir zu und musterte mich von oben bis unten. Ich machte mich auch auf eine Standpauke gefaßt, doch statt dessen drehte sie sich um, nahm ihre Einkäufe und ging in die Küche. »Mach doch, was du willst, Mädchen. Ich hab's satt, mich mit dir rumzustreiten«, sagte sie beim Hinausgehen über die Schulter zu Carlotta. Carlotta öffnete das Bier und schlürfte den an der Seite hervorquellenden Schaum ab, wobei sie die Dose mit kleinen Zungenschlägen ableckte wie eine Katze.

»Möchten Sie etwas trinken?« fragte sie.

»Das ist noch zu früh für mich«, sagte ich.

Sie kicherte, und ihr Mund verzog sich zu einem breiten Grinsen; die Spannung, die im Beisein ihrer Tante geherrscht hatte, war plötzlich verschwunden. »Sie hören sich an wie Gerard«, sagte sie wie ein kleines Mädchen. »Der trank auch nie vor drei Uhr. Ich trinke, wann es mir paßt, aber Gerard nie. Ab und zu hat er Grass geraucht oder manchmal auch Koks geschnieft, aber vor drei hat er nie etwas getrunken.« Sie sah ganz verträumt aus, als sie von ihm sprach und ihre Erinnerungen mit mir teilte.

»Er schien ein ganz reizender Junge zu sein.« Das war eine faustdicke Lüge.

»Yeah. Er war etwas ganz Besonderes für mich. Wir haben viel zusammen unternommen. Er hat mir eine Menge beigebracht, obwohl er jünger war.«

»Was denn?«

»Na ja...« Sie hielt kurz inne, in Erinnerungen versunken. »So Zeug, das man im Fernsehen sieht, komisches Zeug, wie Bart Simpson und Beavis & Butthead. Er hat mir beigebracht, wie man sie malt.« Sie kicherte bei der Erinnerung. »Und er hat mir beigebracht, wie man Drinks mixt. Ausgefallene Drinks wie Tequila Sunrise und Black Russian und Brandy Alexander.« Sie trank einen Schluck Bier, als schlürfe sie einen der Drinks, von denen sie eben gesprochen hatte.

»Hat er Ihnen auch beigebracht, Drogen zu nehmen?« fragte ich ohne Umschweife.

Meine Frage hatte sie erschreckt, und eine Sekunde lang dachte ich, sie würde mir nicht antworten.

»Sozusagen«, antwortete sie schließlich. Sie zündete sich noch eine Zigarette an, inhalierte und sprach durch den Rauch hindurch. »Wir haben immer zusammen Grass geraucht. Er hat mir beigebracht, woran man gutes Grass erkennt und wie man einen Joint dreht. Aber Grass ist ja keine Droge. Und anderes Zeug hat er mir nicht beigebracht. Koks nehme ich nicht.«

»Hat er auch noch anderes genommen?«

Sie zuckte die Achseln. »Wahrscheinlich.«

»Es heißt, er hätte bei seinem Tod Barbiturate im Körper gehabt«, sagte ich.

»Da haben sich die Bullen mal wieder was Feines ausgedacht«, sagte sie verächtlich. »Als ich gegangen bin, hat er bloß Grass geraucht.« Sie stieß einen erschrockenen Laut aus, hielt kurz die Luft an und guckte schuldbewußt vor sich hin; ihr Blick war wie der eines Kindes, das dabei ertappt wird, wie es die Wohnzimmerwand mit Lippenstift bemalt. Sie schaute auf, um zu sehen, ob ich es gehört hatte. Dann drückte sie ihre frisch angezündete Zigarette aus und ließ den Blick von meinen Augen zu der glimmenden Glut im Aschenbecher wandern.

»Sie waren also am Abend seines Todes mit Gerard im Haus von DeWaynes Mutter?« fragte ich, noch ehe die Asche verglommen war.

Sie schwieg einen Moment. »Yeah.«

»Und als Sie gingen, war er noch am Leben?«

»Yeah.«

»Wer hatte die Schlüssel zu dem Haus, Sie oder er?«

»Ich.«

»Waren Sie oft da?«

»Es war unser Treffpunkt.«

»Woher hatten Sie die Schlüssel?«

»Als wir zum ersten Mal... na ja, zusammen waren. Nach dem ersten Mal fiel mir wieder ein, daß das Haus von DeWaynes Mutter leer stand, und da bin ich in sein Büro gegangen und hab mir die Ersatzschlüssel geholt. DeWayne bewahrt nichts zu Hause auf. Er traut niemandem über den Weg. Ich hab zwei neue machen lassen und sie dann wieder zurückgetan.«

»Sie haben für Gerard auch Schlüssel machen lassen?«

»Yeah, er hat mich darum gebeten, und da hab ich's getan.«

»Also hat er sich dort auch mit anderen Leuten getroffen?«

Sie schien überrascht. »Wahrscheinlich. Ich habe ihn nie gefragt. Es ging mich ja nichts an.«

»Hat er an dem Abend jemanden erwartet?«

»Er wollte sich noch mit jemandem treffen. Warum fragen Sie mich das alles?« wollte sie plötzlich wissen und runzelte ängstlich die Stirn. »Ich hab nichts Böses getan. Und überhaupt, Sie sind ja nicht von der Polizei.«

»Ich weiß«, sagte ich. »Aber es wird Ihnen guttun, Carlotta, wenn Sie sich aussprechen.« Das war eine verdammte Lüge, aber es hörte sich gut an, und sie fiel darauf herein. Ich hielt einen Moment inne, bevor ich weitersprach, und legte einen vertraulichen, warmherzigen, plötzlich intimen Ton in meine Stimme. »Was hat er gemacht, als Sie gingen?« fragte ich.

Sie gab sich mit einem Seufzer geschlagen. »Hab ich doch schon gesagt – als ich ging, saß er in der Badewanne und rauchte einen Joint. Wir waren gerade aus dem Bett gekommen, wir hatten so herumgemacht. Er nahm ein Bad, weil die Dusche kaputt war. Er hat gesagt, er hätte später noch eine Verabredung.«

»Und andere Drogen hat er nicht genommen?«

Sie wich wieder meinem Blick aus. »Vielleicht ja. Manchmal, wenn er cool bleiben wollte, hat er so Zeug genommen, oder wenn er aufgedreht war und cool werden wollte, aber ich weiß nicht, was es war. Möglich ist es, aber als ich ging, hat er in der Wanne gesessen und Grass geraucht.«

»Wann war was?«

»Gegen halb zwölf. Das weiß ich noch, weil DeWayne um Mitternacht heimkommen wollte, und ich wollte vor ihm zu Hause sein.«

»Die Polizei meint, daß er um elf Uhr fünfzig gestorben ist. War sonst noch jemand im Haus?«

»Sonst hatte niemand Schlüssel, außer DeWayne.«

»Und Gerard lebte noch, als Sie gingen?«

Sie zog an ihrer Zigarette, nahm einen kurzen, raschen Zug wie von einem Joint. »Das klingt ja, als hätte ich ihn umgebracht! Ich hab es Ihnen doch schon gesagt«, rief sie mit erhobener Stimme.

»*Haben* Sie ihn umgebracht, Carlotta?«

»Verdammt noch mal! Lassen Sie mich in Ruhe! Warum tun Sie mir das an? Aber ich will Ihnen was sagen, mir ist ja schon alles egal. Wenn die Bullen wissen, daß ich da war, und denken, ich hätte ihn umgebracht, dann kümmert mich das nicht, weil ich sowieso schon so gut wie tot bin.« Diesmal weinte sie nicht, aber der Schmerz war da, und ich hielt einen Moment inne, ehe ich einen neuen, sanfteren Anlauf nahm.

»Vielleicht hat die Polizei ja recht, vielleicht ist er einfach ertrunken, so wie sie sagen.«

Sie zuckte die Achseln. »Vielleicht«, sagte sie ruhig. Jetzt schlug sie einen anderen Ton an.

»Ich habe dreihundert Dollar gefunden – in Terrences Kühlschrank, als ich letzte Woche hier war«, sagte ich, um das Thema zu wechseln. »Wissen Sie, wo er die herhaben könnte?«

Sie wirkte überrascht. »Nein«, antwortete sie tonlos.

»Meinen Sie, Gerard könnte sie ihm gegeben haben, damit er nichts von Ihnen beiden verrät?«

»Ich hab Terrence das gottverdammte Geld gegeben, und jetzt lassen Sie endlich meine Nichte in Ruhe!« Damit kam Miss Lee zu meiner wie Carlottas Überraschung aus der Küche in das Wohnzimmer gestürmt. »Du hast sowieso schon viel zuviel erzählt, Lotta. Geh raus und überlaß das jetzt mir. Und ich hab dir doch meine Meinung zu diesen verdammten Zigaretten gesagt«, fügte sie schnüffelnd hinzu.

Carlotta zuckte zusammen und sprach dann so leise, daß ich sie kaum verstehen konnte. »Ich hab es satt, daß du mir sagst, was ich tun soll, Cle. Ich bin jetzt zweiundzwanzig. Ich kann tun und lassen, was ich will.«

»Du durftest tun und lassen, was du wolltest, und was dabei herausgekommen ist, siehst du ja«, sagte Miss Lee. »Jemand muß schließlich die Dinge in die Hand nehmen. Du kannst das nicht. Ich habe so gut für dich gesorgt, wie ich nur konnte«, fügte sie mit seltsam wehleidiger Stimme hinzu.

In Carlottas Augen blitzte der Zorn auf. »Du konntest dich da nicht heraushalten, nicht wahr, Cle? Warum konntest du dich nicht einfach aus meinem Leben heraushalten, verdammt noch mal?«

»Ich habe immer alles nur für dich getan, und das weißt du so gut wie ich«, sagte Miss Lee. Sie hatte sich vor der noch immer sitzenden Carlotta aufgebaut.

»Nicht für mich, Cle, für dich! Seit ich klein war, Cle, seit Daddys Tod, ging es im Grunde immer nur um dich, um dich.« Carlotta war jetzt aufgestanden und sah ihrer Tante direkt ins Gesicht, die Hände zu festen kleinen Fäusten geballt. »Es geht immer nur darum, was dir zupaß kommt, was dir Anerkennung verschafft.

Du hast mich diesem alten Kotzbrocken zugeschoben wie ein Geschenk!« fuhr sie mit erhobener Stimme fort. »Wie ein gottverdammtes Geschenk! Was warst du ihm bloß schuldig, daß du mich ihm zuschiebst wie ein Geschenk! Warum hatte er dich so in der Hand, Cle? Wieso konnte er dich so für sich springen lassen?«

Miss Lee sah sie nicht an, und Carlotta sprach weiter, wobei ihre Stimme mit jedem Wort lauter wurde. »Warum hast du Gerard umgebracht? In was für Geschäfte wart ihr früher allesamt verwickelt? Welche alten Rechnungen waren da noch offen?«

»Ich hab Gerard nicht umgebracht, und das weißt du auch!« sagte Miss Lee zu Carlotta. »Du bist so blöd wie diese dämliche Nutte, die mein Bruder geheiratet hat.« Scham, die sich schnell in Zorn verwandelte, huschte über Carlottas Miene, und dann schlug sie ihre Tante mit solcher Wucht ins Gesicht, daß ihr fast die Perücke herunterfiel.

»Es kotzt mich an, wie du über meine Mutter redest«, flüsterte sie heiser. »Du bist nichts als eine alte Schlampe und solltest nicht mal ihren Namen in den Mund nehmen.«

»Eine Schlampe, die deinen trägen, blöden Hintern immer wieder aufnimmt, wenn du hier angekrochen kommst«, antwortete Miss Lee mit häßlichem Grinsen, und Carlotta fing wieder an zu trommeln, diesmal mit den Fingern oben auf dem Stuhl.

Miss Lee rückte ihre Perücke zurecht, warf einen prüfenden Blick auf ihr Spiegelbild an der Wand gegenüber und rieb sich vor Erregung oder Vorfreude langsam die Hände. Dann versetzte sie Carlotta einen Schlag mit dem Handrücken, unter dessen Wucht die junge Frau zurückwankte und sich aufheulend an die Wange faßte, während sich ein roter Streifen über ihre braune Haut ausbreitete wie Schamesröte.

»Du kannst mit mir machen, was du willst«, murmelte Carlotta, an Miss Lee gewandt. »Aber ich weiß, du hast ihn gehaßt, und dafür hasse ich dich.«

Miss Lee schaute sie sehr lange an, und als sie endlich sprach, redete sie geduldig und langsam. »Du hast schon zuviel gesagt. Geh jetzt in dein Zimmer.« Carlotta ging, ohne mich oder ihre Tante anzusehen, und hielt immer noch die Hand ans Gesicht.

Wir standen einen Augenblick lang schweigend da; ich war starr vor Entsetzen, und Miss Lee rieb sich den Handrücken.

»Was hat DeWayne gegen Sie in der Hand?«

»Meinen Sie, ich würd Ihnen irgendwas außer meinem Namen verraten?«

»Haben Sie Terrence umgebracht?« Mir ging plötzlich auf, daß diese winzige Frau mit der Schlagkraft eines Riddick Bowe im Notfall vor nichts zurückschrecken würde – um sich oder auch ihre Nichte zu schützen.

»Wenn es so wäre, halten Sie mich für so blöd, daß ich mich hier hinstelle und es Ihnen erzähle?« raunzte Miss Lee und starrte mich unverwandt an, während ich meine Handtasche ergriff. Dies waren ihre letzten Worte, während ich zur Tür eilte. Als ich mich noch einmal umblickte, ehe ich endgültig die Tür schloß, waren ihre Augen so kalt, wie ich es noch nie gesehen hatte – weder bei Fischen noch bei Menschen.

Die Uhr in meinem Jetta – das einzige, was an der lahmen alten Karosse noch funktioniert wie neu – zeigte drei Uhr. Ich war nur etwa eine Stunde da drin gewesen, aber die hatte mich arg mitgenommen. Mir tat der Kopf weh, der Kiefer war verspannt, als hätte ich die Schreierei ganz allein besorgt, und mein Magen rebellierte, als hätte ich anstelle von Carlotta das Bier vor dem Mittagessen getrunken.

Um meine Nerven zu beruhigen, legte ich Cassandra Wilson auf.

Der zusätzliche Tag, den ich Jake versprochen hatte, ging allmählich zu Ende, und ich beschloß, nicht mehr ins Büro zurückzufahren, sondern nach Hause. Morgen, Dienstag früh, würde ich als erstes DeWayne die Rechnung schicken. Per Expreß, damit er sie auch umgehend bekam.

Offiziell hatte ich letzten Dienstag angefangen, das war morgen eine Woche her – und diese vergangene Woche hatte mir wahnsinnig zugesetzt, aber jetzt war sie vorbei, und Miss Lee, Carlotta, Gerard, Emma würden bald nur noch Namen sein, die mir sowenig bedeuteten wie in der Woche zuvor. Jake hatte recht. Sie saßen in ihrem eigenen Schlamassel, und das hatte nichts mit mir und Jamal zu tun. Basil würde ich auch vergessen. Mit jeder Stunde, die verging, erschien mir meine Leidenschaft da auf dem Küchenboden mehr und mehr wie eine ferne Erinnerung – ein einzigartiger, unvergeßlicher Augenblick, wie er nur ein einziges Mal geschehen sollte. Ja. Jake hatte recht, ich fühlte mich zu Männern hingezogen, die mir nicht guttaten, und es war an der Zeit, daß ich etwas dagegen unternahm.

Und doch blieben da noch Fragen. Letzten Endes hatte ich mich ebenso in den Schlamassel hineinziehen lassen wie DeWayne, und es bedrückte mich, daß ich im Grunde keine Antworten gefunden hatte.

Vielleicht hatte Miss Lee ja Terrence umgebracht, weil sie es leid wurde, ihn zu bezahlen, um ihre Nichte zu schützen. Und was hatte sie eigentlich davon, wenn Carlotta mit DeWayne zusammenblieb? Oder Miss Lee hatte Gerard umgebracht, um Carlotta zu schützen. Oder Carlotta war womöglich aus härterem Holz geschnitzt, als sie mir heute zu erkennen gab, vielleicht hatte sie Terrence umgebracht und mußte dann zu ihrem eigenen Schutz Gerard umbringen. Oder vielleicht hatte Miss Lee alle beide umgebracht – um ihre Nichte schwach und abhängig zu halten und sicherzustellen, daß ihre wie auch immer geartete Beziehung zu DeWayne intakt blieb? Oder vielleicht hatte Gerard Terrence ermordet, und dann hatte Miss Lee obendrein noch Gerard getötet. Oder vielleicht hatte DeWayne ja Gerard ertränkt, weil er Carlotta bei ihrem Treiben im Hause seiner toten Mama erwischt hatte. Oder vielleicht hatte Emma (durfte ich sie vergessen?) es getan. Hatte sie mir nicht erzählt, daß sie ihren Sohn haßte? Wäre sie wieder Daddys Liebling, wenn sie *sämtliche* Beziehungen abbrach? Oder vielleicht hing Basil (den ich am allerwenigsten in Erwägung ziehen wollte) auf eine Art, die ich nie begreifen würde, mit in der Sache drin. Oder vielleicht hatte jemand, an den ich nicht im Traum gedacht hatte, die beiden aus Gründen umgebracht, von denen ich nicht die geringste Ahnung hatte. Oder vielleicht hatte die Polizei ja recht: Terrence war wieder rückfällig geworden und an einer Überdosis gestorben, wie es der Augenschein nahelegte. Gerard war nach einem letzten kleinen Techtelmechtel mit Carlotta in der Badewanne seiner Großmutter ertrunken, worauf eindeutig alles hinwies. Und ich war wieder einmal auf die Verrücktheit meines früheren Mannes hereingefallen.

Wie auch immer, ich hatte jedenfalls nichts mehr damit zu tun.

Als ich durch meine Straße fuhr, mich auf ein Schaumbad mit Zitronenduft freute und überlegte, ob ich etwas zum Abendessen kochen oder Jamal in das Red Lobster ausführen sollte, wie ich es letzte Woche versprochen hatte, verzogen sich meine müden Lippen langsam aber sicher zu einem Grinsen – dem ersten seit neun Tagen.

14

Wenn ich später daran zurückdachte, nachdem alles, was dann noch geschah, vorüber war, verfluchte ich mich, daß ich nicht besser aufgepaßt, sondern gemeint hatte, die ganze Sache könnte so einfach zu Ende gehen, wie es den Anschein hatte. Diese Annahme wurde mit Blut bezahlt, und ich weiß nicht, ob ich mir das je verzeihen kann.

In der Nacht davor hatte ich von Johnny geträumt. Wie immer in meinen Träumen kam er, als sei er nie gestorben, in seinem gewohnten schmuddeligen roten Jogginganzug und mit den uralten schwarzbraunen Turnschuhen an; er sah genau so aus wie damals, wenn er nach seinem Morgenlauf hereinstürmte und mich beim Verspeisen der Schokoladenkrapfen erwischte, die er immer bei Dunkin Donuts kaufte, um mich von meiner ewigen Diät wegzulocken.

Ich briet Kartoffeln und Zwiebeln und erhitzte dazu das Fett, bis es zischte, so daß der Knoblauch in der Pfanne herumsprang. Ich schichtete die Kartoffeln und dann die Zwiebeln hinein, röstete sie, bis sie weich und dabei außen kroß waren wie bei meiner Mutter; fast konnte ich den Geschmack auf der Zunge spüren. Dann holte ich Johnnys Teller und stellte ihn vor ihn hin, und als er aufsah, um sich bei mir zu bedanken, hatte er Tränen in den Augen.

»Bringen die Zwiebeln dich zum Weinen, Johnny?« neckte ich ihn augenzwinkernd. Er neigte mit einem verständnislosen, verwirrten Blick den Kopf und schwieg, und als ich mich umdrehte, um weiterzusprechen, war er verschwunden.

Am Morgen dachte ich nicht weiter über diesen Traum nach. Ich stand auf, trank etwas von meinem jamaikanischen Kaffee – stark, mit einem Schuß Milch, wie ich ihn mag –, ging auf einen Sprung ins Büro, um DeWaynes Rechnung zu schreiben und seine Computerdiskette abzulegen, gab der herrenlosen Aloepflanze Wasser, erledigte rasch ein paar Anrufe, weil ich mich wegen weiterer Aufträge umhören wollte, und fuhr dann nach Hause, um mir zur Abwechslung mal »Oprah« anzusehen.

Jamal hatte gesagt, er würde abends erst spät zurückkommen. Er wollte mit Hakim rausgehen und auf ihrem angestammten Platz Ball spielen. Wahrscheinlich würden sie dann kurz zu McDonald's gehen und einen Hamburger essen, daher hatte ich mir eine Dose Schwarze Bohnensuppe von Goya warmgemacht, die ich gern mit Zwiebelwürfeln, einem Schuß Tabascosoße und einem gehackten harten Ei verfeinere, und mir eine Schachtel Triscuits aufgemacht.

Um sieben begann ich mit halbem Ohr zu horchen, ob Jamal kam, wie Mütter das so an sich haben. Um halb acht hatte ich mir schon zurechtgelegt, was ich sagen würde, wenn er endlich hier anspaziert käme. Um acht wurde ich langsam unruhig – ich schaltete von einem Sender zum anderen, trank eine Cola, kramte die Nagellackfläschchen hervor, um mir die Nägel zu lackieren, und ließ die ganze Zeit die Uhr nicht aus den Augen. Und dann klingelte das Telefon.

Es war eine Frauenstimme, amtlich, sanft, und sobald ich sie hörte, blieb mir das Herz stehen, denn diesen Ton hatte ich selbst in Polizeiangelegenheiten gebraucht, wenn ich einer Mutter oder Ehefrau etwas mitteilen mußte, das sie lieber nicht gehört hätte. Sie erklärte mir, Hakim Curtis, der Bruder meines Sohnes, sei vor einer halben Stunde erschossen worden und mein Sohn sei Augenzeuge. Ich sollte aufs Revier kommen und ihn abholen.

Was ich in dem Moment dachte, weiß ich nicht, ich spürte nur eine nackte, nie gekannte Angst in meiner Magengrube pochen. Ich kann mich nicht erinnern, wie ich dort hingekommen bin – in mein Auto, durch meine Straße. Gesehen habe ich nichts – nicht die Kinder, die sich an der Straßenecke zu ihrer Musik verrenkten, nicht die roten Ampeln, die ich überfuhr, oder die anderen Fahrer, die mir nachhupten und mir alle möglichen unchristlichen Namen hinterherriefen. Ich bog rechts ab, dann links, dann wieder rechts und fuhr dann über die Main Street zum Polizeirevier. Ich habe keine Erinnerung daran, wie ich hineinging.

Doch die Spannung in dem Raum ist mir im Gedächtnis geblieben, sie war so dicht, daß ich sie direkt riechen konnte; ebenso das Erlebnis des Leids – von Müttern, Vätern, Ehefrauen, Ehemännern, Schwestern und Brüdern, die hier ihre toten Angehörigen abholen mußten –, das diesen Ort durchdringt und sich wie ein Geruch mit der Angst und Wut mischt, die Polizisten auf Trab hält.

»Das ist die Mutter«, hörte ich jemanden flüstern.

»Von dem toten Kind?«

»Nein, dem anderen.« Ich spürte ihre Blicke auf mir –

Besorgnis, Mitleid, Neugier –, und dann trat eine Stille ein, während ein Kriminalbeamter vortrat und mich begrüßte.

Er führte mich aus dem Hauptraum in einen kleinen, abgetrennten Bereich, der in dem gleichen seltsamen Grün gestrichen war wie alle öffentlichen Räumlichkeiten – kotzgrün, hat mal jemand dazu gesagt.

Jamal saß an der Wand und wiegte sich zu einer stummen Melodie hin und her, wobei der Kopf in einem sanften, erbarmungslosen Rhythmus gegen die Wand schlug. Sein Blick war ausdruckslos und weit wie bei einem verängstigten kleinen Tier, dem noch der Geruch der Panik anhängt. Ich setzte mich auf einen freien Stuhl neben ihn, beobachtete ihn einen Moment lang und sagte dann seinen Namen. Er schaute mich an, als kenne er mich nicht. Ich zog ihn in die Arme, hielt ihn, so fest ich konnte, und versuchte, an den Kummer heranzureichen.

Ich habe meinen Teil Kummer erlebt, genug für uns beide, und hatte gegen alle Vernunft gehofft, mein Kummer habe den seinen irgendwie mit abgedeckt. Doch in jener Nacht erkannte ich, daß sich mit Kummer kein Tauschhandel treiben läßt, und es tat mir in der Seele weh.

Der Polizist hieß Griffin. Für einen Mann war er klein geraten, etwa meine Größe, aber stämmig, mit rötlichen, grau gesprenkelten Haaren und dunkelbraunen Sommersprossen auf der karamelfarbenen Haut. Es ging ein rötliches Leuchten von ihm aus; wahrscheinlich hatte man ihn als Kind »Rotfuchs« genannt. Er sprach mit leiser, sanfter Stimme, gedämpft wie ein Priester. Er ging zu dem altertümlichen Wasserbehälter auf der anderen Seite des

Raums, füllte einen dünnen Pappbecher und brachte ihn Jamal.

»Hier, mein Junge«, sagte er und reichte ihm den Becher. Jamal nahm einen Schluck und bedankte sich mit einem wortlosen Nicken.

»Ich werde dem Jungen ein paar Fragen stellen müssen, um so etwas wie eine Aussage zu bekommen«, sagte er zu mir, indem er mich über Jamals Kopf hinweg ansah.

»Hat das nicht noch Zeit?« fragte ich ihn.

»Manche Einzelheiten müssen wir jetzt gleich erfahren«, sagte er. »Einzelheiten, die sich verändern oder die er vergessen könnte, wenn wir zu lange warten. Einzelheiten, die er verdrängt, weil er sie verdrängen muß. Es dauert nicht lange, das schwöre ich.« Er zog einen Stuhl quer durch den Raum, und das Kratzen der Metallbeine auf dem hölzernen Fußboden war der einzige Laut in dem kleinen, engen Zimmer außer Jamals Atem.

»Mein Junge«, sagte Griffin, »wir müssen jetzt darüber reden, was da passiert ist.«

Jamal blickte auf, und seine Augen waren vollkommen stumpf; er griff nach meiner Hand und hielt sie fest wie früher als Dreijähriger. Als er schließlich sprach, beugten Griffin und ich uns beide vor, damit wir ihn verstehen konnten.

»Er wollte nur was abholen, von jemand in einem Auto«, sagte er und schüttelte immer noch ungläubig den Kopf. Griffin und ich wechselten einen erstaunten Blick und schauten dann wieder zu ihm.

»Wer?« fragte ich. »Wer hatte etwas für ihn in einem Auto?«

Er zuckte die Achseln.

»Wie sah dieser Mensch denn aus? Was für ein Auto fuhr er?«

Ich sprach jetzt extra wie ein Polizist, dachte wie ein Polizist. Ich versteckte den Teil meiner Person, der Gefühle hatte. *Nichts fühlen, nichts an sich heranlassen. Durch den Schmerz hindurch denken.*

»Ich weiß nicht«, sagte er und schloß die Augen, lehnte sich gegen die Rückenlehne seines Stuhls und versuchte angestrengt nachzudenken. »Ich weiß es nicht, Ma.«

»Mach die Augen zu und versuche, dir das Auto vorzustellen. War da ein Mann oder eine Frau am Steuer?« fragte Griffin und legte Jamal die Hand auf die Schulter, als könne er sich dadurch besser erinnern. »War es jemand, den er kannte oder den du kanntest?«

»Laß dir Zeit, Baby«, sagte ich. »Mach die Augen zu und denk nach, und dann sag es uns.«

Jamal seufzte lange und verzweifelt auf und hielt meine Hand jetzt so fest, daß es schmerzte. »Ich hätte mitgehen sollen, Ma. Als er zu dem Auto rannte, hätte ich mitgehen sollen. Ich hätte ihm helfen können. Es war dunkel, Ma.« Die Worte kamen alle auf einmal herausgesprudelt, ohne jeden Zusammenhang.

Er fing an zu weinen, und ich sah Griffin fragend an, ob wir nicht aufhören könnten. Griffin hielt einen Finger hoch, um sich noch eine Minute auszubitten, und Jamal fing mit kaum hörbarer Stimme wieder an zu sprechen.

»Er hat gesagt, er ist spät dran. Als wir mit Spielen fertig waren, da hat er gesagt, er ist spät dran. Ich hab ihn gefragt, was er damit meint, und er hat gesagt, er muß etwas von Daddy abholen. Daß Daddy etwas für ihn hat, und dann ist er zu diesem Auto gegangen.«

Griffin und ich wechselten einen Blick. Der Polizist in mir konnte Griffins Gedanken lesen, und was ich da las, gefiel mir gar nicht.

»Er wollte zu deinem Vater, als er auf das Auto zuging?« fragte Griffin.

»Hast du DeWayne da gesehen?« fragte ich, noch ehe Jamal antworten konnte. »War es das Auto deines Vaters?«

»Nein, es war ein rotes Auto, und das von Daddy ist silbern«, sagte Jamal. »Es war nicht Daddys Auto. Ich weiß, daß es nicht Daddy war. Ich weiß, daß es nicht Daddys Auto war.« Er sah mich an, und seine Augen baten mich, ihm zu glauben. »Ich weiß doch, wie Daddy im Dunkeln aussieht. Ich weiß, daß es nicht Daddy war.«

»Sag mir noch mal, was er gesagt hat, so genau, wie du dich erinnern kannst, mein Junge«, bat Griffin.

»Er hat nur gesagt, er muß etwas von Daddy abholen. Daß jemand etwas von Daddy für ihn hat und daß er spät dran ist, und dann ist er zu dem Parkplatz gerannt, wo das Auto stand, noch ehe ich mit ihm mitgehen konnte, und dann hab ich gehört, wie jemand geschossen hat und das Auto weggefahren ist, und als ich hinkam, war er tot«, sagte Jamal, und seine Stimme wurde mit jedem Wort lauter. Er begann zu zittern.

»›Jemand soll ihm etwas von Daddy geben.‹ Bist du sicher, daß er das gesagt hat, mein Junge?«

»Ja«, sagte Jamal, und seine Stimme war fest, als verstehe er das erst jetzt so richtig.

»Er hat nicht gesagt, was das ›etwas‹ ist?«

»Nein.«

Griffin bedeutete mir mit einer Kopfbewegung, ich solle zu der Tür kommen, wo Jamal uns nicht hören konnte. Ich folgte ihm, ohne Jamal aus den Augen zu lassen.

»Meinen Sie, sein Vater könnte etwas mit der Sache zu tun haben?« fragte er und beobachtete dabei genau mein Gesicht.

»Nein«, sagte ich. »Das glaube ich nicht. Nicht direkt. Aber ich denke, es gibt da noch etwas, das Sie wissen sollten. Es hat schon andere Todesfälle gegeben. DeWaynes andere Söhne – Gerard, Terrence – sind innerhalb der letzten Woche eines unnatürlichen Todes gestorben. Ein weiterer Sohn ist vor einem Jahr, am vierten Oktober, unten im Süden gestorben. Er wurde erschossen.«

»Eines unnatürlichen Todes? Wie meinen Sie das?«

»Nun ja, der erste ist an einer Überdosis Drogen gestorben. Der zweite ist in einer Badewanne ertrunken.«

»Innerhalb einer Woche?« fragte er mit mißtrauischem Blick.

»Yeah.«

»Wo?«

»Der erste in Newark. Der zweite in Belvington Heights. Doch der Leichenbeschauer hat in beiden Fällen auf Unfalltod erkannt.«

»Das war die amtliche Entscheidung?« Er schaute weg, und ich konnte nicht entschlüsseln, was seine Polizistenaugen sagten, Augen, die nicht zu erkennen geben wollten, was er wirklich dachte.

»Yeah. Den Bericht über Terrence habe ich gelesen.«

»Okay.« Jetzt erwog er im Innern diese neue Information und speicherte sie. Den Blick kannte ich, ich hatte ihn oft genug bei DeLorca gesehen. »Sein Vater ist DeWayne Curtis?« fragte er mit einer Kopfbewegung zu Jamal hin.

»Yeah«, sagte ich. Er beobachtete Jamal und dann mich einen Moment lang, wobei ihm offensichtlich etwas durch den Kopf ging. »Okay, das wär's dann wohl im Moment«, sagte er schließlich. »Ich geh jetzt noch einmal an den Tatort zurück, prüfe ein paar Dinge nach und versuche, weitere Zeugen aufzutreiben.«

Jetzt war er ganz Polizist. »Vielleicht war es einfach nur ein Kinderstreit, von dem wir nichts wissen. Die haben doch heutzutage alle Schußwaffen und kümmern sich einen Dreck darum, ob sie sterben oder einen anderen umbringen. Wahrscheinlich wissen sie es einfach nicht besser. Es kann auch eine Verwechslung vorliegen, oder er war in etwas verwickelt, wovon wir beide keine Ahnung haben, und Ihr Sohn auch nicht...« Er hielt kurz inne, als müsse er Luft holen oder sei mit den Gedanken woanders. »Aber der Umstand, daß er sich mit seinem Vater treffen wollte, wirft ein anderes Licht auf die Sache, und dem Punkt muß ich nachgehen.« Er sah mich wieder an, als überlege er, ob er mir noch etwas anderes anvertrauen sollte; er schwieg einen Moment. »Sind Sie mit Johnny Hayle verwandt?« fragte er schließlich.

»Das war mein Bruder.«

»Ich war eine Klasse unter ihm auf der Polizeischule«, sagte er und sah mich mit diesem Blick – halb verlegen, halb mitleidig – an, den die Leute, die Johnny kannten und wußten, wie er starb, mir gegenüber immer an sich haben. »Ihr Bruder war ein guter Kerl.«

»Ich weiß.«

»Ich mach Ihnen einen Vorschlag, ich ruf ein paar Stellen an und seh zu, ob ich noch irgendwas über die anderen Todesfälle herausfinden kann.« Seine Augen musterten mich wieder, dann wurde sein Blick herzlich und beruhigend. »Bringen Sie ihn nach Hause«, sagte er mit einer Kopfbewegung zu Jamal hin. »Wenn ihm noch etwas einfällt, rufen Sie mich an.« Er zog eine zerknickte, angeschmuddelte Visitenkarte mit seinem Namen und seiner Telefonnummer heraus. »Egal, wie spät es ist.« Er kritzelte seine Privatnummer auf die Rückseite. »Ich melde mich wieder.«

Bevor ich ging, rief ich noch meinen Arzt an, und der verschrieb Jamal ein Beruhigungsmittel, das ich auf dem Heimweg in einem über Nacht geöffneten Drugstore holte und ihm gab, als er schlafen gehen wollte. Ich saß bei ihm auf dem Bett, wir beteten zusammen, und dann wartete ich, bis er eingeschlafen war, als sei er noch ein Baby.

Als er dann schlief, schaute ich mich in seinem Zimmer um; plötzlich wurde mir bewußt, daß da ein Fenster war und unser Haus sehr nahe an der Straße lag. Beim Auspuffknall eines Autos stockte mir sekundenlang der Atem. Ich schlug das Fenster zu und zog mit einem heftigen Ruck die Jalousie herunter.

In Jamals Zimmer herrschte das übliche Chaos. Kleider, Socken, Unterwäsche lagen unter Turnschuhen, Büchern und CDs verstreut herum, und auch Hakim war hier noch gegenwärtig: Ein altes T-Shirt war achtlos über einen Stuhl geworfen, ein Haufen Kassetten war wie ein Kartenhaus auf dem Fußboden gestapelt, Videos – »Double Dribble«, »Super Mario Bros. 2«, »Indy 500« – lagen herum, und wo immer man hinschaute, sah man Comic-Heftchen mit zerrissenem Umschlag. Sein breites Grinsen guckte mich aus einem Bild an, das ich im vergangenen Jahr von ihm und Jamal im Great Adventure Park aufgenommen hatte. Ich holte es mir und hielt es kurz in der Hand; mir blieb die Luft weg, und meine Augen füllten sich mit Tränen. *Wie konnte dieser schüchterne, niedliche Junge tot sein?*

Ich saß noch ein Weilchen da und ließ den Blick schweifen, beobachtete Jamal und gab mich meinem Kummer hin, dann ging ich nach oben auf den Dachboden, holte eine große Kiste und legte sie mit rot-weißem Seidenpapier aus. Ich faltete Hakims Kleider sorgfältig zusammen und packte die anderen Sachen ordentlich mit Seidenpapier zwischen den einzelnen Lagen in die Kiste. Jamal konnte die Sachen später durchsehen – nach Tagen, Wochen oder Monaten vielleicht. Das alles hatte er mit Hakim geteilt, und ich wußte, es würde ihm sein Leben lang bedeutsam bleiben.

Als es um Mitternacht klingelte, wußte ich, wer es war. DeWayne betrat die Küche wie ein gebrochener Mann, mit hängenden Schultern, die sinnlichen Lippen zu einem bitteren schmalen Strich verzogen. Traurig hatte ich ihn schon häufiger erlebt, das war nichts Besonderes, doch irgendwie hatte er es immer geschafft, unversehrt daraus hervorzugehen – weder der Tod seiner Mutter noch der von Terrence oder auch Gerard hatten seiner Arroganz tatsächlich etwas anhaben können, obwohl ich mich bei diesem letzten Todesfall gefragt hatte, ob er das wohl überstehen würde. DeWayne war eitel und legte großen Wert auf seine Kleidung, doch selbst die hatte sich verändert.

An dem Abend kam er hereingeschlurft wie ein alter Mann mit Greisengang. Der teure Kaschmirpullover wirkte billig und abgetragen, die braune Tweedhose, die mich gut und gerne einen Tageslohn gekostet hätte, hing ihm schlaff am Leib herunter. Er setzte sich, ohne daß einer von uns ein Wort sprach. Endlich brach er das Schweigen.

»Wie viele Tage?« fragte er eher rhetorisch. Ich gab ihm keine Antwort, da wir es beide wußten. *Fünf Tage.* Fünf Tage lagen zwischen diesem neuen Todesfall und dem vorhergegangenen.

»Ich hab's dir ja gesagt. Warum wolltest du mir nicht glauben?« murmelte er anklagend, und seine Augen glitzerten verächtlich. Doch ich fiel ihm mit mörderischer Schärfe ins Wort.

»Fang mir nicht mit dem Quatsch an«, sagte ich. »Davon will ich heute nichts hören.«

Er schaute weg, und ich folgte seinem Blick – er fiel auf ein Polaroidfoto von Hakim; Jamal hatte es mit der Kamera aufgenommen, die er ihm letztes Jahr zum Geburtstag geschenkt hatte.

»Hast du schon mit der Polizei gesprochen?« fragte ich. Er sah mich an, als hätte er mich nicht gehört. »Hast du jemandem gesagt, er soll ihm etwas übergeben, DeWayne? Jamal hat bei der Polizei ausgesagt, Hakim wollte sich mit jemand treffen, um etwas von dir abzuholen«, fuhr ich fort. »Hast du eine Ahnung, was er damit meinte?«

»Woher zum Teufel soll ich das denn wissen? Wer zum Teufel würde einem Kind so etwas antun? Welcher

Scheißkerl würde einem Jungen so etwas erzählen, um mir eins auszuwischen? Tammy, *wer* könnte mich so hassen?«

»Das mußt schon *du* mir sagen, DeWayne.«

»Ich habe niemandem etwas angetan, das so etwas auslösen könnte.« Seine Augen verengten sich, plötzlich richtete sich sein Zorn gegen mich, und zwar so heftig, daß ich es mit der Angst zu tun bekam. »Yeah, ich hab Mist gebaut, du weißt, ich hab Mist gebaut, aber ich kenn auch die Grenzen, Tamara. Man weiß doch, wieviel ein Mensch vertragen kann. Ich gehe nie zu weit. Ich hab nie etwas getan, daß jetzt so ein Scheiß über mich hereinbricht.«

»Du bist niemals bei einem Menschen zu weit gegangen? Bei Miss Lee nicht und bei Basil auch nicht?« Ich beobachtete aufmerksam seine Miene, ob sie mir etwas verraten würde.

Ein Funken Trauer oder auch Scham, das war nicht genau auszumachen, huschte über sein Gesicht und blieb in seinen Augen hängen, aber ich konnte nicht erkennen, wer oder was die Ursache war. Bettina? Oder etwas anderes, das mir verborgen geblieben war wie jener erste Sohn in Salem?

Er war wie betäubt vor Schmerz, daran gab es keinen Zweifel, Gesicht und Augen waren starr vor Trauer.

»Ich kann nicht mehr weinen«, sagte er ruhig. »Tammy, ich kann einfach nicht mehr weinen.«

»Fällt dir irgend jemand ein…?« Ich beendete den Satz nicht, da ich ihm die Antwort an den Augen ablesen konnte. Hätte er es gewußt, wäre Hakim noch am Leben. Das ging über seine Kräfte. Er war hilflos, noch hilfloser als ich.

DeWayne stand langsam auf und ging in Jamals Zimmer. Nach etwa einer Viertelstunde ging ich auch hinein und stellte mich zu ihm, die Jahre der Bitterkeit und Verachtung füreinander waren in diesem Moment vergessen.

Jamal lag in tiefem Schlaf, das Beruhigungsmittel schirmte ihn ab gegen das, was er durchgemacht hatte. DeWayne nahm meine Hand und hielt sie fest, mehr zu seinem Trost als zu meinem. Ich entzog sie ihm nicht.

»Darf ich noch ein Weilchen hier bei ihm sitzen bleiben, Tammy?«

»Natürlich.«

»Und wenn…« Ich wußte, was er sagen wollte. Es war mir auch in den Sinn gekommen.

»Die nächsten fünf Tage lang passiert nichts, und an dem Tag werden wir ihn beschützen, wegbringen, bei ihm im Zimmer bleiben oder einfach nur bei ihm sitzen und – wenn's sein muß – niemanden in seine Nähe lassen. Wir – wir beide, DeWayne – lassen nicht zu, daß Jamal irgend etwas passiert.« Ich meinte es ernst, als ich das sagte, und die Worte gaben mir selbst Kraft. Seit ich ihn kannte, hatte ich nie gemerkt, daß ich so viel stärker war. Jetzt wußte ich es. Wieder ein Meilenstein in meiner Beziehung mit DeWayne Curtis.

»Ich bleib noch ein Weilchen hier sitzen«, sagte DeWayne. »Nur noch ein Weilchen.«

»Solange du willst. Du weißt ja, wo ich bin, wenn du mich brauchst.«

Er blieb bis zwei Uhr. Ich war zu überdreht, um schlafen zu können, als ich in mein Schlafzimmer ging; zu viele Gedanken schwirrten mir durch den Kopf. Im letzten

Frühjahr hatte ich mein Zimmer aus einer Laune heraus leuchtend gelb angestrichen; auf der Farbskala wurde der Ton als Sonnengelb bezeichnet. Damals war ich sonnig und zuversichtlich gestimmt, glücklich, selbstbewußt und voller Vertrauen in die Welt. Bei Fortunoff's gab es einen großen Ausverkauf, und ich hatte mir sogar eine passende, mit riesengroßen Narzissen gesprenkelte Steppdecke geleistet. Doch jetzt schien die fröhliche Decke geradezu das Andenken an Hakim zu beleidigen, und ich riß sie mit einem scharfen Ruck vom Bett. Dann mußte ich selbst so jäh und heftig weinen, daß ich meinte, ich würde noch Jamal damit aufwecken. Ich stopfte mir die Faust in den Mund und drängte das Schluchzen wieder zurück, doch es hörte nicht auf, und ich rollte mich zu einem Knäuel zusammen, um es so zu ersticken.

Ich hatte immer gewollt, daß Jamal nie den Schmerz erfährt, den ich bei Johnnys Tod erlebt hatte. Jetzt hatte er ihn doch erfahren, und ich konnte nichts dagegen tun. Ich hatte ihn nicht beschützen können vor dem, was ich am meisten fürchtete.

Schließlich hörte ich erschöpft und müde auf zu weinen. Ich überlegte, ob ich nicht selbst eine von Jamals Pillen nehmen sollte. Doch ich mußte wach bleiben, alarmbereit, und notfalls handeln können.

Denken, denken, denken, denken, murmelte ich vor mich hin und versuchte, mich so weit zu beruhigen, daß ich vernünftig nachdenken, mir überlegen konnte, was ich jetzt tun sollte.

Als ich zu DeWayne sagte, daß die nächsten fünf Tage lang nichts passieren würde, hatte ich gelogen. Das war wie Pfeifen im dunklen Wald, und ich kannte noch nicht einmal die Melodie. Yeah, es lagen fünf Tage zwischen Terrence und Gerard, und dann waren wieder fünf vergangen bis zu Hakims Tod, doch es gab keinerlei Garantie, daß der Täter fünf Tage warten würde, bis er meinen Sohn zu töten versuchte.

Doch selbst ein Wahnsinniger muß seine Gründe haben – ein Motiv und eine Gelegenheit –, und die Gelegenheit war denkbar leicht zu finden für jemanden, der DeWayne kannte. Wer ihn kannte, der kannte auch seine Söhne – ihre Gewohnheiten, ihren Wohnort, wie man an sie herankam. Jeder hätte Hakim erschießen können, jeder, der nur halbwegs entschlossen war, hätte in das Haus von DeWaynes Mutter gelangen können, um Gerard zu töten. Hatte man eigentlich überprüft, ob in das Haus eingebrochen worden war? überlegte ich. Nein, wie ich die Arbeitsweise der Polizei kannte, wahrscheinlich nicht. Zuviel Aufwand. Doch selbst wenn, hatten wir es hier mit einem cleveren Mörder zu tun, und ich bezweifelte, ob er Spuren hinterlassen hatte. Bei Terrences Zimmer sah das anders aus. Miss Lee, Carlotta, Gerard, vielleicht auch Basil – auf dem Umweg über Terrence selbst oder Carlotta – konnten alle jederzeit zu ihm gelangen, gemeinsam oder allein. Terrence und Gerard, Gerard und Terrence, der eine Tod führte immer wieder zu dem anderen zurück wie bei einem tödlichen Rätsel, das ich nicht lösen konnte. Ich stand wieder am Ausgangspunkt.

Der Schlüssel zur Lösung des Problems mußte in jenem ersten Todesfall liegen, dem von DeWayne jr., den ich immer wieder vergaß. Das war mein Fehler gewesen, wie Hakims Tod mir klargemacht hatte. Ich mußte nach Salem, Virginia, fahren, in DeWaynes Geburtsort, wo der erste Sohn gestorben war und wo dieses Rätsel begonnen hatte.

Heute war Dienstag ... Mittwoch, es war ja schon Mittwoch morgen. Dann kam Donnerstag, Freitag, Samstag und schließlich Sonntag. Sonntag, der fünfte Tag.

Ich durfte keine Zeit verlieren. Sie hatten entschieden – diejenigen, die über solche Dinge zu befinden haben –, daß Terrence an einer Überdosis gestorben und Gerard ertrunken war. Das war jetzt offizielle Lehrmeinung; professionelle Reputation und verbissene Rechthaberei waren mit diesem Verdikt verbunden.

Griffin war ein guter Mensch, ein guter Polizist – das hatte ich wohl erkannt –, doch ein guter Polizist zieht keine voreiligen Schlüsse, er schlampt nicht, überstürzt nichts und achtet darauf, daß ein Fall nach allen Seiten abgesichert ist, sonst kommt so ein neunmalkluger Anwalt daher und macht ihm mit wortgewandter Logik und einem schauspielerisch begabten Mandanten, der wohlmeinende Geschworene einseifen kann, einen Strich durch die Rechnung. Wenn wir abwarteten, bis die Polizei die Sache in die Hand nahm, würde Jamal sterben.

Da ist ein Engel über dein Grab geschwebt. Da ist ein Engel über dein Grab geschwebt.

Ich schleppte einen Stuhl aus der Zimmerecke zum Schrank, warf Schachteln mit alten Schuhen (zu eng) und Blusen (mit fehlenden Knöpfen) herunter – alles alte, unnütze Kleidungsstücke, die ich als gewissenhafter Mensch längst wohltätigen Einrichtungen hätte zukommen lassen sollen, aus Trägheit aber immer wieder ganz hinten in den Schrank schob. Ich schubste, zog und zerrte wie eine Verrückte, bis ich ihn schließlich entdeckte, in das Nest gebettet, das mir stets gegenwärtig war, in der hintersten Ecke, wo Jamal ihn nie finden würde.

Ich hatte ihn in einen kleinen grauen Kasten mit einem Zahlenschloß gesteckt und die Zahlenkombination auf einem Zettel unten angeklebt, doch ich mußte gar nicht nachschauen. Ich hatte sie noch im Kopf, obwohl ich das Ding fünf Jahre lang nicht aufgemacht hatte. Jetzt holte ich es herunter und trug es zum Bett, wobei ich mir leise die Kombination vorsagte.

Ich war erst ein halbes Jahr bei der Polizei gewesen, als ich mir den Revolver kaufte. Jeder hatte einen, man sammelte sie, wie Kinder glänzende Steine sammeln, und ich wollte auch so ein »Spielzeug« für mich haben – einen .38er Smith & Wesson, Modell 64 aus rostfreiem Stahl, der silbrig glänzte, als ich jetzt den Kasten aufmachte.

Johnnys Pistole hatte ihn umgebracht. Hätte er sie nicht griffbereit und geladen zur Hand gehabt, wäre er heute noch am Leben.

Eine andere hatte heute Hakim getötet. Doch so eine Waffe hat eine verführerische Macht, sie kann Menschenleben zerstören, sie kann auch beschützen. Ich hielt sie voller Abscheu und doch auch fasziniert in der Hand und dachte an den Tod, den sie stets bringt.

Eine Waffe kann nie etwas Gutes bewirken, das weiß ich so sicher wie meinen eigenen Namen, doch jetzt lud ich den Revolver rasch und ohne zu zögern. Und eins war mir in dem Moment klar – sollte sich jemand unterstehen, meinem Sohn etwas anzutun, müßte er erst einmal mich aus dem Weg räumen. Ich würde sterben, um Jamal das Leben zu retten, und jeden mitreißen, der ihn anrühren wollte.

15

Es war Donnerstag abend. Mit jeder Stunde rückte der Sonntag näher. Wir hatten uns wenige Stunden nach der Trauerfeier für Hakim in DeWaynes großem Fachwerkhaus an der Keer Avenue gegenüber dem Weequahic Park versammelt. Hakims Mutter war einige Tage nach seiner Geburt zum islamischen Glauben übergetreten, und seine Großmutter hatte ihren Enkel am Tage nach seinem Tod nach islamischem Brauch bestatten lassen.

Ich war noch nie in DeWaynes Haus gewesen und erkannte schon beim Eintreten Gegenstände, die im Laufe unserer Beziehung mit ihm aufgetaucht und wieder verschwunden waren – die antike Uhr seiner Mama, einen türkisblauen Krug, den er bei einer Tombola gewonnen hatte, den pinkfarbenen Wuschelteppich, den wir zusammen ausgesucht hatten und der bei uns im Schlafzimmer lag – auch in der Nacht, als ich DeWayne verließ. Sein Wohnzimmer wirkte irgendwie zusammengestoppelt – eine rote Pannesamtcouch auf meinem pinkfarbenen Wuschelteppich über hellblauem Teppichboden – so, als hätte jede Ehefrau ein ausrangiertes Stück von sich dagelassen und er sie alle zu einem Mischmasch nicht zueinander passender Stile, Farbtöne und Gewebe zusammengerührt. Er war schon immer eine Sammlernatur, und sein schlechter Geschmack hatte vier Ehen unbeschadet überstanden.

Jamal und DeWayne saßen in einer Ecke des Raums zusammen. Miss Lee, die schon da war, als Jamal und ich kamen, saß in einem orangefarbenen Ohrensessel, musterte mit zusammengekniffenen Augen einen Gast nach dem andern und heftete den Blick schließlich auf DeWayne und meinen Sohn.

July flatterte in einem weißen Kostüm wie ein wildgewordener Schmetterling zwischen Zimmer und Küche hin und her und half den versammelten Nachbarn dabei, das Essen auf den großen Eßzimmertisch zu stellen, auf dem ein mit Stechpalme und Blumengirlanden verziertes Tischtuch lag. Ich saß auf der Samtcouch und trank billigen Chablis mit Eis aus einem Jurassic-Park-Glas von McDonald's.

In der Nacht zuvor hatte ich schlecht geschlafen und schon wieder von Johnny geträumt. Um sieben war ich aufgeschreckt und hatte die Fluggesellschaften angerufen, um für Freitag morgen einen Platz in der frühestmöglichen Maschine nach Roanoke, Virginia, zu reservieren; näher kam ich mit öffentlichen Verkehrsmitteln nicht an Salem heran. Ich buchte einen Flug bei Northeast Express für Freitag morgen um 6 Uhr 40, mit dem ich um 8 Uhr 40 in Roanoke wäre, und den Rückflug nach Newark für Samstag nachmittag um 5 Uhr 28.

Was ich in Salem herausfinden wollte, war mir nicht ganz klar, aber ich dachte mir, ich würde zuerst mal mit dem Jungen reden, der wegen des Mordes an DeWayne jr. im Gefängnis saß, mir dann Willa, die Mutter von DeWayne jr., ansehen und danach schauen, was mir die Polizei an Informationen zukommen lassen würde. Das Ganze war ein Schuß ins Blaue: ob ich den Jungen sehen, ob ich mit Willa reden könnte, und das alles in nicht einmal zwei

Tagen, doch wenn ich etwas herausfinden konnte, das sich mit den Ereignissen hier in Verbindung bringen ließ, dann hätte es sich schon gelohnt. Auf jeden Fall mußte es schnell gehen. Ich trank einen Schluck Wein und sah, wie DeWayne mit Jamal sprach; keiner von beiden beachtete Miss Lee, die sie mit Argusaugen beobachtete.

Lag da Haß in ihrem Blick?

»Was hast du gegen Cleotha Lee in der Hand?« hatte ich DeWayne gefragt, als er mich am Morgen anrief, um mich über die Arrangements für Hakim zu informieren.

»Hat sie dir erzählt, ich hätte etwas gegen sie in der Hand? Ich habe dir alles gesagt, was ich weiß. Ich habe nichts getan, was so ein Weibsbild oder einen Dreckskerl veranlassen könnte, meine Söhne umzubringen.«

»Mußt du aber, sonst würden sie ja nicht sterben.«

»Wenn ich es wüßte, meinst du nicht, ich würde es dir sagen?« Dann schnappte seine Stimme über, und mir war klar, daß es keinen Sinn hatte, weiter in ihn zu dringen. Falls da irgend etwas war, konnte er sich nicht daran erinnern oder hatte es so fest in sich verschlossen, daß er es nur herauslassen würde, wenn sein eigenes Leben davon abhinge. Er hatte mich gefragt, ob ich Jamal bei ihm lassen wollte, und ich hatte ihn angeraunzt, es gebe nur einen einzigen Menschen, dem ich meinen Sohn anvertrauen könnte und bei dem ich sicher wäre, daß er ihn unter Einsatz seines Lebens beschützen würde. Er fragte nicht, wer das sei, und ich hatte es ihm nicht gesagt. Aber ich hatte ihn um Auskünfte gebeten, und die hatte er mir gegeben: Willas Telefonnummer und den Namen des Beamten – Jenkins –, der für den Fall von DeWayne jr. zuständig war.

Dann hatte ich Jake angerufen, und Phyllis war am Apparat gewesen. Ich hatte Gewissensbisse gehabt, wie immer, wenn ich mit ihr sprach, obwohl ich und Jake nie etwas getan haben, für das wir uns schämem müßten, und so etwas auch nie geschehen wird, solange sie zusammen sind.

Sie erklärte mir, Jake käme erst spätnachmittags wieder, daher erzählte ich ihr, was ich Jake sagen wollte, und betete darum, daß ihr Verstand klar genug war, um zu begreifen, was ich sagte. Manchmal war sie so wie früher: »normal« mit einem umwerfenden Humor. Doch ein andermal konnte sie wie ein Gespenst wirken, und bisweilen war sie wie vom Dämon besessen – eine keifende, sarkastische Hexe, bei der man sich fragte, warum man diese Seite bisher nie an ihr wahrgenommen hatte. An solchen Tagen »vergaß« sie Dinge aus reiner Gehässigkeit.

An dem Morgen wirkte sie vollkommen in Ordnung und wiederholte freundlich, was ich ihr gesagt hatte – daß Hakim tot war, daß ich verreisen wollte, daß Jamal bis zu meiner Rückkehr Samstag abend bei ihnen bleiben sollte und daß Jake mich bei DeWayne abholen sollte. Sie sprach langsam und bedächtig, wie ein nicht allzu gescheites Kind, das eine auswendig gelernte Lektion aufsagt.

»Tamara?« Sie hatte meinen Namen Tam-ah-rah ausgesprochen und jede Silbe einzeln in der theatralischen, prätentiösen Art betont, die sie bisweilen an sich hatte.

»Yeah, Phyl.« Ich redete mit ihr wie früher, als wir noch junge Mädchen waren.

»Jake paßt gut auf Jamal auf, mach dir keine Sorgen.« Sie sagte das mit einer solchen Gewißheit, daß mir die Tränen in die Augen traten.

»Ich weiß, Phyl. Ich weiß.« Meine Stimme zitterte, als mir einfiel, daß sie ebenso fest an ihn glaubte wie ich. »Vergiß nicht, Jake das auszurichten, und sag sonst niemandem etwas davon. Niemandem, ja?« fügte ich vorsichtshalber hinzu.

»Okay«, antwortete sie langsam. Ich ließ sie DeWaynes Adresse und Telefonnummer aufschreiben, und dann legte sie auf. Ich betete zu Gott, daß sie es nicht vergaß.

Ich hatte später noch einmal versucht, ihn zu erreichen, aber es war niemand da, und ehe ich aus dem Haus ging, machte ich noch einen Versuch. Ich wußte nicht, wo ich Jamal lassen sollte, falls Jake nicht kam.

»Wie wär's mit einem Happen zu essen?« fragte July und riß mich mit einem Teller voll Gemüse, Kartoffelsalat und gebratenem Huhn aus meinen Gedanken – Labsal für die Seele nach Art des Südens.

»Mädchen, das hättest du nicht herbringen müssen«, sagte ich, nahm das Hühnerbein und schob mir die Keule in den Mund. Bevor July mir den Teller reichte, hatte ich gar nicht gemerkt, wie hungrig ich war. Ich führte eine Gabel mit Kartoffelsalat zum Mund, wobei mir in der Eile eine mayonnaisetriefende Kartoffelscheibe in den Schoß fiel. Ich hob sie ungeniert auf und steckte sie wieder in den Mund.

»Hey, dieser letzte Fall hat ja nun alle umgehauen«, sagte sie und setzte sich neben mich. »Ich mach mich nützlich, so gut ich kann. Aber ich bin verdammt müde.« Dabei wischte sie sich mit übertriebener Gebärde über die Stirn.

»Yeah, Sie haben sich wirklich sämtliche Beine ausgerissen. Hoffentlich weiß DeWayne sein Glück zu schätzen.« Ich trank einen Schluck Wein.

»Da kommt er erst so richtig dahinter, wenn ich mal weg bin«, sagte sie mit einem kleinen Kichern. »So was brauch ich jetzt auch.« Dabei zeigte sie auf meinen Wein. »Halten Sie mir den Platz frei.« Sie stand auf und kam mit einem vollen Glas zurück. »Bourbon«, sagte sie und wies mit dem Kopf auf das Glas. »Das ist genau mein Fall. Bourbon.« Sie trank einen langen, bedächtigen Schluck und dann noch ein rasches kleines Schlückchen hinterher, als sei es ein nachträglicher Einfall. »Das bringt's schon eher. Bourbon.«

»Mein Bruder hat auch immer Bourbon getrunken.«

»Tatsächlich?« Sie sah mich an, und in ihre Augen trat ein nachdenklicher Zug; wahrscheinlich erinnerte sie sich an unser letztes Gespräch, das über Johnny und ihre Mutter.

»Sie denken wohl viel an Ihren Bruder, was?«

»Yeah«, sagte ich. »Jeden Tag. Und es wird nicht leichter.«

»Das weiß niemand besser als ich. Der Tod kann einem schon ganz schön zusetzen«, meinte sie philosophisch in ihrer – wie ich inzwischen wußte – typischen Unverblümtheit. »Egal, wie lange ein Mensch tot ist, wenn er das einzige war, was man hatte, kann man an nichts anderes denken.«

Wir schauten beide zu DeWayne und Jamal hinüber.

»Geben Sie Ihren Sohn jetzt zu seinem Vater?«

»Warum sollte ich?«

»Weil jetzt nur noch einer übrig ist.« Sie zuckte die Achseln. »Nach allem, was passiert ist, hab ich wohl angenommen, daß er ihn vielleicht irgendwann mal zu sich nehmen will.«

»Er bleibt bei mir«, sagte ich energischer, als ich wollte.

»Sie wissen, daß er mit Carlotta auseinander ist.«

»Ich hab davon gehört.«

»Meinen Sie, die kommen wieder zusammen? Nach dem ganzen Pech mit seinen Söhnen will er es vielleicht noch mal versuchen.«

»Was zum Teufel ist nur mit Ihnen los, July?« fuhr ich sie an.

»Was?«

»Wieso reden Sie ständig so einen dämlichen, taktlosen Blödsinn daher?« Meine Nerven waren zum Zerreißen gespannt, und ich war zu mitgenommen, um höflich zu sein oder irgendwelche Rücksichten zu nehmen.

»Ich weiß nicht«, sagte sie nachdenklich und trank einen Schluck Bourbon. Ihre Miene deutete auf eine Traurigkeit hin, die sie nicht zu teilen bereit war, das spürte ich deutlich. Aber schließlich hatte ich das doch auch durchgemacht, oder nicht? »Es tut mir leid«, sagte sie und warf mir einen Blick zu. »Das gehört wohl zu meinen Methoden, mit dem Kummer fertig zu werden, mit Dingen, die so tief gehen, daß ich sie nicht fühlen will. Ich spiele schlimme Sachen immer herunter, Tamara. Dann können sie mir nichts mehr anhaben. Es gibt vieles an mir, das ich selbst nicht begreife.«

»Willkommen im Club.«

»Es rutscht mir einfach heraus, wissen Sie, was ich da immer daherrede, wie das mit Blödsinn halt so ist. Vielleicht bin ich ja einfach zu ehrlich? Aber es tut mir leid«, sagte sie. »Es tut mir wirklich leid.«

»Schon gut«, meinte ich achselzuckend und trank noch

einen Schluck Wein. *Wie zum Teufel kann ich mir ein Urteil anmaßen?* dachte ich bei mir. »Tut mir leid. Ich wollte Sie nicht anfahren. Ich bin mit den Nerven am Ende.«

»Freundschaft?« fragte sie wie ein kleines Mädchen.

»Yeah«, sagte ich. »Ich kann jetzt gar nicht genug Freunde haben.« Wir lachten beide, und sie nahm mich in die Arme wie eine Busenfreundin.

Miss Lee stand auf und ging zum Tisch, nahm sich einen Teller und häufte Essen darauf. Auf dem Rückweg kam sie an DeWayne vorbei und beugte sich vor, um ihm etwas zuzuflüstern, dann setzte sie sich wieder auf ihren Platz. Sie schaute mit versteinerter Miene zu uns herüber.

»Ich glaube, die Dame da mag mich nicht«, sagte July.

»Dieser Blick galt mir, nicht Ihnen«, sagte ich. »Wir hatten am Montag eine kleine Auseinandersetzung, und sie ist offenbar immer noch sauer.«

»Ich weiß nicht, was da zwischen ihr und DeWayne läuft«, sagte July wie nebenbei. »Zuerst dachte ich, es geht nur um Carlotta, aber jetzt bin ich mir nicht mehr so sicher.«

»Da können wir uns die Hand reichen. Kreuzt sie manchmal am Branford Place auf?«

»Ab und zu schon.«

»Sie sind alte Bekannte. Ich glaube, ich bin ihr schon begegnet, als ich noch mit DeWayne verheiratet war. Es gibt da allerhand bei meinem Exgatten, das ich nicht weiß, und es macht mich mit jedem Tag rasender. Da kann jederzeit irgendeine beschissene Kleinigkeit auftauchen, die er vergessen hat, mir zu erzählen, und plötzlich grinst sie mir ins Gesicht«, sagte ich auf einmal vertraulich, was bei mir nicht oft vorkommt; doch jetzt hatte meine Wachsamkeit nachgelassen, und das kam vermutlich von der Wendung, die unser Gespräch insgesamt genommen hatte, sowie von dem Wein, an dem ich fortwährend nippte.

Ich werde nicht gern betrunken, ein netter kleiner Schwips ist bei mir das Höchste der Gefühle, und ich war mir bewußt, daß ich an dem Abend wohl mehr trank, als gut für mich war. So weit war es also gekommen. *Wenn ich nun keine Antworten finden konnte? Wenn es gar keine Antworten gab? Da sucht man den Seelenfrieden auf dem Grund einer Flasche.* So hatte meine Mutter immer von meinem Vater gesprochen. Er trank gern mal einen über den Durst, und was ich July nicht über Johnny und sein Lieblingsgetränk erzählt hatte, war, daß Johnny manchmal mehr Bourbon trank, als gut für ihn war. An dem Abend, als er es tat, war er betrunken gewesen; dessen war ich mir sicher.

July kicherte. »Sie haben anscheinend ein Problem«, sagte sie, was mich erschrocken zusammenzucken ließ, bis ich merkte, daß sie nicht meine Gedanken las, sondern über DeWayne sprach.

»Yeah.« Ich lächelte so halb über mich selbst und meine Gedankenverlorenheit. »Es sieht fast so aus.«

Da klingelte es an der Tür, und zur allgemeinen Verblüffung kam Carlotta Lee Curtis hereingerauscht.

»Mein Gott«, schnurrte July gehässig. »Wie die wieder aussieht.«

Offenbar hatte sich Carlotta von unserer Begegnung am Montag erholt, wenn auch nicht ganz. Es haftete ihr immer noch ein Hauch von Kummer an. Sie trug ein locker sitzendes, fast matronenhaft wirkendes marineblaues Wollkleid. Diesmal hatte sie wenig Make-up aufgelegt und trug überhaupt keinen Schmuck. Diese Puppe wirkte bei jedem Zusammentreffen wie ein anderer Mensch.

DeWayne reagierte gespannt wie ein Wachhund auf ihren Eintritt, doch dann legte sich ein Ausdruck irgendwo in der Mitte zwischen Ärger und Überraschung auf seine Miene. Als sie auf ihn zukam, richtete er sich auf seinem Stuhl auf, als wolle er aufstehen und protestieren, ließ sich dann aber resigniert wieder zurückfallen. Jamal beobachtete sie beim Näherkommen und studierte jede ihrer Bewegungen so sorgfältig, als sei sie ein Wolf und er ein Kaninchen. Bestimmt dachte er daran zurück, wie sie Hakim behandelt hatte, und diese Erinnerungen drückten sich deutlicher in seinem Gesicht aus, als wenn er sie in Worte gefaßt hätte. Ich stand fürsorglich auf und wollte zu ihm, doch er erhob sich abrupt und kam, ohne DeWayne oder Carlotta eines Wortes oder auch nur Blickes zu würdigen, zu July und mir. Carlotta setzte sich auf den Platz, den er freigemacht hatte, und redete dann leise und ganz vertraulich auf DeWayne ein, als hätte sich zwischen ihnen überhaupt nichts verändert.

Jamal ließ sich neben mir auf das Sofa plumpsen. »Ich hasse sie«, murmelte er leise. »Ich hasse sie.«

»Du haßt überhaupt niemanden, mein Sohn.« Das sagte ich eher aus alter Gewohnheit denn aus Überzeugung, und Jamal warf mir einen Blick zu, der mir bedeutete, daß er mich für eine Blödschwätzerin hielt.

»Ich hasse sie, weil sie Hakim gehaßt hat«, sagte er ruhig.

»Also…«, begann ich, um einen möglichst erwachsenen Ton bemüht. »Ich glaube nicht, daß Carlotta Hakim wirklich gehaßt hat, aber…«

»Ich würde dem Jungen wahrscheinlich recht geben«, sagte July.

»Machen Sie nicht alles noch schlimmer«, fuhr ich sie an.

»Wieso nimmst du sie in Schutz?« fragte Jamal bissig. »Wie kannst du so was sagen, wo du doch weißt, wie Hakim von ihr gesprochen hat? Du weißt ja, was sie für ein Verhältnis zu ihm hatte.« Er war laut geworden, und mehrere Leute schauten zu uns herüber, darunter auch DeWayne.

Ich legte Jamal den Arm um die Schulter und schaute alle herausfordernd an.

»Ich will nach Hause«, quengelte er wie ein verzogenes Kind. »Worauf warten wir noch? Ich will nach Hause.«

»Ich möchte noch ein paar Minuten bleiben«, sage ich. Wir warteten auf Jake, aber das wollte ich ihm nicht sagen. Ich hatte ihm noch nichts von meinen Plänen erzählt und daß er bis Samstag abend bei Jake bleiben sollte. Ich wollte ihn nicht beunruhigen, und außerdem wollte ich vermeiden, daß er sich verplapperte. »Versuch dich einfach noch ein paar Minuten zusammenzunehmen.«

In dem Moment läutete es an der Tür, und Jake kam herein. Unsere Blicke trafen sich, dann schauten wir beide wieder weg, wie wir das in der Öffentlichkeit immer tun. Ich wußte, daß er wegen mir hier war, aber er war taktvoll genug, das in einer solchen Runde nicht auf der Stelle eindeutig zu erkennen zu geben. Er ging zu Hakims Großmutter und gab ihr die Hand, hielt sie einen Augenblick lang fest und flüsterte leise mit ihr, dann gesellte er sich zu DeWayne.

»Gleich können wir gehen«, wisperte ich Jamal zu, und der stand auf und stolzierte in das Fernsehzimmer, wo DeWayne den Fernseher und Videorecorder stehen hatte.

»Die Sache nimmt Ihren Jungen allmählich mit«, sagte July besorgt. »Aber, hmmm, mhm, hmm, wer ist denn das, der da gerade gekommen ist«, setzte sie im selben Atemzug in einem lüsternen, kehligen Flüsterton hinzu, sobald Jamal außer Hörweite war. Sie machte eine Handbewegung zu Jake hin und ließ ihn nicht aus den Augen, als sei er ein Stück von dem Hühnchen, das sie mir gerade gebracht hatte.

»Er ist verheiratet«, sagte ich schnell.

»Hoffentlich nicht allzu sehr.«

Ich warf ihr einen scharfen Blick zu, und sie zuckte neckisch und ausweichend die Achseln. Ich machte schnell ein anderes Gesicht, da ich mich meiner Reaktion schämte. Doch meine Gefühle für Jake – diese seltsame Mischung von Emotionen, die ich nun schon länger zu beherrschen versuche, als mir lieb ist – waren so offenkundig, daß sie sich nicht verbergen ließen, und ich war so müde und beschwipst, daß ich es auch gar nicht versuchte.

»Entschuldigung«, sagte sie. »Ich wollte niemandem auf die Zehen treten.«

»Sind Sie auch nicht.«

Sie warf mir einen übertrieben schamhaften, wissenden Blick zu. »Er sieht aber trotzdem verteufelt gut aus. Wie heißt er denn?«

»Jake.«

»Jake. Der richtige Name für einen Herzensbrecher. Er sieht auch irgendwie wie ein Herzensbrecher aus mit seinem schönen breiten Rücken und dem hübschen knackigen Po. Anscheinend treibt er viel Sport.«

»Woher soll ich das wissen«, gab ich ärgerlich zurück. Jake sah mich an und deutete mit dem Kopf zur Küche hin, damit ich mich bei der nächstbesten Gelegenheit dort mit ihm traf; aber July hatte es beobachtet.

»Wenn Sie nicht gehen, geh ich. So eine Gelegenheit bietet sich nicht alle Tage, und wenn das Schicksal doch noch mal an diese verrostete alte Tür klopft, bin ich die letzte, die sie nicht weit aufreißt.« Sie gab ein wollüstiges Kichern von sich. Ich wußte, daß das nichts zu bedeuten hatte, aber es machte mich trotzdem fuchsteufelswild.

»Nein, im Ernst«, fuhr sie fort. »Wenn Sie kein Interesse haben, die Sache weiter zu verfolgen – ich schon. Ich lass mir nicht gern was entgehen.«

»Ich jage keinen verheirateten Männern nach«, sagte ich selbstgefällig und bereute gleich darauf meinen tugendsamen Ton. *Ich muß diesem Quatsch ein Ende setzen,* dachte ich, doch noch während ich mich schalt, wurde mir klar, daß ich nicht nur wegen meiner Gefühle für Jake so heftig reagierte. Es waren auch Julys Augen. Der Hunger in ihrem Blick. Hunger, Verzweiflung und Angst. Die Angst vor ihrer eigenen Einsamkeit und Verletzlichkeit. Eine Angst, die alle Frauen, ich eingeschlossen, häufiger empfinden, als sie zugeben möchten. *Sah ich da ein Spiegelbild meiner selbst? War ich deshalb so wütend auf sie?* Ich trank noch einen Schluck Wein.

»Sie haben auch Ihr Päckchen zu tragen, meine Liebe«,

sagte sie in beiläufigem und herablassendem Ton. Jake kam zu uns, und July stand auf, streckte die Hand aus und stellte sich mit strahlendem Lächeln vor.

»Sind Sie ein Freund von Tamara? Ich bin July, ich bin auch mit ihr befreundet.« Dabei rückte sie so dicht an ihn heran, daß es schon peinlich war. Ich fing seinen verwirrten Blick auf, aber er war zu höflich, um etwas zu sagen.

Auch July hatte es bemerkt und zog sich etwas zurück, um ihn nicht weiter zu bedrängen. »Ich geh ja schon«, sagte sie. »Manche Frauen haben echt Glück.«

»Sie macht aus ihrem Herzen keine Mördergrube«, sagte Jake zu mir, sobald sie außer Hörweite war. »Und handelt auch danach. Ist alles in Ordnung?«

»Yeah.«

»Wer war das denn?«

»Das hört sich an, als hättest du Interesse. Das war DeWaynes Sekretärin.«

»Wie ich sehe, ist der Rest der Bande auch hier«, meinte er mit einem Blick in die Runde. »Cleotha Lee, ja?« Er nickte zu Miss Lee hinüber.

»Yeah. In dem Punkt hattest du absolut recht.« Seit unserem Gespräch am Sonntag abend war so viel geschehen, daß ich weder die Kraft noch die Absicht hatte, das zu erläutern.

»Weißt du denn, wer – wenn überhaupt – DeWayne das über Carlotta und seinen verstorbenen Sohn erzählt hat?«

»Er hat es herausgefunden, sie haben sich zerstritten, und jetzt… kann ich auch nur raten«, sagte ich mit einer Kopfbewegung zu DeWayne und Carlotta auf dem Sofa hin.

»Man weiß nie, was wirklich mit einem Menschen los ist und wie man da am Ende selbst mit hineingezogen wird«, meinte Jake philosophisch. Ich musterte ihn einen Moment lang. Mir war klar, daß er recht hatte, und ich überlegte, ob es bei ihm etwas gab, das ich nicht wußte, und kam zu dem Schluß, es müsse wohl so sein.

»Hat es auch mit ihr zu tun, daß du nach Virginia runter fährst?« fragte er mit einer Kopfbewegung zu Miss Lee hin.

»Yeah. Ich glaube, es gibt da Geheimnisse zwischen ihr und DeWayne. Bedeutsame Geheimnisse.«

»Woher weißt du, daß du da unten oder sonstwo etwas herausfindest? Meinst du nicht, du solltest das die Profis machen lassen, Tam?« fragte er.

»Ich bin *selbst* ein Profi, Jake.«

»Entschuldige, Tam«, sagte Jake rasch. »Aber du hast es da mit einem Menschen zu tun, der ein sechzehnjähriges Kind abknallt, ohne mit der Wimper zu zucken. Mit einem Menschen, der verrückt genug ist, zwei junge Männer umzubringen, und zwar so, daß niemand sonst einen Sinn darin sieht. Du hast es mit einem Wahnsinnigen zu tun, Tam. Bist du sicher, daß du dem gewachsen bist?«

»Ich kann nicht einfach hier hockenbleiben und abwarten. Ich muß etwas unternehmen. Soll ich auf die Polizei warten, Jake? Komm mir doch nicht damit. Noch nie im Leben hab ich solche Angst gehabt. Ich muß etwas tun.«

»Laß Jamal nicht wissen, daß du solche Angst hast.«

»Ich hab eine Scheißangst, und er weiß es. Selbst wenn ich ihm etwas vormachen wollte, ich könnte es nicht.« Ich machte eine Pause. »Kannst du denn auf ihn aufpassen?«

»Kein Problem.«

»Du bist immer für mich da.«

Jake nahm meine Bemerkung mit einem Achselzucken hin wie immer, wenn ich ihm für einen Gefallen dankte.

»Du weißt doch, was du und Jamal mir bedeuten«, sagte er ruhig. »Freitag abend bringe ich Phyllis und die Kleine nach Camden zu ihrer Mutter; da nehmen wir ihn einfach mit. Phyllis hat gesagt, du bist Samstag abend wieder da, stimmt's? Dann bring ich Jamal zurück, treff dich am Flughafen und fahr dann wieder zurück nach Camden und hol die beiden ab. Oder willst du, daß ich hierbleibe? Brauchst du mich hier?«

Ich dachte kurz über sein Angebot nach. »Ist schon in Ordnung«, sagte ich schließlich. »Ich hab die Privatnummer von diesem Polizisten namens Griffin; ich ruf ihn an, wenn ich zurück bin, und erzähle ihm alles, was ich herausgefunden habe. Er kann mir sagen, was ich wegen Sonntag unternehmen soll. Das Flugzeug kommt um acht Uhr neunundvierzig an. Phyllis hat dir also alles erzählt? Es schien ihr wirklich gut zu gehen.«

»Du weißt, daß das nicht stimmt«, sagte Jake ohne jeden Anflug von Bitterkeit. Er schaute weg und wechselte das Thema.

»Was willst du denn machen, wenn du da unten bist?«

»Mit den Leuten reden. Es ist eine kleine Stadt. So viel hat er mir erzählt, als wir noch verheiratet waren. Klein und vertratscht, jeder steckt seine Nase in die Angelegenheiten von jedem. DeWayne hat dort angerufen und der Mutter seines Sohnes und dem für den Fall zuständigen Beamten gesagt, daß ich komme. Vielleicht war es doch nicht Miss Lee.« Das sagte ich jetzt mehr zu mir selbst als zu Jake. »Vielleicht war es jemand anders, der sie oder Carlotta kennt oder etwas gegen DeWayne hat, wovon der gar nichts ahnt. Ich weiß nicht, was ich dort finden kann, Jake, ich weiß nur, daß ich hinfahren muß; mir fällt sonst nichts anderes ein.«

Dann saßen wir beide da und schwiegen; ich fragte mich, wie Jamal reagieren würde, wenn ich ihm sagte, daß ich verreisen wollte, und genoß das Gefühl von Jakes starkem, festem Bein an meinem eigenen.

»Willst du jetzt nach Hause?«

»Yeah«, sagte ich.

»Machen wir es doch so«, sagte er leise und mit einem Blick durch den Raum. »Du stehst in ein paar Minuten auf. Ich begleite dich zum Auto. Ich geh wieder rein, häng noch ein bißchen hier rum und komm gegen Mitternacht vorbei, um Jamal abzuholen. So hast du noch Zeit, um etwas für ihn zusammenzupacken und ihm zu erklären, was los ist. Du hast ihm bisher noch nichts erzählt, oder?«

»Nein. Wahrscheinlich war es jemand aus diesem Zimmer, hm?« Ich folgte seinem Blick und suchte jedes Gesicht nach einem Hinweis, einem verräterischen Zucken oder untergründigen höhnischen Grinsen ab, das mir verraten würde, was ich wissen wollte.

»Was meinst du?«

»Ich weiß nicht. Was ist mit Basil?« fragte ich ganz schnell, damit er die Ängstlichkeit nicht heraushörte.

»Was soll mit ihm sein?« Jake musterte mich aufmerksam.

»Meinst du, er könnte es gewesen sein?«

»Du kennst ihn besser als ich.«

Ich wußte, daß das stimmte; wahrscheinlich verriet ich mich jedes Mal, wenn er Basils Namen erwähnte, mit Blicken oder Mundbewegungen, und ich konnte nichts dagegen tun. Jake war schon immer ein guter Menschenkenner, besonders in meinem Fall, so daß ich mal hätte schwören mögen, er habe das Zweite Gesicht, mal unwillkürlich dachte, er lasse mich beschatten. Ihn zu betrügen oder zu belügen war genauso sinnlos, wie gegen den Wind zu spucken.

July kam zurück und stellte ihr Glas auf dem Tischchen vor uns ab.

»Kann ich das kurz hier stehenlassen?« fragte sie. Wir unterbrachen unser Gespräch, und Jake lächelte ihr zu.

»Setzen Sie sich doch«, sagte er und stand auf. »Hast du nicht gesagt, du willst gehen, Tamara? Ich begleite dich gern noch zum Auto«, wandte er sich dann förmlich an mich.

»Danke, Jake. Bis bald, July. Schön, daß wir miteinander geredet haben.«

»War nett, Sie kennenzulernen«, sagte sie zu Jake. »Wir laufen uns sicher noch mal über den Weg.«

Ich holte Jamal, der im Fernsehzimmer vor dem Bildschirm saß und sich auf Nickelodeon »Ren und Stimpy« ansah, wobei er »Happy, happy, joy, joy« vor sich hin murmelte, als gelte es sein Leben.

»Jamal«, sagte ich sanft und berührte ihn am Arm. Er schaute auf. »Komm jetzt, wir gehen.«

»Ist die immer noch bei Daddy?«

»Yeah.«

Er sagte nichts. Bei der Rückkehr ins Wohnzimmer beobachtete er Carlotta mißtrauisch und schaute sie mit starrem Blick an.

Wie immer, wenn einer sich zum Gehen anschickt, standen wie auf ein Stichwort auch alle anderen auf. Wir drei schwiegen, während wir etwas hinter den anderen zu unserem Wagen gingen, doch Jake hatte seinen Arm schützend um Jamals Schulter gelegt.

Erst zu Hause erzählte ich Jamal, daß ich nach Virginia fahren wollte und warum ich das tat. Er sagte nicht sehr viel dazu. Er war wohl wie betäubt und ebenso müde wie ich. Jake kam gegen Mitternacht vorbei, holte ihn ab und gab mir die Nummer von Phyllis' Mutter in Camden, wo sie Freitag übernachten wollten. Als ich Jamal zur Tür brachte, fing er wieder an zu weinen, wollte das aber Jake nicht sehen lassen. Wie Männer das so tun, nahm Jake ihn zum Trost halb in die Arme, halb packte er ihn an der Schulter, um ihm zu bedeuten, es sei schon in Ordnung, wenn er weine. Als wir aus dem Haus gingen, sah ich mich auf der Straße um und vergewisserte mich, daß sonst niemand da war. Ich schaute zu, wie Jamal auf den Rücksitz kletterte und sich hinlegte, wie damals, als er fünf Jahre alt war, und dann beobachtete ich, wie das Auto fortfuhr, und blieb so lange stehen, bis es um die Ecke verschwand.

Nachdem sie weg waren, packte ich schnell meine Sachen, duschte, damit ich es am Morgen nicht mehr zu tun brauchte, und stellte den Wecker auf halb sechs Uhr früh. Dann ging ich ins Bett und dachte über Hakim und seinen Tod nach. *Das rote Auto. Wem gehörte es?* Plötzlich kam mir ein Gedanke, der mich frösteln ließ, dann griff ich zum

Telefon und wählte, ohne weiter darüber nachzudenken oder auch nur zu meinen, daß ich auf meine Frage eine ehrliche Antwort bekäme.

»Yeah«, antwortete er.

»Hier ist Tamara.«

»Hey.« Seine Stimme war sanft und heiser, als wache er eben auf oder schlafe gerade ein, und mich überlief ein körperlich fühlbarer Schauer, den ich zu unterdrücken versuchte. »Wie schön, daß du anrufst. Bist du im Bett?«

»Basil, welche Farbe hat dein Auto?«

Er schwieg einen Moment, als wisse er nicht genau, wie er die Frage verstehen solle, dann seufzte er, als sei er plötzlich entsetzlich müde oder entsetzlich angeödet. »Such dir was aus, Baby. Such dir einfach was aus«, sagte er und legte auf.

Ich legte mich dann wieder hin, zog mir die Bettdecke bis ans Kinn und starrte die Decke an, und die Zweifel an ihm, meinem Männergeschmack, an dem roten Auto und meinem Urteilsvermögen hielten mich wach. Gegen halb vier schlummerte ich schließlich ein, zwei Stunden, bevor ich aufstehen mußte.

16

Meine Großmutter pflegte zu sagen, du kannst rennen, so schnell du willst, deine Vergangenheit kriegt dich doch zu fassen. Großmutter hatte ein schmales, kantiges Gesicht wie diese Ife-Masken, die man im Museum hängen sieht. Sie hat mir immer die Haare zu Zöpfchen geflochten und stramm mit roten Schleifen festgebunden, die mir wie Papierschlangen auf den Rücken hingen. Sie starb, als ich zehn war, gleich nach den Unruhen, etwa zu der Zeit, als wir von Newark weggezogen sind. Seit dieses Theater hier angefangen hatte, riefen ständig meine Toten nach mir. Ich jagte hier unten Gespenstern nach, und die verfolgten mich nun ihrerseits.

Freitag morgen war ich in Roanoke, Virginia, angekommen, hatte mir in einem Comfort Inn ein Zimmer genommen und zwei Anrufe erledigt: einen bei Willa Johnson, der Mama von DeWayne jr., und den anderen bei Jenkins, dem Beamten, der für den Fall des Jungen zuständig war, der ihren Sohn ermordet haben sollte. Den Jungen, Darnell Lewis, konnte ich nur über seinen Anwalt erreichen. Aber er lief mir ja nicht weg, denn eine Kaution konnte er nicht aufbringen. Er hatte mehr Zeit als ich. Jenkins, ein blonder Mann mit leiser Stimme und dem für einen Polizisten viel zu freundlichen Auftreten eines naiven Jungen vom Lande, erklärte mir, der Junge sitze aufgrund von Indizien ein – er hatte das Auto des Verstorbenen gefahren und mit seiner Kreditkarte eine Uhr gekauft; Dummejungenstreiche, schlicht und einfach. Aber er hatte ein ansehnliches Jugendstrafregister und gab daher einen ganz besonders reizvollen Verdächtigen ab. Er schwor, er habe es nicht getan.

Am Abend war ich hundemüde und mutlos ins Bett gefallen, hatte mich gefragt, ob ich überhaupt von New Jersey hätte wegfahren sollen, an Basil gedacht und gehofft, der Besuch bei Willa Johnson würde den Aufwand an Zeit und Geld für die Reise rechtfertigen. Da ich zum Pessimismus neige, war ich auf eine Enttäuschung gefaßt, als ich den Weg zu ihrem kleinen Holzhäuschen entlangging.

Mit ihren vierundvierzig Jahren war Willa Johnson zwei Jahre jünger als DeWayne, eine Frau mit sanfter Stimme, einem breiten, ausladenden Körperbau und von einer zarten Schönheit, die wohl schon bei ihrem zweiten Kind verblichen war. Man hätte sie womöglich noch ein paar Jahre älter geschätzt, doch sie nahm die mittleren Lebensjahre mit der gelassenen Bereitschaft einer Frau hin, die mit ihrem Los wahrhaft zufrieden ist. Wütend erinnerte ich mich, wie verächtlich DeWayne sie abgetan hatte, als er zum ersten Mal von seinem Sohn sprach, und nicht einmal ihren Namen nannte, bis ich ihn danach fragte. Doch nach ihrem Aussehen, dem kleinen, schmucken Häuschen und dem friedlichen Gesamteindruck zu schließen, hatte sie am Ende das bessere Teil gewählt.

Sie führte mich mit herzlichem Lächeln in die Küche, die zart nach Zimt und Joy mit Zitronenduft roch, und schon eine Viertelstunde später tauschten wir Vertraulichkeiten aus, da wir ja etwas gemeinsam hatten: DeWayne Curtis. Ich erzählte ihr, was DeWaynes Söhnen zuge stoßen war, was die Polizei dazu sagte, was wir wußten und daß ich nun um das Leben *meines* Sohnes bangte. Sie hörte voller Anteilnahme zu und drückte mir kurz die Hand. Als ihre Augen feucht wurden, wußte ich, daß sie an ihren eigenen toten Sohn dachte.

»Er war mein erstes Kind«, sagte sie nach einer Weile. »Das war wohl das schlimmste Jahr meines Lebens, Tamara, das schlimmste Jahr meines ganzen Lebens. Ich hab ja noch die anderen, aber ein Kind kann nie ein anderes ersetzen. Irgend etwas sagt mir, daß der Junge, den sie da geschnappt haben, Darnell Sowieso, nicht der Mörder meines Sohnes ist. Es war alles so perfekt, so mühelos eingefädelt, was sich die Polizei da zusammengereimt hat, aber es ging irgendwie nicht auf.« Wir saßen einen Moment lang schweigend da, dann schaute sie mich mit einem schiefen, traurigen Lächeln an.

»Möchten Sie was essen?« fragte sie rasch. »Ich mach mir ein Sandwich, möchten Sie auch eins?« Schwarze Frauen und Essen, der Trost unter Sisters, wenn man ihn nötig hat – Brothers mögen dich enttäuschen, Geld mag zerrinnen, doch es gibt immer noch gutes Essen und die Herzlichkeit, mit der man es anbietet. Ich dachte an July und wie sie mir vor zwei Tagen bei DeWayne den Teller mit Hühnchen und Kartoffelsalat gebracht hatte.

»Ja, danke«, sagte ich. Hunger hatte ich tatsächlich, soviel stand fest. Eigentlich hatte ich schon früher bei ihr sein wollen, aber ich war noch einmal auf das Revier gegangen, um den Jungen vielleicht doch noch besuchen zu können, allerdings vergebens. Jetzt war es Viertel nach zwei, lange nach meiner Essenszeit.

Sie öffnete den Kühlschrank und holte einen Beutel Brot, Mortadellawurst und ein großes Glas mit Mayonnaise heraus, die sie dick auf vier Brotscheiben strich und dann jede mit vier Scheiben Mortadella belegte.

»Bitte schön.« Sie reichte mir einen Teller, setzte sich mir gegenüber hin und biß in ihr Sandwich. »Ich hab in den letzten Jahren nicht besonders viel an ihn gedacht. An DeWayne senior, meine ich. Ich hatte das Kind, meinen Sohn DeWayne junior. Aber an seinen Daddy hab ich nicht sehr oft gedacht. Ich hatte ja noch die anderen.« Sie wies mit einer Handbewegung auf ein altes, leicht verschmiertes Polaroidfoto, das an der Wand über dem Herd klebte und drei kleine Kinder zeigte, die jetzt vermutlich schon Teenager waren. »Joy, Linda, Audrey. Als DeWayne und ich uns getrennt haben, hab ich ihren Daddy Henry geheiratet, gleich nach der Geburt von DeWayne junior.«

»Wie war er denn damals so? DeWayne senior, meine ich.«

Sie betrachtete mich einen Moment lang und lächelte dann, wie in Erinnerungen versunken. »Als wir uns kannten, war er ein ganz süßer Junge. Obwohl, eigentlich war er ja schon ein Mann, nicht wahr? DeWayne war zweiundzwanzig, als DeWayne junior geboren wurde. Ich war zwanzig. Jung, nicht wahr? Eigentlich noch ein Kind.«

»Hatte er Angehörige? Menschen, die ihm nahestanden?«

»Seine Eltern waren geschieden, was für die damaligen Zeiten schon was heißen wollte. Damals ließ man sich nicht scheiden, man fand sich einfach mit allen Gemeinheiten ab. Aber DeWaynes Eltern haben es getan. Das machte ihn für uns Kinder irgendwie zu was Besonderem. Er wohnte bei seiner Tante, die viel älter war, und seinen Cousins. Er stand seinem älteren Cousin Delroy nahe, der war viel älter als DeWayne, so ein Mittelding zwischen einem älteren Bruder und einem jungen Vater.«

»DeWayne sagt, daß er eine Frau namens Cleotha Lee kannte, als er hier unten gewohnt hat. Können Sie sich an die erinnern?«

»Cleotha Lee? Mein Gott, den Namen hab ich schon seit Jahren nicht mehr gehört! Mädchen, da rühren Sie wahrhaftig ein paar Erinnerungen auf. Die ist früher mal mit Delroy gegangen. Oooh, Mädchen, was mir da für Erinnerungen kommen. Das war lange vor der Zeit mit DeWayne und mir.«

»Manche meinen, sie könnte die Mörderin sein.« Ich log aus dem einzigen Grund, weil es sich so besser anhörte. In Wahrheit meinte das *niemand* außer mir. »Sie ist die einzige, die hier unten mit ihm in Verbindung stand, und hier hat womöglich alles angefangen.«

»Cleotha ist mal mit Delroy gegangen. Aber sie ist schon jahrelang nicht mehr hier gewesen. Ich glaub nicht, daß sie irgendwas mit dem Tod meines Sohnes zu tun haben kann.«

»Hat sie hier unten Angehörige?«

»Sie hatte einen Bruder, und jemand hat mir mal erzählt, er hätte ein Kind; sie ist von hier fortgezogen, weil sie mit ihm und der Frau, die er geheiratet hat, zusammensein wollte. Die Frau soll nicht viel getaugt haben, aber eigentlich weiß ich gar nichts über die beiden. Wieso meinen Sie, daß Cleotha etwas mit dem Tod von DeWayne junior zu tun hat? Sie hätte doch keinen Grund, ihm etwas anzutun.«

»Das will ich ja gerade hier unten herausfinden«, sagte ich. »Was ist da zwischen ihnen gewesen?«

Sie biß ein kleines, feines Häppchen von ihrem Sandwich ab und legte das Brot dann wieder auf den Teller, wobei sie sich den Mundwinkel mit einem der gefalteten Küchenkrepptücher abtupfte, die sie als Serviettenersatz für uns herausgelegt hatte. »Nichts ist zwischen DeWayne und Cleotha gewesen. Wenn da was war, dann zwischen ihr und Delroy. Sie wollten heiraten. Aber er hat dann die Beziehung abgebrochen. Sie hatte ein Kind. Von ihm. Das Baby ist gestorben. DeWayne und tote Kinder.« Dieser Gedanke, der mit allem anderen überhaupt nichts zu tun hatte, schien ihr eben erst gekommen zu sein.

»Mir ist noch nie ein Mann begegnet, der in seinem Leben so viel mit toten Babies zu tun hatte, bis heute nicht«, fügte sie erstaunt hinzu, als falle ihr das jetzt erst auf.

»Tote Babies? Wie ist Cleothas Baby denn gestorben?«

»Man soll ja nicht viel darauf geben, was die Leute so sagen, und ich erzähl nicht gern Geschichten von Leuten weiter, die meistens gar nicht wissen, was sie daherquatschen. Aber es gab Gerede, als sie fortzog.«

»Was für Gerede denn?«

»Das ist schon lange her. DeWayne und ich waren damals noch klein. Man hört doch so Gerede von den Erwachsenen, halblautes Geflüster, bevor man ins Zimmer kommt. Als Kind nimmt man diese Geschichten immer nur mit halbem Ohr auf.«

»Wie ist das Baby gestorben?«

»Es hieß, sie habe es umgebracht. Sie habe es nicht gewollt. Sie hatte schon immer eine böse Ader, diese Cleotha, das wußte jeder. Wir hatten immer regelrecht Angst vor ihr, als wir noch klein waren. Sogar DeWayne, der war damals so etwa elf, und ich war neun.«

Ich versuchte mir den DeWayne, den ich jetzt kannte, mit dem freimütig lachenden Gesicht eines Jugendlichen vorzustellen. Und Cleotha Lee – wie hatte sie ausgesehen? Willa warf mir einen Blick zu und fuhr fort.

»Die Leute – die, die da gequatscht haben – sagen, sie habe es im Schlaf erstickt. Aber ich glaube, es war der plötzliche Kindstod. Mehr ist an der Geschichte nicht dran, aber damals hat ja keiner eine Ahnung vom plötzlichen Kindstod gehabt. Wenn ein Baby so starb, dann hat es geheißen, die Katze hat ihm die Luft abgedrückt oder die Mama hat sich im Schlaf draufgelegt oder ein böser Geist hat es erstickt oder so was in der Art. Wahrscheinlich ist Cleothas Baby eines ganz natürlichen Todes gestorben, aber Sie wissen ja, was die Leute so reden. Da ist so ein junges Ding mit einem Baby, und das stirbt, und jeder weiß, sie ist so falsch wie ein rollige nasse Katze. Sie wissen ja, wie die Leute reden.«

War Cleotha je eine verschüchterte junge Frau gewesen? Hatte sie Angst gehabt, sie hätte womöglich ihr Kind umgebracht, oder die Leute hielten sie für eine Kindsmörderin? Vielleicht war sie dadurch so geworden, wie sie heute war. Aber vielleicht auch nicht.

»Und was hatte DeWayne damit zu tun?« Damit brachte ich die Rede wieder auf DeWayne und den Grund meines Hierseins.

»Er wohnte da, als es geschah. Er lebte bei ihnen. Aber

er war ja noch ein Kind. Er hatte doch gar nichts damit zu tun. Überhaupt gar nichts.«

Mich überfiel ein beklemmendes Gefühl tiefer Enttäuschung. Ich hatte die lange Reise hierher gemacht, um eine Verbindung zu finden, eine Beziehung zwischen Cleotha Lee und DeWayne, und das sollte jetzt alles sein? Dafür war ich hierher gekommen? Ich machte noch einen letzten, verzweifelten Versuch.

»Halten Sie es für möglich, daß Cleotha Lee das Baby ermordet hat, und DeWayne hat es gesehen und sie die ganze Zeit erpreßt?« Schon als ich die Frage stellte, kam sie mir albern vor.

Willa Johnson sah mich einen Moment lang verständnislos an und schüttelte dann traurig den Kopf. »Schätzchen«, sagte sie sanft und voller Mitleid. »Sie haben mir ja erzählt, warum Sie hier sind – um Ihren Jungen zu retten, um herauszufinden, was Sie nur können –, und ich würde Ihnen wirklich gern helfen, aber DeWayne war elf oder zwölf Jahre alt, als die Sache passiert ist. Er hat ab und zu bei ihnen gewohnt, bei Cleotha und Delroy, aber Cleotha hat das Baby nicht umgebracht, und selbst wenn, hätte er das ja gar nicht wissen können. Er war selbst noch ein Kind und hatte nichts als Kinderkram im Kopf – Schule schwänzen, Mädchen ärgern, bei den Weißen Äpfel klauen. Und er war so ein reizender Junge, dieser DeWayne. Ein reizender, braver Junge, und herzensgut. So einem Jungen würde es nie einfallen, jemanden zu erpressen.«

»Ein reizender, braver Junge, und herzensgut«, wiederholte ich eher ungläubig als spöttisch.

»Ja«, sagte sie.

»Aber da muß noch etwas anderes sein«, sagte ich verzweifelt wie ein Kind, das noch nicht aus dem Great Adventure Park fortgehen will. Plötzlich kam ich mir vor wie ein Idiot. Was hatte ich mir da eingebildet? Mir fielen Jakes Worte wieder ein: »Laß das die Profis machen.« Ich jagte hier unten Gespenstern nach, dabei hätte ich meinen Sohn nehmen und zu meiner Schwester Pet fahren, irgend etwas Vernünftiges unternehmen sollen. Aber nein, ich mußte die große Detektivin spielen. Geld verdienen. Und am Ende den einzigen Menschen, der mir etwas bedeutete, in Gefahr bringen. Mir schoß ein Gedanke durch den Kopf, der eine grauenvolle Angst in mir auslöste. *Basil. Der war als einziger übriggeblieben. Führte mich alles wieder zu Basil Dupre zurück, der wußte, wo ich wohne, der wußte, wie mein Sohn aussieht, der wußte, wo er mit Hakim Ball spielt, der mich wie einen hochkarätigen Volltrottel an der Nase herumgeführt hatte?*

Das Sandwich lag mir so trocken im Mund, daß ich nicht schlucken konnte.

»Aber ich weiß noch, wie traurig der Junge, wie traurig DeWayne war, als das Baby starb«, fuhr Willa seufzend fort, ohne den Ausdruck in meinen Augen wahrzunehmen oder zu bemerken, daß sich mir die Kehle zuschnürte. »Keinen Hunger mehr?« fragte sie mit einem Blick auf mein halb aufgegessenes Sandwich. Ich schaute sie an. »Alles in Ordnung, Schätzchen?«

»Yeah, keine Sorge«, sagte ich.

»Sie sehen ein bißchen mitgenommen aus.«

»Es ist nichts«, sagte ich, aber in Gedanken war ich in New Jersey: bei Basil, bei Jamal. Sie räumte meinen Teller ab, stellte das Geschirr in das Spülbecken und drehte den Hahn voll auf.

»Vielleicht hat mich das später so an ihm angezogen, die Erinnerung daran, was er für ein reizender Junge war und wie er als kleiner Junge um Cleothas Kind getrauert hat, und später dann auch um Willows Sohn. DeWayne hatte wohl mehr Traurigkeit, als einem einzelnen Mann zusteht«, sagte sie, in Erinnerungen versunken. Sie setzte sich wieder hin und schaute zur Uhr. Es war Viertel vor drei.

»Willows Sohn? Wer war denn Willow?« fragte ich mehr so aus Höflichkeit.

Willa stellte das Glas mit Mayonnaise und das Brot in den Kühlschrank zurück, dann nahm sie einen Schwamm und wischte die Stelle ab, wo unsere Teller gestanden hatten. »Willow war das Mädchen, mit dem DeWayne zusammen war, bevor er mit mir ging. Willow. Ich hab ihn immer damit aufgezogen, daß er mich nur mag, weil unsere Namen so ähnlich klingen – Willa, Willow. Ich hatte den Namen noch nie gehört, nur als Bezeichnung für einen Weidenbaum. Obwohl, es ist ein schöner Name, nicht wahr? Also, das war eine todtraurige Geschichte.« Sie setzte sich kopfschüttelnd wieder hin. »Wenn ich Ihnen doch nur mehr helfen könnte. Wenn ich Ihnen doch nur was erzählen könnte. Aber ich kann mir nicht vorstellen, daß Cleotha Lee die Jungen ermordet hat, dazu hätte sie doch gar keinen Grund.«

»Was ist mit Willow passiert?«

»Sie ist tot. Hat sich umgebracht.«

Mir stockte der Atem, wie immer, wenn jemand diese Worte aussprach und mir meinen eigenen Verlust wieder bewußt machte. *Würde mich das nie loslassen, wie Johnny gestorben war?*

»Der Junge ist fast daran kaputtgegangen. Kann sein, daß ich mich darum so schnell in ihn verliebt hab und daß ich darum so schnell das Kind, DeWayne junior, von ihm gekriegt hab, weil ich seinen Schmerz auf die einzige Art und Weise heilen wollte, auf die ein zwanzigjähriges Mädchen vom Lande das kann: mit meinem Körper, indem ich ihm ein Baby schenkte als Ersatz für das Kind, das er verloren hatte. Er hat das Kind so geliebt, den kleinen Jungen. Später hat er nie mehr davon gesprochen. Es war, als hätte er das weggesperrt, die ganzen drei Jahre, die sie zusammen waren, einfach weggesperrt – Willow, Willows kleines Mädchen, das Baby, das sie miteinander hatten. Es war eine richtige Tragödie. Aber er war ja noch ein Kind, als sie zusammen waren. Ich glaube, bei ihr ist er zum Mann geworden, bei Willow.«

»An ihrem Selbstmord ist DeWayne kaputtgegangen?« fragte ich, und meine Wut auf ihn folgte dem vertrauten Weg und fuhr mir direkt in die Eingeweide. *Wie hatte er mir seinen Verlust verschweigen können, wo er doch von meinem wußte?*

»Ja, daran und noch mehr an dem Tod ihres gemeinsamen Kindes, glaube ich. Terrell, so hieß der Kleine wohl. Er war höchstens drei Monate alt, als er gestorben ist.«

»Wie ist das passiert? War das auch ein plötzlicher Kindstod?«

»Nein. Da weiß man ganz genau, was passiert ist. Ein Unfall. DeWayne hat auf die Kinder aufgepaßt, und das kleine Mädchen, Willows kleine Tochter, hat das Kind auf den Kopf fallen lassen, und dann ist es gestorben. DeWaynes Sohn, sein erstes Kind. Er hat es nie gesagt, aber ich konnte es ihm ansehen. Er hat sich immer die Schuld gegeben.«

Nichts. Kein Wort, solange ich ihn kannte.

»Davon hat er mir nie etwas erzählt«, sagte ich leise. Was ich eben gehört hatte, wog so schwer, daß ich kaum reden konnte.

»Ich denke, das hat ihn so verändert, wie wir uns das gar nicht vorstellen können«, sagte Willa sanft. »Ich glaube, es hat einen Teil seines Wesens abgetötet. Die Veränderung kam in dem einen Jahr, das wir zusammen waren. Ich hab einen Menschen geliebt, einen Teil des reizenden Jungen von früher, und der verwandelt sich vor meinen Augen in ein anderes Wesen – bösartig, grob zu mir, verschlossen. Er hat mich und unser Kind verlassen und ist nach New York gegangen, yeah, manchmal hat er mir Geld geschickt, jeden Monat so viel, wie er erübrigen konnte. Aber heute würd ich ihn nicht mehr erkennen, wenn er hier zur Tür reinkäme.«

»Was ist aus dem kleinen Mädchen geworden?« fragte ich. »Dem kleinen Mädchen, das das Baby fallen ließ.«

»Willow? So hieß sie. Ihre Mama hat ihr den eigenen Namen gegeben. Das ist etwas, das ich nie täte, einem Baby den eigenen Namen geben, obwohl Willa eigentlich kein schlechter Name ist. Es belastet ein Kind so. Man weiß ja nie, was das Leben einem noch für Streiche spielt und was man einem Kind alles aufburdet. Bei Willow war das ein ziemlicher Brocken, wenn man bedenkt, wie sie zu Tode kam, daß sie sich umgebracht hat und so.

Was aus der kleinen Willow geworden ist, weiß ich nicht genau. Ihre Mama und DeWayne lebten in wilder Ehe zusammen, sie war ein paar Jahre älter als er, daher hatte er kein Recht auf ihre Tochter, und Willows Familie war arm. Jemand hat mir mal erzählt, man hätte sie zu irgendwelchen Angehörigen geschickt, tief unten im Süden, obwohl, ich hab auch gehört, daß diese Angehörigen nicht ganz richtig im Kopf waren. Dahin werden sie das Kind geschickt haben, denk ich mir. Sie ist wohl zu Leuten aus der Familie gezogen. Jammerschade, was da passiert ist. Die ganze Stadt hat drüber gesprochen, wie da ein kleines Mädchen sein Brüderchen umgebracht hat. Im Juli ist das Baby geboren, und im Oktober war es schon tot.«

Ich weiß nicht, warum mir der Zusammenhang auffiel, vielleicht, weil die beiden Monate so kurz hintereinander genannt wurden: Juli. Oktober. Juli.

»Miss July.«

»Nein, July ist mein Vorname.«

»Sind Sie im Juli geboren?«

»Nein, im Oktober. Meine Mama hatte einen seltsamen Humor.«

Im Juli geboren und im Oktober schon tot. Eine Mutter, die sich das Leben genommen hatte? *July war Willows Tochter.* Mich überlief ein so heftiges und starkes Frösteln, daß es mir direkt in die Knochen fuhr, und ich erschauerte trotz der Sonnenglut, die in die Küche strahlte. Dieses Frösteln sagte mir, daß ich recht hatte.

»Wissen Sie noch, am wievielten Oktober das Baby starb?« fragte ich Willa. Mir war klar, daß sie es nicht wußte. Ich aber schon, ich war mir ganz sicher. *Am vier-*

ten Oktober. Am selben Tag, an dem ihr Sohn gestorben war, vor einem Jahr. Dem Tag, an dem Terrence gestorben war.

Willa sah mich verständnislos an und erkannte das Entsetzen in meinem Blick.

»Wie alt war das kleine Mädchen?« fragte ich.

»Willows Tochter? Etwa fünf oder sechs.«

Das Alter stimmte. Die Geschichte vielleicht auch. Ich hatte das so im Gefühl. Es mußte doch eine Todesanzeige geben, Artikel über den Tod, rührselige Geschichten, Klatsch und Tratsch über eine Tragödie.

»Wie lange nach dem Tod des Babys ist die Mutter gestorben?«

»Kurz danach. Ein paar Tage später. Kopfschuß. Wie kann eine Mutter sich mit einem Kopfschuß das Leben nehmen, so daß die Tochter sie finden muß? Vielleicht hatte sie den Verstand verloren, ist vor Kummer wahnsinnig geworden.«

Es muß etwas in der Lokalzeitung gestanden haben, dachte ich; jetzt jagte ein Gedanke den anderen. Es mußte ein Foto von Willow geben, von ihrer Tochter; ich brauchte etwas, das mir bestätigte, daß ich recht hatte. Ich stand rasch auf, und Willa erhob sich ebenfalls, wobei sie mich aufmerksam beobachtete, unsicher, was sie von mir halten sollte.

»Gibt es hier eine Bibliothek? Wo alte Zeitungsartikel archiviert sind, auf Mikrofiche?«

»Salem Public Library«, sagte sie. »Ich schreib Ihnen auf, wie Sie da hinkommen.« Aber ich war schon zur Tür hinaus, bevor sie einen Stift gefunden hatte.

17

Ein Kind zeigte mir den Weg zur Stadtbibliothek, und etwa eine Viertelstunde später ging ich dort durch die Tür. Das Bild war das gleiche wie in jeder Kleinstadtbücherei an einem Samstag nachmittag: Erschöpfte junge Mütter zerrten Kleinkinder in die Ecke mit den Bilderbüchern, Kids von der High School büffelten auf den letzten Drücker für die Prüfung, auf die sie sich schon vor einer Woche hätten vorbereiten sollen, alte Herren blätterten in den Sportberichten – eine anspruchslose Gesellschaft, die nichts Besseres zu tun hat. Eigentlich mag ich Bibliotheken, sie haben eine beruhigende Wirkung auf mich und geben mir das Gefühl, bedeutsam und würdevoll zu sein; die mattfarbenen Wände und die gedämpfte Stille bringen die Intellektuelle in mir zum Vorschein. Doch heute war das anders.

Als ich die Angaben für die benötigten Zeitungsausgaben in den Bestellschein eintrug, zitterten mir die Hände. Die Bibliothekarin, eine fröhliche, mollige Brünette Ende Dreißig mit einem weichen südlichen Akzent, der zu ihrem melasseträgen Lächeln paßte, konnte mir wohl die Angst vom Gesicht ablesen. Sie brachte mir das Mikrofiche der lokalen Wochenzeitung und fädelte es so geschwind in das Lesegerät ein, als hinge mein Leben davon ab. Und vielleicht tat es das ja auch.

Auf dem grauen Etikett der Schachtel stand, die Kopien gingen vom 2. Juli 1968 bis zum 12. Dezember 1968. Wie mir die Bibliothekarin erklärte, handelte es sich um eine Wochenzeitung, und was in der jeweiligen Woche an Berichtenswertem passiert war, würde in der Ausgabe der folgenden Woche stehen. Ich drückte auf den Schnellvorlaufknopf und spulte den Film zu der Woche des 10. Oktober vor, da ich mir dachte, daß ich dort fündig würde.

Oktober 1968. Damals war ich elf Jahre alt. Wir waren gerade von Newark nach East Orange umgezogen. Grandma war gestorben. Vielleicht mußte ich deshalb ständig an sie denken. So viel Entsetzliches war in dem Jahr geschehen: Dr. Martin Luther King wurde ermordet. Ein paar Monate darauf war Robert F. Kennedy tot. Als ich da auf den Mikroficheseiten die Tage an mir vorüberziehen ließ, kam ich mir vor wie eine in die Vergangenheit katapultierte Zeitreisende: ganze frische Hähnchen – 29 Cent das Pfund; Grand Union Küchenkrepp – drei Packungen für einen Dollar. Ein kurzer Artikel mit dem Titel »Weihnachtspäckchen für Vietnam gepackt« schilderte, wie ein Ortsverein des Roten Kreuzes Weihnachtstüten für die Jungs in Vietnam gefüllt und verpackt hatte, und dabei fiel mir wieder ein, daß Johnny Ende der sechziger Jahre auch dort unten gewesen war. Das hatte ich fast vergessen. Damals war er achtzehn. Weitere Seiten sausten vorüber: Krankenhauserweiterungspläne, Zusatzklassen für die örtliche High School. Die langweiligen, alltäglichen Dinge eines Kleinstadtlebens im Süden. Nichts in der Woche des 10. Oktober. »Mist«, sagte ich laut vor mich hin, spulte zur nächsten Woche vor und ging dort direkt zu den Todesanzeigen, die ich rasch überflog. Mitten auf der Seite sprang mir ihr Name fettgedruckt ins Auge: WILLOW

TURNER. Das Foto einer jungen Frau mit Grübchen auf den Wangen lächelte mich an.

> Im Bynum Memorial Home wurde am Donnerstag der Trauergottesdienst für Willow Turner, 26, abgehalten. Den Gottesdienst hielt Reverend Johnson Hayes. Die Bestattung fand auf dem Glendale Cemetery statt.
> 1942 in Roanoke, Virginia, geboren, wohnte Miss Turner seit zwanzig Jahren in Salem. Sie hatte vor kurzem den Tod ihres kleinen Sohnes Terrell Curtis zu beklagen, der im Alter von 3 Monaten starb.
> Miss Turner hinterläßt eine kleine Tochter, Willow, 6, und einen Onkel, Dunbar Holt aus Tampa, Florida.

Kein Wort davon, daß die Tochter den Sohn fahrlässig getötet hatte. Kein Wort von Selbstmord. Doch was hatte ich erwartet? Junge Mutter bringt sich aus Kummer um? Über Selbstmord spricht man nicht; das wußte ich nur zu gut.

Ich sah mir noch einmal das Bild an und forschte nach der Ähnlichkeit, die es doch geben mußte. Willow Turner schaute mit einem Glitzern in den Augen und Grübchen auf den Wangen zurück, nicht ahnend, daß sie im Alter von sechsundzwanzig Jahren von eigener Hand sterben sollte.

Ihr Lächeln war das Erkennungszeichen, und ich fragte mich, wieso DeWayne das nicht bemerkt hatte, wie er tagein, tagaus mit July zusammenarbeiten konnte, ohne Willows Lächeln zu erkennen. Er hatte es nicht gesehen, weil er es nicht sehen wollte. Hatte er die Erinnerung dorthin verdrängt, wo sie ihn nicht berühren konnte? Doch andererseits sieht jeder etwas anderes an einem Menschen. Julys Lächeln, diese Grübchen auf ihren Wangen waren mir als erstes an ihr aufgefallen, und hier tauchten sie auf dem Foto ihrer toten Mutter wieder auf.

July. Willows Tochter.

July, die in DeWaynes Büro arbeitete und seine Gewohnheiten wie auch die seiner Söhne kannte. July kannte Terrence und konnte an die Schlüssel zu dem Haus von DeWaynes Mutter gelangen, und Hakim würde ihr glauben, daß sie »etwas von seinem Daddy für ihn hatte«. *Die Waffe, die DeWayne junior getötet hatte, sollte auch Hakim erschießen.*

Ich würde den Bericht von Jenkins anfordern und ihn mit Griffin und DeLorca in Verbindung setzen müssen. Und zwar schnell. Denn morgen war Sonntag, July war in New Jersey und ich hier unten. *Aber warum? Weil sie ihr kleines Brüderchen umgebracht hatte? Warum?*

4 Uhr 28. Ich schaute auf die Uhr. Sie mußte falsch gehen. Ich stand schnell auf, und die Bibliothekarin warf mir einen unruhigen Blick zu, der ihre Skepsis ausdrückte, ob ich wohl so nett sein würde, das Mikrofiche wieder zurückzustellen, so nett sein würde, mich bei ihr zu bedanken. Anstandsregeln, die man in einer kultivierten Umgebung wie einer Bibliothek einhält. Aber ich hatte solches Herzklopfen, daß es mir egal war. 4 Uhr 29. Wie hatte ich die Zeit aus den Augen verlieren können, nicht auf die Minuten achten können, die doch so rar waren?

Eilig verließ ich die Bibliothek, ohne noch einen Blick zurückzuwerfen. Ich fuhr rasch im Hotel vorbei, um die

Formalitäten zu erledigen, und wanderte nervös auf und ab, während der Angestellte meine Rechnung fertigmachte und die Summe in aller Ruhe von meiner Kreditkarte abbuchte. Es war Punkt fünf. In achtundzwanzig Minuten ging mein Flugzeug. *Was sollte ich machen, wenn ich das Flugzeug verpaßte?*

Ich kam um 5 Uhr 15 am Flughafen an, sprang aus dem Auto und rannte zum Flugsteig. Aber es war zu spät. Der Flug war schon abgefertigt. Ich verfluchte jeden, der es hören konnte, wobei ich Ausdrücke gebrauchte, deren ich mich im nachhinein sicher schämen würde, aber ich war wütend und voller Angst, und beides zusammen machte mich zu einem ganz und gar unleidlichen Menschen. Als ich mich abreagiert hatte, setzte ich mich auf einen Plastiksitz ganz hinten in der Ecke der Halle, weit weg von den Stewardessen, die drauf und dran waren, die Sicherheitskräfte zu alarmieren, und weinte.

Jetzt würde ich gern berichten, daß eine liebevolle ältere Sister mit freundlichen Augen mich bei der Hand nahm und wieder in die Realität zurückholte. Ein schöner Traum. Das mußte ich selbst erledigen. Ich riß mich schließlich zusammen, ging auf die Toilette und wusch mir das Gesicht, dann begab ich mich an den Schalter, um die Dame zu fragen, wann das nächste Flugzeug ging. Sie bestätigte mir, was ich bereits wußte.

Ich kehrte zu der Autovermietung zurück und sagte dem Mann dort, daß ich mit dem Auto nach Newark zurückfahren mußte. Das sei etwa vierhundertfünfzig Meilen entfernt, erklärte er mir, und ich rechnete, daß ich mit dem Auto ohne Pausen acht bis achteinhalb Stunden brauchen würde. Es ging jetzt auf sieben Uhr zu. Gegen drei könnte ich zu Hause sein. Drei Uhr früh am Sonntag morgen. Ich suchte noch einmal die Toilette auf und vertauschte mein Kostüm mit Turnschuhen, Jeans und einer weitgeschnittenen Jacke, bequeme Kleidung zum Autofahren.

Ich würde Jake von unterwegs anrufen und ihm berichten, was ich erfahren hatte.

Es wird schon alles gut, sagte ich mir. Ich hatte herausgefunden, was ich hier herausfinden wollte. Wenn ich mit Jake, mit Griffin gesprochen hatte, würde alles gut sein.

Alles wird gut.

18

Gar nichts war gut. Ich hatte an der Autobahn angehalten, um Jake anzurufen, und etwa eine Stunde später noch einmal. Da war es halb neun. Ich versuchte, ihn am Flughafen von Newark ausrufen zu lassen, da er mich dort abholen wollte, dann versuchte ich es noch einmal bei ihm zu Hause. Schließlich rief ich in der Wohnung von Phyllis' Mutter in Camden an. Phyllis war am Apparat.

»Was willst du denn jetzt schon wieder von ihm?« fragte sie. Diesen Ton hatte ich schon länger nicht mehr gehört, diese leblose, mißtrauische Stimme, die mir verriet, daß sie wieder eine ihrer »Phasen« hatte, wie Jake das nannte. Zuerst war ich nur traurig, dann ergriff mich die Panik. Ich konnte sagen, was ich wollte, es wäre alles völlig sinnlos.

»Ist Jake da?« fragte ich dennoch.

»Es hängt mir langsam zum Halse raus, daß du ständig zu jeder Tages- und Nachtzeit bei ihm anrufst.«

Ich wartete einen Moment und holte tief Luft.

»Ist Mrs. Williams da?« In meiner Verzweiflung hätte ich gern mit ihrer Mutter gesprochen.

»Nein.«

»Ist sie im Haus?«

Schweigen. »Nein. Halt dich aus unserem Leben raus, verflucht noch mal.«

»Phyllis«, sagte ich, wieder in dem Bemühen, zu ihr durchzudringen. »Bitte, wenn Jake anruft…«

»Er ruft nicht an.«

»Ist er da?«

»Das hab ich nicht gesagt.« Das klang gerissen, verschlagen. Aber ich wußte, daß er nicht da war. Er wollte mich ja abholen.

»Phyllis, es tut mir leid«, murmelte ich noch, ehe sie auflegte, und tatsächlich war das mein vorherrschendes Gefühl. Es tat mir leid, daß sie wieder abgetaucht war, es tat mir leid, daß ich ihr Schmerz zufügte. Ich tat mir leid, Jake tat mir leid, doch vor allem tat sie mir leid. Ich legte selbst auf und stand einen Moment lang nur so da. Dann versuchte ich, DeWayne anzurufen, danach Griffin unter seiner Privatnummer. DeWayne war nicht zu Hause. Bei Griffin meldete sich ein Anrufbeantworter, und ich berichtete ihm in der Minute, die mir zur Verfügung stand, bis sich der Apparat abschaltete, daß July die Mörderin war und daß Jamal bei Jake war. Mit Mühe und Not konnte ich noch Jakes Adresse draufsprechen. Nichts. Nichts und wieder nichts. Ich knallte den Hörer auf die Gabel, stieg wieder ins Auto und fuhr auf die Autobahn zurück.

Ich fuhr schnell und wütend und ließ mir das Ganze – July, DeWayne und was ich sonst noch herausgefunden hatte – noch einmal durch den Kopf gehen. Wahrscheinlich hätte ich froh sein sollen, daß ich jetzt alles durchschaut hatte, und vielleicht hätte ich mich auch gefreut, aber da war nichts als Angst in mir, Angst und Wut auf mich selbst, daß ich die Dinge nicht klarer gesehen hatte. Ich dachte an Basil und sah die Geschichte auf dem Küchenboden nun in einem anderen Licht. Ich dachte daran, daß ich ständig pleite war und wie sehr ich auf DeWayne und das Geld angewiesen war, das er mir jeden Monat zukommen ließ. Es ging mir gegen den Strich, daß ich in irgendeiner Hinsicht von ihm abhängig war. Wenn meine Eltern nicht gestorben wären und mir das Haus hinterlassen hätten, wäre ich vermutlich obdachlos, verdammt noch mal.

Wenn man sich selbst zur Sau machen will, geht das im Auto am besten. Da ist es ruhig, man ist allein, und keiner kann einem sagen, daß man gefälligst still sein soll und aufhören, sich selbst zu bemitleiden. Da ist nur die Straße, die sich weit und verlassen hinzieht, und man legt mechanisch eine Meile nach der anderen zurück. Also machte ich mich bis nach Washington, D.C., systematisch zur Sau – wegen DeWayne, wegen Basil und allem anderen, was ich seit der Junior High School sonst noch falsch gemacht hatte. Und dann fand ich, daß es nun reichte.

Als ich nach Maryland kam, begann es zu regnen, zuerst nur leicht und dann heftig. Regen macht mich immer müde, und ein Zusammenstoß mit so einem verdammten Laster hätte mir gerade noch gefehlt. Ich hatte noch etwa vier Stunden vor mir und war bisher nie so weit an einem Stück gefahren; allmählich spürte ich den Streß. An einer Tankstelle mit Raststätte, wie man sie überall an der Autobahn findet, hielt ich an, um mir einen Kaffee und etwas mit viel Zucker drin zu holen, das mich mit einem Schlag wieder wach machen würde. Mittlerweile war es Mitternacht, und ich war hundemüde.

Die Damentoilette war leer und irgendwie unheimlich, und als ich mich im Spiegel sah, kam ich mir vor wie der leibhaftige Tod. Ich malte mir die Lippen an, die trocken und aufgesprungen waren; dann fiel mir auf, wie idiotisch es war, um Mitternacht an einer gottverlassenen Autobahn auf der Toilette Lippenstift aufzulegen. Jetzt war ich also tatsächlich am Überschnappen. Ich spritzte mir kaltes Wasser ins Gesicht, trocknete es mit einem Papiertuch ab und machte mich dann auf die Suche nach etwas Süßem.

Ich kaufte mir zwei fettgebackene Apfelküchlein und einen großen Becher schwarzen Kaffee mit ein paar Tröpfchen von etwas, das angeblich Sahne sein sollte. Dann setzte ich mich in eine Nische am Fenster, damit ich den ältlichen Lastwagenfahrer nicht angucken mußte, der anzüglich mit der Zunge spielte wie dieser schmierige Kerl in dem Laster, dem Thelma und Louise seinen wohlverdienten Lohn verpaßt hatten. Ich verfluchte ihn wortlos. Der muß ja ungeheuren Druck haben, dachte ich bei mir. Ich sah fast so schlecht aus wie das Apfelküchlein schmeckte, das ich mir da geholt hatte. Ich nahm noch einen Bissen und spülte ihn mit einem Schluck Kaffee hinunter, der mir die Zunge verbrannte. Doch jetzt war ich wenigstens wieder wach.

Da saß ich nun, trank meinen Kaffee und sah zu, wie der Regen an den Scheiben herunterrann. Als Kind hatte ich immer die Regentropfen gezählt und mir eingebildet, sie wären lebendig. Ich dachte daran zurück und erinnerte mich, wie es an dem Sonntag, als DeWayne zum erstenmal bei mir war und alles angefangen hatte, auf mein Dachfenster regnete; dabei mußte ich wieder an Jamal denken und wurde von einer grauenvollen Furcht ergriffen.

Dann waren die Schuldgefühle wieder da, weil ich nicht

eher begriffen hatte, weil ich nicht richtig für seinen Schutz gesorgt hatte, weil ich jetzt nicht bei ihm war. Weil ich so mit meinem eigenen großen Kummer beschäftigt gewesen war, mit allem, was ich in meinem Leben wohl nie überwinden würde – Johnnys Tod, die Einsamkeit –, daß ich das Absonderliche an July nicht erkannt hatte.

Ich verdrängte diese Gedanken, stand auf und ging zum Telefon und versuchte noch einmal, Jake zu erreichen. Dann rief ich auf dem Revier an, um mit Griffin zu sprechen, und erwischte einen verschlafen klingenden Beamten.

»Es ist ein Notfall. Ich muß ihn unbedingt heute nacht sprechen. Haben Sie eine Nummer, unter der ich ihn erreichen kann? Ich habe es schon bei ihm zu Hause versucht und ihn dort auch nicht erreicht.«

»Solche Auskünfte geben wir nicht. Kann ich Ihnen vielleicht helfen?«

Ich überlegte kurz. Nein. Er konnte mir nicht helfen. Er wüßte ja gar nicht, wovon ich redete. Womöglich wüßte nicht einmal Griffin, wovon ich redete. Ich mußte es ihm selbst sagen.

»Ma'am, wollen Sie mir sagen, wie Sie heißen und wo Sie zu erreichen sind?«

»Ich bin nicht zu erreichen«, sagte ich.

»Ma'am, ich weiß nicht, wie ich Ihnen weiterhelfen soll, wenn Sie keine Telefonnummer und keine Adresse haben.« Die Gereiztheit in seinem Tonfall sagte mir, daß er mich allmählich für verrückt hielt: eine Wahnsinnige, die Samstag nacht einem Kollegen von ihm auf den Wecker fallen wollte. »Sie müssen mir eine Telefonnummer, eine Adresse geben.«

Ich dachte einen Moment lang nach, dann gab ich ihm meine Nummer und Adresse zu Hause sowie Jakes Nummer.

»Kann er Sie jetzt unter diesen Nummern erreichen?«

»Nein, ich bin wahrscheinlich gegen drei Uhr da.«

»Danke, Ma'am«, sagte er. *Die nächste Bekloppte, bitte, hörte ich aus seinem Ton heraus.* »Ich kümmere mich darum, daß Griffin Ihre Nachricht erhält«, beschied er mich knapp und legte auf, ehe ich noch etwas sagen konnte.

Ich schimpfte laut vor mich hin, stieg wieder in den Wagen und fuhr los. Durch Maryland hindurch, dann über die Delaware-Brücke, und in Null Komma nichts hatte ich Delaware hinter mir gelassen. Pennsylvania huschte vorüber, der Jersey Turnpike, dann der Garden State New Jersey und schließlich meine Straße.

Als ich endlich zu Hause ankam, war es drei Uhr und totenstill. Ich blieb noch einen Moment im Auto sitzen und ließ den Kopf auf das Lenkrad sinken; mir taten die Hände weh, und ich hatte Rückenschmerzen. Ich kam mir vor wie ausgepeitscht, als hätte jemand einen Stock genommen und mich verprügelt wie einen Hund, bis ich nur noch heulen konnte. Wie lange ich dasaß, weiß ich nicht zwei Minuten oder vielleicht auch zehn, ich weiß es einfach nicht. Doch dann stand ich auf und ging in mein Haus.

Während ich die Tür aufschloß, klingelte das Telefon, und ich stürzte an den Apparat in der Küche. Zu spät. Wahrscheinlich war es Jake, überlegte ich. Vermutlich rief er aus Camden an, um zu schauen, ob ich wieder da war; er machte sich wohl Sorgen, weil ich das Flugzeug verpaßt hatte. Ich dachte daran, ihn zurückzurufen, und entschied mich dann dagegen. Er mochte ja noch aufsein, aber die Familie seiner Frau sicher nicht. Nicht Sonntag morgens um 3 Uhr 15. Nach dem Wortwechsel mit Phyllis war es vielleicht das Beste, die Dinge auf sich beruhen zu lassen.

Ich war wieder zu Hause. Jamal war bei Jake, womöglich schlief er jetzt bei ihm, und morgen würde er ihn zurückbringen.

Ich drehte den Wasserhahn auf, ließ es einen Moment lang laufen und füllte dann ein Glas mit Wasser. Mir fiel auf, daß jemand eine Untertasse und zwei Gläser abgewaschen und zum Abtrocknen in den Geschirrständer gestellt hatte. Jake und Jamal. Sie waren hier gewesen, entweder vor oder nach dem Flughafen. Außerdem hatte jemand das Peanutbutterglas offen auf der Anrichte stehen lassen – ein sicherer Hinweis auf Jamal. Und er hatte etwas gegessen, wieder ein gutes Zeichen. Ich kicherte in mich hinein.

Es wird alles gut.

Ich holte mein Gepäck aus dem Auto, stellte den Kessel auf und setzte mich an den Küchentisch. Ich dachte an Basil. *Ob ich diese Küche wohl je wieder betreten konnte, ohne an ihn zu denken?* Das einzig Gute an der ganzen Sache war, daß ich jetzt wußte, daß er an diesem Verbrechen unschuldig war.

Ich goß heißes Wasser auf einen Beutel Gute-Nacht-Tee und schaute auf die Uhr. *3 Uhr 20.* Um acht würde ich Griffin anrufen. Jamal war bei Jake. Sie konnte ihm nichts anhaben.

3 Uhr 30. Da kann ich auch gleich aufbleiben, dachte ich. Wach bleiben und den Sonnenaufgang beobachten.

DeLorca würde mir ja nun Abbitte leisten müssen. Das war ein vergnüglicher Gedanke. Tamara Hayle, Privatdetektivin. *Ohne mich wäre die Polizei ganz schön aufgeschmissen gewesen, nicht wahr?* Ich kicherte in mich hinein.

Vielleicht sollte ich Jake anrufen. Er hatte doch bei mir angerufen. Er mußte wach sein. Nein. Ich war wohl verrückt, daß ich um fünf nach halb vier Uhr morgens jemanden anrufen wollte.

Was hatte dieses grauenvolle Gefühl dann zu bedeuten? Warum konnte ich es nicht abschütteln?

Was wäre denn dabei, wenn ich ihn anriefe? Jake würde Verständnis haben. Ich hatte ihn weiß Gott schon öfter zu unmöglichen Zeiten angerufen. Nicht so unmöglich. Aber spät. So spät, daß es schon mit zu dem Wahnsinn seiner armen Frau gehörte.

Es hängt mir langsam zum Hals raus, daß du ständig zu jeder Tages- und Nachtzeit bei uns anrufst.

Sie hatte ja recht, trotz ihrer Verrücktheit, sie hatte ja recht. Aber ich brauchte ihn auch. Oder doch nicht? Meine Stärke überraschte mich immer wieder.

3 Uhr 45. Aber vielleicht waren sie gar nicht in Camden. Vielleicht waren sie hier. Er wußte doch, welche Sehnsucht ich nach Jamal hatte. Warum sollte er ihn nach Camden zurückfahren und dann wieder hierher? Womöglich war er zu Hause in der Springdale Avenue, eine Viertelstunde von hier. Natürlich. Ich griff zum Hörer und wählte seine Nummer. Es klingelte und klingelte.

Okay. Das war also das. Er war wieder in Camden und wartete auf Nachricht von mir.

Das Telefon läutete. Ich fuhr so erschrocken hoch, daß ich über mich selbst lachen mußte, während ich zum Hörer griff.

»Jake«, rief ich, »ich hab das Flug...«

»Tamara«, sagte die Stimme, die leise, gesunde Stimme von Phyllis. »Tamara, ist Jake da?«

»Nein.« Ich bemühte mich, meine Panik zu unterdrücken.

»Er ist noch nicht zurück. Ich warte auf ihn.«

»Hast du ihm ausgerichtet, was ich dir gesagt habe?«

Schweigen. »Was ausgerichtet? Wovon redest du? Er hat um zehn angerufen. Er hat von zu Hause angerufen und gesagt, daß er dort bleibt. Aber ich muß mit ihm reden, Tamara. Ich kann nicht schlafen, und ich muß mit ihm reden.«

»Hast du bei ihm zu Hause angerufen?«

»Ich kann ihn nicht erreichen. Ich hab immer wieder angerufen, aber er geht nicht ans Telefon. Was ist los, Tamara, ist er bei dir? Es ist in Ordnung, wenn er da ist. Bitte, laß mich mit ihm sprechen.«

»Er ist nicht hier, Phyllis«, sagte ich, und sie fing an zu weinen.

Mir klopfte jetzt das Herz bis zum Hals, so heftig, daß ich meinte, ersticken zu müssen. »Wann hat er dich denn angerufen?« fragte ich, ohne daran zu denken, daß sie es mir ja eben erst erzählt hatte.

»Um zehn.«

In Gedanken stellte ich mir die Szene vor. Er war am Flughafen gewesen, um mich abzuholen. Mit Jamal. Vielleicht hatten sie sich etwas zu essen geholt. Dann waren sie nach Hause gefahren und hatten auf meinen Anruf gewartet. Wahrscheinlich hatte er da Phyllis angerufen.

»Wann hast du zuletzt bei ihm angerufen?« fragte ich sie. Aber es war egal. Ich hatte es ja eben erst selbst versucht. »Ich kümmere mich darum«, brachte ich schließlich heraus. »Mach dir keine Sorgen, Phyl, ich kümmere mich darum.« Das sagte ich zu ihr, aber im Grunde sprach ich zu mir selbst. Ich sagte es, um mich zu beruhigen, damit mein Herz wieder normal schlug. *Mach dir keine Sorgen. Ich kümmere mich darum. Ich kümmere mich darum.*

Ich legte auf, ging in mein Schlafzimmer hinauf und an den Schrank, wo ich das Ding aufbewahrte. Ich lud es rasch und steckte es in die Tasche. Dann fuhr ich zu Jakes Haus, denn dort würde ich sie finden.

19

Du kannst jetzt reinkommen, Tamara, ich weiß doch, daß du da bist«, sagte July. Ich blieb wie angewurzelt stehen, dann rannte ich in das Zimmer, wo sie saß; ich fragte mich, womit ich mich verraten hatte. Ich war durch den Keller in Jakes Haus eingedrungen und dann auf Strümpfen die Treppe hochgeschlichen wie ein Kind beim Versteckspiel. Ich hatte die Ersatzschlüssel genommen, die er in dem Gartengrill im Hof versteckt hielt. Ich hatte gehofft, sie überraschen zu können und damit Jake genug Zeit zu geben, um sie zu überrumpeln, falls sie ihn mit der Waffe bedrohte; wenn sie Jake und Jamal noch nicht umgebracht hatte, hielt sie die beiden auf jeden Fall mit vorgehaltener Waffe in Schach. Doch ich kam zu spät.

Sie hatte auf Jake geschossen. Ich hörte den Schuß, als ich die letzten beiden Stufen nahm, und rannte sofort zur Tür. Jake hatte hoch gepokert und verloren.

Er lag auf der Couch, und aus einer Wunde in seiner Brust sickerte Blut. Erst dachte ich, er sei tot, doch dann stöhnte er auf, und da merkte ich, daß er noch am Leben war, aber ich wußte nicht, wie lange noch. Jamal saß neben ihm auf der Couch, hielt seine Hand und konnte vor lauter Angst nicht weinen.

Sie saß vor ihnen auf einem Eßzimmerstuhl aus Korbgeflecht, den Jake letztes Jahr bei IKEA gekauft hatte. Als ich ins Zimmer kam, erblickte ich sie in dem Spiegel über der Couch. Sie sah mich auch.

Sie forderte mich durch einen Wink zum Eintreten auf. Dabei richtete sie die Waffe auf Jamal, damit ich auch wirklich gehorchte. Ich verbot mir jeden Gedanken an die Pistole und daran, was sie anrichten konnte. Als ich hineinging, stand ich in der Schußlinie.

»Ich weiß jetzt, wer du bist, Willow«, sagte ich. »So hieß doch auch deine Mutter, nicht wahr? Willow, genau wie deine Mutter.« Ich sprach absichtlich ganz nüchtern, wie von einer Sister zur anderen. Sie sah mich erstaunt an, ihr Mund verzog sich streng und dann wütend. Doch ihr Blick blieb fest, und ihre Hand auch.

»Du hast es also herausgefunden?« Dann lächelte sie auf einmal freundlich, als sei es das Natürlichste auf der Welt, und das jagte mir eine Heidenangst ein.

Ich rückte etwas vor und behielt sie dabei im Auge, versuchte, ihre Stimmung zu ergründen, zu erspüren, was in ihr vorging. Dann lächelte ich langsam.

»Woher wußtest du, wo sie sind?« fragte ich. Sie lächelte verschlagen zurück.

»Ich habe gewartet«, sagte sie einfach. Ohne Erklärung.

»Auf mich?«

»Auf ihn.« Sie deutete mit der Pistole auf Jamal, und ein Frösteln überlief mich. Dann setzte ich mir langsam die Mosaikstückchen zusammen, versuchte, mich in ihre Gedankengänge hineinzuversetzen, reimte mir zurecht, was geschehen war. Jake war wohl zum Flughafen gefahren, um mich abzuholen. Als ich nicht kam, waren sie wieder zu mir gefahren, wer weiß, warum. Jamal hatte etwas gegessen, vielleicht warteten sie auf Nachricht von mir, vielleicht warteten sie einfach nur darauf, daß ich kam. Aber

sie mußte dort auf ihn gelauert haben. Wie lange wohl, fragte ich mich. Eine Stunde, zwei Stunden? Bis Mitternacht, an diesem fünften Tag, um sich dann ihr letztes Opfer zu holen? Als sie sah, daß Jamal mit Jake zusammen war, hatte sie sich vermutlich versteckt und war ihnen dann von meinem Haus aus hierher gefolgt. Hatte Jamal ihr hier die Tür aufgemacht, in der Annahme, es sei ich? Oder Jake? Ich beobachtete sie, beobachtete die Pistole.

»Ich komme gerade aus Salem, wo du als kleines Mädchen gewohnt hast«, sagte ich.

»Ich war nie ein kleines Mädchen, Tamara.« Sie senkte kurz den Blick und sah dann rasch wieder auf. Ich glaubte ihr. Sie war nie ein kleines Mädchen gewesen.

»Mach es nicht noch schlimmer, July. Was damals war, ist vorbei. Mach es nicht noch schlimmer.« Dabei merkte ich selbst, daß das nur leere Worte waren, um das Schweigen zu brechen und meine Angst zu überspielen. Es konnte gar nicht schlimmer werden. Dazu gab es schon zu viele Tote, und mein Sohn stand als nächster auf ihrer Liste. Sie hatte jetzt nichts mehr zu verlieren, und das wußte sie.

»Da ist nichts mehr zu machen. Tut mir leid, Tamara, aber das muß jetzt einfach sein. Es muß nun einmal so sein.«

»Nein, das stimmt nicht, Willow. Es muß nicht so ablaufen. Was soll denn danach aus dir werden? Wenn du jetzt aufhörst, kannst du immer noch …«

»Ein Danach gibt es für mich nicht.« Das klang derart resigniert, daß ich wußte, für sie war das die Wahrheit. »Danach ist mir alles egal. Wenn du dort unten warst, dann weißt du ja, was da passiert ist, und du weißt auch, was ich tun muß. Und du weißt, was ich schon getan habe.« Sie machte eine Kopfbewegung zu Jake hin. »Es ist zu spät. Er wollte mich aufhalten, und da mußte ich ihn mit hineinziehen. Dich muß ich nun auch mit hineinziehen. Mir bleibt keine andere Wahl.« Ich zitterte jetzt, setzte aber alles daran, es sie nicht merken zu lassen. *Ein Tier darf nie deine Angst sehen. Es riecht die Angst, wie es Blut riecht. Schau ihm in die Augen. Wanke nicht. Laß es deine Angst nicht sehen.* Ich ließ July meine Angst nicht sehen. Ich sah ihr direkt in die Augen, nicht zu der Pistole hin, die auf Jamal gerichtet war, nicht zu Jake hin, der neben ihm auf der Couch lag und stöhnte.

»Mommy?« Jamal sprach leise, bittend, als sei es eine Frage. Nicht »Mom« oder »Ma«, wie er mich sonst nannte. »Mommy«, wie damals, als er sieben war. *Mommy? Was willst du machen?*

»Halt den Mund, Jamal.« Ich sprach so streng und kalt, wie ich konnte, und betete, er möge begreifen, daß ich es nicht so meinte, daß ich Gründe hatte, so mit ihm zu reden. Ich konnte jetzt nicht an ihn denken. Er lebte, und damit mußte man im Augenblick zufrieden sein. Das ging jetzt nur July und mich etwas an. Willow und mich.

Wenn ich sie für einen Moment aus dem Konzept bringen und diesen Moment nutzen konnte, um den Revolver zu ziehen, der schwer in meiner Jackentasche lag, dann könnte ich ihn einsetzen. Ich müßte rasch handeln und mich mit ganzer Kraft darauf konzentrieren, denn ich würde nur diesen einen Moment haben, das wußte ich, und der war unsere einzige Chance.

»Woher wußtest du, daß ich hier bin?« Ihre Frage lenkte mich ab. Das durfte ich nicht noch einmal zulassen.

»Ich wußte es nicht«, entgegnete ich lässig und beobachtete ihre Augen. »Ich bin nur vorbeigekommen, um meinen Sohn abzuholen.«

»Um vier Uhr morgens?« Sie sah mich ungläubig an und lachte mir ins Gesicht. Ich fixierte weiter ihre Augen.

»Na ja, ich geb zu«, sagte ich mit aufgesetztem Charme, »es ist schon ein wenig spät, aber das Flugzeug hatte Verspätung, und ich wußte ja, daß er hier ist, und wir« – ich deutete auf Jake – »wir haben da so ein Abkommen.« Wenn ich ihr die wenigen Gelegenheiten ins Gedächtnis rufen konnte, wo wir uns menschlich nähergekommen waren – damals bei mir, als sie mir den Brief der Gerichtsmedizin über Terrence brachte, Donnerstag abend bei der Trauerfeier für Hakim –, kam ich vielleicht an sie heran. Vielleicht mußte das Spiel nicht bis zum bitteren Ende gehen, bis eine von uns beiden tot war.

»Versuch mich nicht für dumm zu verkaufen, Tamara«, sagte July. »Versuch mich bitte nicht für dumm zu verkaufen.« Ihr Blick sagte mir, daß sie sich nicht zum Narren halten ließ, und ganz gleich, wie nahe wir uns gekommen waren, es reichte nicht aus, um uns heil hier herauszubringen.

»Du hast recht«, sagte ich. »Ich wußte, daß du hier bist. Gib doch einfach auf. Die Polizei weiß Bescheid. Es ist aus, July, Willow, egal wie du dich nennst. Gib doch einfach auf.«

»Die Polizei hat überhaupt keine Ahnung, das weißt du so gut wie ich, und du kennst jetzt meinen richtigen Namen. Du weißt, was los war.«

Ein falscher Zug. Sie wurde ernst, todernst, und ihre Augen blitzten wütend. »Setz dich«, sagte sie mit einer Handbewegung auf das Couchende neben Jamal. Ich setzte mich vorsichtig, wohl wissend, daß es jetzt schwieriger wäre, den Revolver zu ziehen, wenn der Moment da war.

»Dahin«, sagte sie und zeigte auf eine Stelle dichter bei Jamal, als könne sie meine Gedanken lesen. »Und zieh das Ding aus.«

»Welches Ding?« Ich stellte mich dumm.

»Die verdammte Jacke«, sagte sie ungeduldig.

»Mir ist kalt.«

»Bring sie her. Die Jacke, bring sie hierher.«

Mir stockte der Atem, doch ich lächelte ihr zu. »Na klar.« Ich überlegte, welche Wahlmöglichkeiten ich hatte, und fand, daß sie gleich null waren. Ich brachte ihr die Jacke. Sie schüttelte sie mit einer Hand aus und ließ sie gegen die Stuhlkante schlagen. Der Revolver knallte dumpf krachend gegen das Holz.

»Mir ist kalt«, äffte sie mich mit bösartigem, höhnischem Grinsen nach.

»Was hattest du denn erwartet?«

»Mehr von dir. Du wußtest also, daß ich hier bin?« Sie griff meine Worte wieder auf.

»Yeah.«

»Dann weißt du auch, warum ich hier bin.«

Ich gab keine Antwort, zwang mich aber, ihrem Blick standzuhalten, wie Kinder, wenn sie sehen wollen, wer zuerst zwinkert. Ich spürte Jamals Knie zitternd gegen meins schlagen.

Irgendwo hinten im Haus zischte leise ein Heizkörper, und der Heizkessel im Keller dröhnte laut. Alltägliche Geräusche. Jake bewegte sich und stöhnte dann auf. Ich hätte ihn liebend gern berührt, ihn getröstet.

»Mommy«, bat Jamal und widersetzte sich damit meinem unausgesprochenen Befehl. »Darf ich Jake etwas Wasser bringen, bitte, darf ich ihm Wasser bringen?«

»Hol du es«, sagte July und zeigte auf mich. »Du, Jamal, komm hierher.« Er warf mir einen Blick zu, und ich bedeutete ihm mit einem Kopfnicken, er solle gehorchen. Er ging vorsichtig auf sie zu und hielt sich so weit wie möglich von ihr fern, während sie die Pistole auf seinen Kopf richtete.

Jakes Wunde blutete immer noch, langsamer jetzt, und sein Stöhnen war schwächer geworden. Ich ging rasch das Wasser holen, ließ es schnell aus der Leitung laufen, ohne zu warten, bis es kalt war, und brachte es ihm; dann hob ich sacht seinen Kopf an, damit er einen Schluck trinken konnte. Er öffnete schwach die Augen. »Das wird schon wieder«, flüsterte ich ihm tonlos zu. »Das wird schon wieder.« Ich berührte seine Wange, spürte seinen rauhen Bart an meiner Handfläche und streichelte dann mit den Fingerspitzen über seine Lippen. Wir wußten beide, daß eilends etwas geschehen mußte, wenn er durchkommen sollte.

»Setz dich wieder«, befahl sie. Jamal setzte sich wieder neben mich.

»Es ist fast soweit.« Sie rückte ein wenig auf ihrem Stuhl herum, hielt aber die Pistole starr geradeaus gerichtet und ließ mich nie aus den Augen.

Seit dem Moment, als sie auf Jake schoß, hatte ich mich ständig gefragt, worauf sie noch wartete, warum sie ihn nicht abgeknallt und Jamal – da doch Sonntag war – erschossen hatte und mich auch, gleich als ich hereinkam. Worauf wartete sie, verdammt noch mal? *Was war soweit?*

»Was ist soweit?« fragte ich.

»Das erste Tageslicht«, sagte sie feierlich. »Ich warte auf das erste Tageslicht.« Wir sahen beide zum Fenster hinaus, beinahe gleichzeitig, und schauten uns dann schnell wieder an, sie erwartungsvoll, ich voller Angst. »Als ich das Ganze angefangen hab, da hab ich mir geschworen, daß der letzte am Sonntag im Morgengrauen stirbt, am fünften Tag, und das ist jetzt fast soweit«, sagte sie. »Wenn der Morgen graut, im ersten Tageslicht.«

Wie spät war es jetzt, halb fünf? Viertel vor fünf? Wann würde die Sonne aufgehen? Ich konnte mich nicht erinnern. Wieviel Zeit blieb uns noch?

Konnte ich dafür sorgen, daß sie weiterredete? Ich dachte an Griffin. Vielleicht hatte er meine Nachricht bekommen. Und vielleicht lief er jetzt gerade zur Tür hinaus, die Straße entlang, und würde gleich mit gezogener Pistole hier hereinplatzen wie diese Kerle im Fernsehen. Oder vielleicht konnte ich den Augenblick abpassen, auf den ich wartete. Aber jetzt war der verdammte Revolver da drüben neben ihrem Fuß. Es würde länger dauern als eine Minute. Zwei Minuten. Drei Minuten, wenn ich Glück hatte. Jetzt konnte ich nur noch beten. Ich fand endlich meine Stimme wieder, doch mir lag ein kalter Angstknoten in der Magengrube.

»July, kannst du mir eines sagen?« Ich sprach ruhig

und vertraulich mit ihr. »Warum hast du das alles angefangen?«

Sie lächelte. »Das war reiner Zufall.«

»Zufall?«

»Angefangen hat es mit meinem Onkel.« Sie hielt kurz inne, und ihre Lippen kräuselten sich, fast so, als hätte sie in etwas Bitteres gebissen.

»Dein Onkel Holt.« Mir fiel sein Name aus dem Zeitungsartikel wieder ein.

»Ja«, sagte sie. Einen Moment lang schien sie verwirrt. »Er ist gestorben. Mein Onkel ist gestorben, und da mußte ich dorthin zurück, dahin, wo es passiert ist, zurück nach Salem, um etwas über meine Mutter herauszufinden. Wir sind uns in einem Lokal begegnet. Wir sind ins Gespräch gekommen. Er hat mir gesagt, wie er heißt. Reiner Zufall.«

Ich wußte, wer »er« war. »DeWayne jr.?«

»Und da war schlagartig alles wieder da«, fuhr sie fort, ohne meine Frage zu beantworten und mit einer Verwunderung in der Stimme, als begreife sie das jetzt selbst zum ersten Mal. »Ich brauchte nur seinen Namen zu hören, DeWaynes Namen, und da war schlagartig alles wieder da.«

»Und es war Oktober«, fügte ich hinzu, da ich nun wußte, daß ihr Bruder in dem Monat gestorben war und dann auch ihre Mutter.

»Ja«, sagte sie rasch mit einem forschenden Blick in meine Augen. »Und es war Oktober.«

»Und DeWayne jr. hat dir gesagt, wo du seinen Vater finden kannst«, malte ich das Bild weiter aus.

»Ich habe es aus ihm herausgekriegt, und zwei Tage später habe ich ihn dann erschossen.« Sie sprach ganz sachlich. Ihre Worte und ihr Tonfall ließen mich unwillkürlich frösteln. Ich machte mich ganz steif, um mich gegen alle Gefühle und jede Verwundbarkeit abzuschotten.

»Und dann bist du hierher gekommen?« fragte ich, nachdem ich wieder meine Stimme in der Gewalt hatte.

»Nein, erst bin ich da runter gefahren, runter nach Florida. Ich mußte etwas besorgen.« Ihre Stimme war plötzlich fast zu einem Flüstern gedämpft, und vorübergehend blitzte Panik in ihren Augen auf, eine Angst, die vom Grund ihrer Seele zu kommen schien. Sie erstarrte und schaute von mir weg zum Fenster hin. Ich fragte mich, warum.

»Warum bist du da runter gefahren?«

»Weil ich da etwas besorgen mußte.« Sie wiederholte sich mit einem ungeduldigen Blick in meine Richtung.

»Was denn?«

»Sachen, mit denen man einen Menschen umbringen kann, ohne daß jemand merkt, wer es war, Samen, die hier nicht wachsen.« In ihrer Stimme lag Spott.

»Hast du das mit Kokain gemischt, um Terrence umzubringen?« Sie schaute mich an, die Augenbrauen vor Erstaunen leicht hochgezogen.

»Yeah. Er hat seinen Daddy angerufen, weil er Geld brauchte, und gesagt, er sei erkältet. Ich hab DeWayne gesagt, ich würd ihm das Geld vorbeibringen… und die Pillen auch, die ich präpariert hatte.«

»Hast du ihn an dem Tag besucht, als er starb?«

»Am Tag davor. Ich wußte ja, daß er sie früher oder später nehmen würde, noch rechtzeitig, um pünktlich zu sterben.«

»Hast du ihm die Blumen geschickt?«

»Warum in Gottes Namen sollte ich ihm Blumen schicken? Die waren von seiner Mama. Jedenfalls hat er mir das erzählt. Er war fuchsteufelswild und hat gesagt, seine Mam habe ihm diese verfluchten Blumen geschickt, und deshalb müsse er ständig niesen, und das hätte sie doch wissen sollen, und dann hat er sie in den Abfall geworfen, während ich da war. Ich hab ihm dann die Pillen gegeben und gesagt, davon geht das Niesen weg und die Erkältung auch. Die haben ihn von allen Sorgen befreit, nicht wahr?« Sie kicherte und war einen Moment lang wieder die flachsende July.

»Als Carlotta dir die Schlüssel zu dem Haus von DeWaynes Mutter zurückgab, nachdem sie sich Ersatzschlüssel hatte machen lassen, da hast du dir auch welche machen lassen.« So mußte es gewesen sein.

»Die kleine Nutte war jeden Donnerstag mit ihm zusammen. Blöde Nutte. Jeden Donnerstag abend. In den Keller sind sie nie gegangen. Ich hab da gesessen, bis sie weg war. Da hab ich gehört, wie das Wasser laut durch die Rohre rauschte; die Dusche war kaputt, also nahm er vermutlich ein Bad und stand unter Drogen. Da hab ich ihn einfach ertränkt, wie eine Katze.«

»Warum mußten immer fünf Tage dazwischen liegen?« fragte ich leise, geduldig, wie eine Lehrerin, die einem störrischen Kind Antworten entlocken will, die es ganz bestimmt weiß. »Zwischen Terrence und Gerard und...« Den letzten Namen konnte ich nicht aussprechen; die Worte blieben mir einfach im Hals stecken.

»Weil damals auch fünf Tage dazwischen lagen, zwischen dem Tod meines Bruders und dem meiner Mutter. Es hat sich so ergeben. So wollte ich es haben«, antwortete sie wie ein unwilliges Kind mit leisem Lächeln, stolz, daß sie die Antwort wußte.

Jamal atmete in kurzen, gepreßten Stößen, und ich faßte rasch seine Hand und drückte sie sanft. Ich wußte, daß er July in Gedanken nach Hakim gefragt und jetzt die Antwort bekommen hatte. Nun war uns beiden klar, wer den roten Wagen gefahren hatte. Wir wußten, daß die Pistole in ihrer Hand seinen Bruder getötet hatte. Er wischte die Tränen nicht fort, die ihm über das Gesicht liefen; wahrscheinlich spürte er sie nicht einmal. Ich schaute zu Jake hinüber. Sein Atem ging jetzt flach und so schwach, daß ich ihn kaum hören konnte.

Sie nahm die Pistole von der linken in die rechte Hand. Dann wischte sie sich den Schweiß von der linken ab, und ich bemerkte wieder die fehlenden Fingerspitzen, das erste, was mir damals in DeWaynes Büro an ihr aufgefallen war, das Merkmal, das sie so ängstlich an sich zu verbergen suchte.

»Er hat sie stückchenweise abgeschnitten«, sagte sie plötzlich und deutete mit dem Kinn auf ihre verkrüppelten Finger. Sie sagte das ganz sachlich, informativ, als habe sie keine Geheimnisse mehr zu verbergen. Ich war vollkommen überrascht und wußte erst nicht, wovon sie sprach, doch dann folgte ich ihrem Blick auf die zur Faust geballte Hand. Sie sprach jetzt im Flüsterton, eher zu sich selbst als zu mir, und ich konnte sie nur mit Mühe verstehen. »Sie haben gesagt, ich hätte mein Brüderchen umgebracht und meine Mama auch und ich wär von Grund auf schlecht. Wenn ich um meine Mama geweint hab, die ihnen Schande gemacht hatte, dann hat er jedesmal ein kleines Stückchen abgeschnitten.«

»Wer?«

»Mein Onkel Holt«, sagte sie.

Ich legte mir schnell die Hand auf den Mund, um den unwillkürlichen Entsetzensschrei zu unterdrücken. Jetzt wußte ich die Wahrheit darüber, wie Willows Tochter zu July geworden war. Sie war von ihrer toten Mutter weggegangen und hatte südlich von Tampa ihr Schicksal gefunden, und dieses Schicksal hatte ihre Seele umgebracht. Hatten sie ihr die Finger abgeschnitten, um ihr eine Lektion zu erteilen – aus Zorn, aus Haß? Sie wandte schamhaft den Blick ab, wie damals bei unserer ersten Begegnung.

»Es ist soweit.« Sie stand jäh auf, ging von dem Stuhl fort und kam auf uns zu, würgte so die Erinnerungen ab, alles, wovor sie davongelaufen war.

Jamals Augen waren vor Staunen über ihre Geschichte und das, was er beobachtet hatte, weit aufgerissen. Ich spürte, wie er erstarrte, während er zu mir hinschaute. *Was willst du tun?* fragte sein Blick. *Was willst du tun?*

Erst muß sie mich aus dem Weg räumen, bevor sie dich kriegt, antwortete ich ihm in der Tiefe meines Herzens. Das war das einzige, was ich sicher wußte. Doch vielleicht war der eine Moment, wo sie nicht auf der Hut war, schon unbemerkt vorübergegangen?

»Es dämmert noch nicht«, sagte ich zu ihr. Ich stand nun auch auf und ging auf sie zu, von der Couch weg. Sie ließ sich nicht beirren.

»Aber gleich.«

Nichts regte sich, Jamals Angst war fast so deutlich zu spüren wie ein Geruch. Jakes Atem ging jetzt mühsamer, und das erschreckte mich. Mein Herz klopfte so stark, daß es mir in den Ohren gellte.

»Weißt du noch, was an dem Tag geschah, July?« Jetzt schlug ich alle Vorsicht in den Wind, dachte nicht daran, was das für Folgen haben und was es bewirken könnte, wenn ich so alte Erinnerungen aufrührte. Ihr Mundwinkel zuckte. Ich hatte an etwas ganz tief Verborgenes gerührt. Ich ließ nicht nach. »Weißt du noch, was du getan hast, als es passierte? Wie du ihn hast fallen lassen? Wie es sich anhörte, als er auf den Boden aufschlug?« Meine Fragen waren voller Bosheit; ich piesackte sie, wie Kinder ein Mädchen quälen, es so lange verhöhnen und verspotten, bis es sich in die Hose macht.

Ihre Augen wurden erst vollkommen leblos, dann trat ein Ausdruck von Pein in ihren Blick, den ich mein Leben lang nicht vergessen werde.

»*Er* hat ihn fallen lassen«, sagte sie leise mit einer Mischung aus Angst und Verwunderung. »Er hat das Baby fallen lassen. Terrell wollte nach meinem Keks greifen. Er konnte Terrell nicht festhalten, weil der naß war; wenn ein Baby naß ist, rutscht es einem leicht aus der Hand. Das wußte er nicht? Er konnte es nicht festhalten? Er mußte es auf den *Boden* fallen lassen?« Sie stellte diese Fragen wie ein kleines Kind und sah mich an, als erwarte sie eine Antwort von mir. »Er hat ihn fallen lassen. Er hat gesagt, daß ich es war, dabei war er es. Er hat es getan. Ich mußte es ihm heimzahlen. Ich mußte ihm heimzahlen, was er uns angetan hat.«

Was DeWayne ihrer Mutter angetan hatte, die sich das Leben nahm. Ihrem Bruder, den er umgebracht hatte. Ihr, der er die Hölle auf Erden bereitet hatte.

Sie stand da, wie gelähmt von dem, was sie soeben gesagt hatte, und in dem Augenblick stürzte ich mich auf sie und stieß sie nach hinten gegen den Stuhl. Im Fallen sah sie mich mit einem fragenden Blick in den Augen an, die jetzt vor Erstaunen weit aufgerissen waren. Die Pistole in ihrer Hand ging über unseren Köpfen los, die Kugel schlug in einer Wand gegenüber ein. Der Knall durchbrach die Stille und ließ uns beide erschrocken zusammenfahren.

»Verdammtes Weib«, fauchte sie mich an und zielte zugleich mit der Waffe auf mich, doch ich handelte blitzschnell, versetzte ihr einen Stoß und schlug ihr die Pistole aus der Hand; die Waffe schlitterte über den Boden wie ein bleischweres Tier. Wir hechteten ihr beide nach, stießen uns gegenseitig zur Seite, krochen zusammen auf dem kleinen Fleckchen Teppich zwischen Stuhl und Couch herum, und mir stieg Staub und ein Hauch von Samsara in die Nase.

»Lauf, Jamal, lauf«, schrie ich währenddessen, und er kletterte mit dem Kopf voran über den Rücken der Couch auf den Fußboden und verschwand fast in der Wand dahinter. Doch in der Sekunde, wo ich zu ihm hinschaute und schrie, war sie mir gegenüber im Vorteil, und das nutzte sie aus, noch ehe ich etwas tun konnte. Sie war stärker und größer als ich, und sie packte die heruntergefallene Pistole, riß sie mir aus der Hand, stieß mich mit dem Arm zur Seite und zielte dann auf Jamal. Er reagierte schnell und kroch über den Boden zur Küche hin. Der Schuß, den sie auf ihn abfeuerte, traf die Wand und schlug in den Putz ein, während Jamal sich hinter die Tür duckte. Sie stand auf und pirschte sich an ihn heran, stellte ihm nach. Ich erstarrte, als ich sie aufstehen sah, erstarrte, als ich beobachtete, wie sich die Tür bewegte, hinter der er stand, während er sich noch dichter an die Wand drückte, um sich vor ihr zu verbergen. Sie schoß noch einmal, und er schrie vor Angst auf. In dieser Sekunde sah ich aus dem Augenwinkel die Jacke dort liegen, wo July sie auf den Boden geworfen hatte. Mit einer einzigen, perfekten, fließenden Bewegung griff ich danach, faßte blitzschnell in die Tasche, zielte und feuerte. Sie drehte sich um und sah mich mit blicklosen Augen an, dann fiel sie nach hinten. Die Kugel hinterließ ein zehncentstückgroßes Loch mitten auf ihrer Stirn.

An das, was danach geschah, kann ich mich nur noch vage erinnern. Jamal rief die Polizei. Griffin kam. Ich fing an zu beten. Ich erfuhr, daß Jake durchkommen würde. Doch zwei Gedanken ließen mich nicht mehr los, der Polizei, den Befragungen, den heulenden Sirenen zum Trotz: daß in Wirklichkeit DeWayne das Baby getötet hatte und daß ich gerade dessen Schwester getötet hatte.

Epilog

Was zum Teufel soll ich denn noch sagen, außer daß es mir leid tut? Wenn ich etwas ändern könnte, wenn ich das Baby wieder lebendig machen könnte, meinst du nicht, daß ich es täte? Hast du so viel Verachtung für mich?« Seine Stimme überschlug sich beim Sprechen, und seine Augen suchten etwas in meinem Blick, das ich ihm nicht geben konnte.

»Ich verachte dich nicht, DeWayne«, sagte ich. »Egal, was du denkst, ich verachte dich nicht.« Ich sah ihn ausdruckslos, ohne jedes Gefühl an, dann schaute ich an ihm und der Kanne Tee, die wir zusammen tranken, vorbei aus dem Küchenfenster zu dem Baum, der aussah, als würde er bald eingehen.

Als Jamal erfuhr, daß DeWayne kommen würde, hatte sich sein Mund zu einem harten, dünnen Strich zusammengezogen. »Ich hasse diesen elenden Lügner«, hatte er gesagt.

»Er ist dein Vater«, ermahnte ich ihn. »Man flucht nicht auf seinen Vater.«

»Ich habe keinen Vater.«

»Sag so etwas nicht.«

»Du kannst sagen, was du willst, es ändert nichts daran«, hatte er ganz ruhig festgestellt und sich dann verkrampft und mit geballten Fäusten durch die Hintertür davongemacht. Ich hatte ihm gegenüber nichts gesagt und DeWayne gegenüber auch nicht, als der später hereinkam.

Er hatte jetzt alle Söhne verloren, selbst meinen, und es erschien mir sinnlos, ihm etwas zu erzählen, das er bereits wußte.

Ich ließ den Blick wieder von dem Baum zu DeWayne wandern, der Tränen in den Augen hatte.

»Nach einer Weile ist es ein Teil von mir geworden, Tammy, wie eine Schnittwunde oder eine tiefe Schramme, die zu einer Narbe wird.« Er hielt einen Moment inne und suchte wieder meinen Blick. »Willst du hören, was passiert ist?«

»Das ist jetzt erledigt.« Ich war alles leid und wollte nur noch, daß er nach Hause ging. »Es ist vorbei, DeWayne. Du mußt dein Leben weiterleben, so gut es geht.« Das waren hohle Phrasen, und das wußte ich auch, aber mir fiel nichts Besseres ein.

»Meinst du, ich hätte den Jungen absichtlich getötet? Meinen eigenen Sohn?« Seine Stimme wurde schrill vor Wut und zitterte unkontrollierbar, doch der Zorn richtete sich nicht gegen mich, daher nahm ich es nicht persönlich. »Hat sie wirklich geglaubt, ich hätte es absichtlich getan?«

»Sie war noch klein«, sagte ich schließlich. »Niemand weiß, was sie gedacht hat.«

»Sie war sechs und ich einundzwanzig. Ich hab nicht mal gemerkt, daß sie mit im Zimmer war, als ich es ihnen erzählt hab, Herrgott noch mal. Sie hätten mich wegen fahrlässiger Tötung vor Gericht gestellt, Tammy. Ich hätte zehn kostbare Jahre meines Lebens im Gefängnis verbracht. Wo sollte es denn wohl Gerechtigkeit geben für einen schwarzen Mann – aber ein kleines Mädchen? Dem würde man verzeihen, das würde man hätscheln und bemitleiden. Da würde man sich förmlich überschlagen, damit keiner auch nur ein Wort darüber verliert. Ich hab mir gedacht, sie erfährt das wahrscheinlich gar nicht, daß ich gesagt hab, sie wäre es gewesen. Wer wird schon vor einem Kind über so was ein Wort verlieren? Woher sollte ich denn wissen, daß ihre Mama es so aufnehmen würde? Wie hätte ich das wissen sollen?«

»Man kann nie wissen, was das Leben so bringt«, sagte ich. *Noch mehr Phrasen, noch mehr blöde Sprüche.* »Man trifft Entscheidungen, und dann muß man wohl damit leben.«

»Wird Jamal mir je verzeihen?« fragte er, und zum ersten Mal an dem Morgen verrieten seine Augen Angst.

»Kannst du dir selbst verzeihen?« entgegnete ich.

Er gab mir keine Antwort, er saß einfach da und schaute den toten Baum an genau wie ich vorher, und nach ein paar Minuten ging er dann.

Im November ist außer Thanksgiving eigentlich nicht viel los, und so machte ich mich am Sonntag darauf endlich auf zu ihrem Grab. Jake hatte gesagt, ich sei ihr überhaupt nichts schuldig, und damit hatte er natürlich recht, aber ich konnte das nicht einfach so auf sich beruhen lassen. Kein Mensch sagt einem, wie schlimm es ist, einen anderen zu töten, wie es einem zu schaffen macht, selbst wenn es so passiert wie bei mir und July. Es war ein Schatten auf meiner Seele, und das wußte ich. Eine Wunde, die vernarben mußte, wie DeWayne das von sich erzählt hatte, und ich würde mit dieser Narbe leben müssen genau wie er.

Die Stadt hatte für ihre Beerdigung gesorgt. Ich mußte

einen Angestellten im Leichenschauhaus bestechen, um zu erfahren, wo sie begraben lag. Es war ein sonniger Tag, als ich hinging, und wärmer als seit einem ganzen Monat. Ich hatte bei Pathmark Rosen gekauft, ein halbes Dutzend rote Rosen für acht Dollar. Sie hatte einmal zu mir gesagt, sie würde bestimmt keine Beerdigung bekommen, und ich hatte ihr das Gegenteil versichert. Deshalb stellte ich mich an die Stelle, wo sie angeblich begraben lag, und ließ nacheinander sechs Rosen auf ihr einsames, namenloses Grab fallen. Dann sprach ich ein Gebet mit der Bitte um Erlösung und Kraft zur Heilung meiner Seele, und der meines Sohnes auch.

Danksagung

Für fachkundige Hilfe und Unterstützung danke ich meiner hervorragenden Agentin Faith H. Childs, meiner Lektorin Carrie Feron, dem Essence-*Team, bestehend aus Joy Cain, Audrey Edwards, Angela Kinamore, LaVon Leak-Wilks, Benilde Little-Virgin, Ruth Manuel-Logan, Jill Nelson, Susan L. Taylor, Linda Villarosa, Diane Weathers und Barbara White, und wie immer meinem Mann Richard.*

Bitte beachten Sie auch
die folgenden Seiten

Donna Leon im Diogenes Verlag

Venezianisches Finale

Commissario Brunettis erster Fall

Roman. Aus dem Amerikanischen von Monika Elwenspoek

Skandal in Venedigs Opernhaus ›La Fenice‹: In der Pause vor dem letzten Akt der ›Traviata‹ wird der deutsche Stardirigent Helmut Wellauer tot aufgefunden. In seiner Garderobe riecht es unverkennbar nach Bittermandel – Zyankali. Ein großer Verlust für die Musikwelt und ein heikler Fall für Commissario Guido Brunetti. Dessen Ermittlungen bringen Dinge an den Tag, wonach einige Leute allen Grund gehabt hätten, den Maestro unter die Erde zu bringen. Der Commissario entdeckt nach und nach einen wahren Teufelskreis aus Ressentiments, Verworfenheit und Rache. Sein Empfinden für Recht und Unrecht wird auf eine harte Probe gestellt.

»Mit ihrem ersten, preisgekrönten Kriminalroman *Venezianisches Finale* weckt die aus New Jersey kommende Wahlitalienerin Donna Leon großen Appetit nach mehr aus ihrer Feder. Die Verfasserin krönt ihre Detailkenntnisse und ihre geistreichen Italien-Einblicke wie en passant mit dem Gespür und der klugen Lakonie amerikanischer Crime-Ladies.«
Wiesbadener Tagblatt

Endstation Venedig

Commissario Brunettis zweiter Fall

Roman. Deutsch von Monika Elwenspoek

Ein neuer Fall für Commissario Brunetti: Die aufgedunsene Leiche eines kräftigen jungen Mannes schwimmt in einem stinkenden Kanal in Venedig. Und zum Himmel stinken auch die Machenschaften,

die sich hinter diesem Tod verbergen: Mafia, amerikanisches Militär und der italienische Machtapparat sind gleichermaßen verwickelt. Ja gibt es Verbindungen zur Drogenszene? Einen Giftmüllskandal?
Eine harte Nuß für Brunetti, der sich nicht unterkriegen läßt: Venedig durchstreifend und seine Connections nutzend, ermittelt er ebenso sympathisch wie unkonventionell. Dank seiner Menschenkenntnis und seinem souveränen Umgang mit den Autoritäten bringt er gelassen und engagiert Licht in die dunklen Machenschaften. Drohen doch andernfalls eine junge Ärztin, eine sizilianische Mamma, ein unverbesserlicher Kleinbetrüger und unschuldige Kinder zu Opfern von Schlendrian und Gewinnsucht zu werden.

»Aus Brunetti könnte mit der Zeit ein Nachfolger für Simenons Maigret werden.« *Radio Bremen*

Venezianische Scharade

Commissario Brunettis dritter Fall

Roman. Deutsch von Monika Elwenspoek

Eigentlich wollte Brunetti ja mit seiner Familie in die Berge fahren, statt den brütendheißen August in Venedig zu verbringen. Doch dann wird beim Schlachthof vor Mestre die Leiche eines Mannes in Frauenkleidern gefunden. Ein Transvestit? Wird Streitigkeiten mit seinen Freiern gehabt haben – so die allgemeine Meinung, auch bei Teilen der Polizei. Brunetti, so rechtschaffen, wie man es in Italien eben noch sein kann, schaut genauer hin. Stammt der Tote überhaupt aus der Transvestitenszene? Der Commissario lernt bei seinen Ermittlungen in einem Milieu, das auch den meisten Lesern weniger bekannt sein dürfte und darum nur um so spannender ist, weniger schnell zu urteilen, als die ach so ehrenwerten Normalbürger es tun.

»Weitermachen, Guido Brunetti, und weiterschreiben, Donna Leon!« *NDR, Hamburg*

Jakob Arjouni im Diogenes Verlag

Happy birthday, Türke!

Ein Kayankaya-Roman

»Privatdetektiv Kemal Kayankaya ist der deutschtürkische Doppelgänger von Phil Marlowe, dem großen Kollegen von der Westcoast. Nur weniger elegisch und immerhin so genial abgemalt, daß man kaum aufhören kann zu lesen, bis man endlich weiß, wer nun wen erstochen hat und warum und überhaupt.
Kayankaya haut und schnüffelt sich durch die häßliche Stadt am Main, daß es nur so eine schwarze Freude ist. Als in Frankfurt aufgewachsener Türke mit deutschem Paß lotst er seine Leserschaft zwei Tage und Nächte durch das Frankfurter Bahnhofsmilieu, von den Postpackern zu den Loddels und ihren Damen bis zur korrupten Polizei und einer türkischen Familie.
Daß *Happy birthday, Türke!* trotzdem mehr ist als ein Remake, liegt nicht nur am eindeutig hessischen Großstadtmilieu, sondern auch an den bunteren Bildern, den ganz eigenen Gedankensaltos und der Besonderheit der Geschichte. Wer nur nachschreibt, kann nicht so spannend und prall erzählen.«
Hamburger Rundschau

»Er ist noch keine fünfundzwanzig Jahre alt und hat bereits zwei Kriminalromane geschrieben, die mit zu dem Besten gehören, was in den letzten Jahren in deutscher Sprache in diesem Genre geleistet wurde. Er ist ein Unterhaltungsschriftsteller und dennoch ein Stilist. Die Rede ist von einem außerordentlichen Début eines ungewöhnlich begabten Krimiautors: Jakob Arjouni. Verglichen wurde er bereits mit Raymond Chandler und Dashiell Hammett, den verehrungswürdigsten Autoren dieses Genres. Zu Recht. Arjo-

hat Geschichten von Mord und Totschlag zu erzählen, aber auch von deren Ursachen, der Korruption durch Macht und Geld, und er tut dies knapp, amüsant und mit bösem Witz. Seine auf das Nötigste abgemagerten Sätze fassen viel von dieser schmutzigen Wirklichkeit.« *Klaus Siblewski/Neue Zürcher Zeitung*

Verfilmt von Doris Dörrie, mit Hansa Czypionka, Özay Fecht, Doris Kunstmann, Lambert Hamel, Ömer Simsek und Emine Sevgi Özdamar in den Hauptrollen.

Mehr Bier

Ein Kayankaya-Roman

Vier Mitglieder der ›Ökologischen Front‹ sind wegen Mordes an dem Vorstandsvorsitzenden der ›Rheinmainfarben-Werke‹ angeklagt. Zwar geben die vier zu, in der fraglichen Nacht einen Sprengstoffanschlag verübt zu haben, sie bestreiten aber jegliche Verbindung mit dem Mord. Nach Zeugenaussagen waren an dem Anschlag fünf Personen beteiligt, aber von dem fünften Mann fehlt jede Spur. Der Verteidiger der Angeklagten beauftragt den Privatdetektiv Kemal Kayankaya mit der Suche nach dem fünften Mann…

»Jakob Arjouni: der jüngste und schärfste Krimischreiber Deutschlands!«
Wiener Deutschland, München

Ein Mann, ein Mord

Ein Kayankaya-Roman

Ein neuer Fall für Kayankaya. Schauplatz: die (noch immer) einzige deutsche Großstadt: Frankfurt. Genauer: Der Kiez mit seinen eigenen Gesetzen, die feinen Wohngegenden im Taunus, der Frankfurter Flughafen.
Kayankaya sucht Sri Dao, ein Mädchen aus Thailand: sie ist in jenem gesetzlosen Raum verschwunden, in

dem Flüchtlinge, die in Deutschland um Asyl nachsuchen, unbemerkt und ohne Spuren zu hinterlassen, ganz leicht verschwinden können – wen interessiert ihr Verschwinden schon.
Was Kayankaya – Türke von Geburt und Aussehen, Deutscher gemäß Sozialisation und Paß – dabei über den Weg und in die Quere läuft, von den heimlichen Herren Frankfurts über die korrupten Bullen und die fremdenfeindlichen Beamten auf den Ausländerbehörden bis zu den Parteigängern der Republikaner mit ihrer alltäglichen Hetze gegen alles Fremde und Andere, erzählt Arjouni klar, ohne Sentimentalität, witzig, souverän.

»Jakob Arjouni ist von den jungen Kriminalschriftstellern deutscher Zunge mit Abstand der beste. Er hat eine Schreibe, die nicht krampfig vom deutschen Gemüt, sondern von der deutschen Realität her bestimmt ist, das finde ich einmal schon sehr wohltuend; auch will er nicht à tout prix schmallippig sozialkritisch auftreten.« *Wolfram Knorr/Die Weltwoche, Zürich*

Edelmanns Tochter

Theaterstück

Ein Bahnhof im wiedervereinigten Deutschland. Hinz und seine Tochter Ruth sitzen im Hinterzimmer des Bahnhofrestaurants und warten. Nach vier Jahrzehnten kann der Vater sich nicht länger den drängenden Fragen und Ahnungen seiner Tochter entziehen. Im Kampf um eine neue Identität, die es ihm leichter machen soll, Schuld und Schicksal zu verdrängen, hat sich der Alte tief in ein Knäuel aus Lebenslüge, Leere, Hilflosigkeit und Selbstvorwürfen verstrickt.
Ein Stück über gegenseitige Achtung, über eine Vater-Tochter-Beziehung und über die Frage nach den Grenzen von statthafter Einflußnahme. Jakob Arjouni ergreift nicht Partei, er beobachtet Menschen

und keine literarischen Modelle. In prägnanten Sätzen befaßt sich der junge Autor mit dem Phänomen Deutschland: Schuld und Vergangenheit, das Dritte Reich, die Wiedervereinigung und die Tatsache, daß noch gar nichts erledigt ist...

»Arjouni weiß als Dramatiker genauso wie als Krimiautor, wie er Spannung erzielt, ohne platt zu wirken.«
Christian Peiseler/Rheinische Post, Düsseldorf

»Seine Texte haben Qualität. Sie sind ambitioniert, unaufdringlich-provokativ, höchst politisch. Dabei sind sie weder billig-appellativ noch vordergründig, besitzen in jeder Hinsicht Stringenz.«
Barbara Müller-Vahl/Bonner General Anzeiger

Magic Hoffmann

Roman

Fred, Nickel und Annette – sie sind jung, die Welt – nicht die, in der sie leben – steht ihnen offen. Sie träumen gemeinsam einen Traum, und der hat einen Namen: Kanada. Magic Hoffmanns Weg von Dieburg nach Vancouver führt über den Knast in das Berlin nach dem Mauerfall, wo er seine Freunde und sein Geld abholen will – doch *the times they are a-changin'*.

»Der Roman *Magic Hoffmann* trägt die Züge einer Kriminalgeschichte, und jedenfalls ist er so spannend, wie man es von einem Krimi nur verlangen kann. Doch zugleich ist er mehr: ein Roman über die neue Hauptstadt Berlin aus der Sicht eines Underdogs aus der Provinz... Eine Verbeugung vor dem größten aller Berlin-Romane, Döblins *Berlin Alexanderplatz*, und seinem Helden, dem Haftentlassenen Franz Biberkopf.« *Gustav Seibt/Frankfurter Allgemeine Zeitung*

Ingrid Noll im Diogenes Verlag

Der Hahn ist tot

Roman

Mit zweiundfünfzig Jahren trifft sie die Liebe wie ein Hexenschuß. Diese letzte Chance muß wahrgenommen werden, Hindernisse müssen beiseite geräumt werden. Sie entwickelt eine bittere Tatkraft: Rosemarie Hirte, Versicherungsangestellte, geht buchstäblich über Leichen, um den Mann ihrer Träume zu erbeuten.

»Die Geschichte mit dem überraschenden Schluß ist eine Mordsgaudi. Ein Krimi-Spaß speziell für Frauen. Ingrid Noll hat das mit einem verschwörerischen Augenblinzeln hingekriegt. Wenn die Autorin so munter weitermordet, wird es ein Vergnügen sein, auch ihr nächstes Buch zu lesen.«
Martina I. Kischke/Frankfurter Rundschau

»Ein beachtlicher Krimi-Erstling: absolut realistisch erzählt und doch voll von schwarzem Humor. Der Grat zwischen Karikatur und Tragik ist haarscharf gehalten, die Sache stimmt und die Charaktere auch. Gutes Debüt!« *Ellen Pomikalko/Brigitte, Hamburg*

»Wenn Frauen zu sehr lieben... ein Psychokrimi voll trockenem Humor. Spielte er nicht in Mannheim, könnte man ihn für ein Werk von Patricia Highsmith halten.« *Für Sie, Hamburg*

Die Häupter meiner Lieben

Roman

Maja und Cora, Freundinnen seit sie sechzehn sind, lassen sich von den Männern so schnell nicht an Draufgängertum überbieten. Kavalierinnendelikte und böse Mädchenstreiche sind ebenso von der Partie wie Mord und Totschlag. Wehe denen, die ihrem Glück in der Toskana im Wege stehen! *Die Häupter meiner Lieben* ist ein rasanter Roman, in dem die Heldinnen ihre Familienprobleme auf eigenwillige Weise lösen.

»Eine munter geschriebene Geschichte voll schwarzen Humors, richtig süffig zu lesen. Ingrid Noll kann erzählen und versteht es zu unterhalten, was man von deutschen Autoren bekanntlich nicht oft sagen kann.«
Frankfurter Allgemeine Zeitung

»Ein herzerquicklich unmoralischer Lesestoff für schwarze Stunden.« *Der Standard, Wien*

»Spätestens seit im Kino *Thelma & Louise* Machos verschreckt haben, floriert überall der biestige Charme gewissenloser Frauenzimmer. Ihre Waffen: flinke Finger, Tränen, Zyankali.« *stern, Hamburg*

»So schamlos amoralisch, charmant und witzig wurden Männer bisher nicht unter den Boden gebracht.«
SonntagsZeitung, Zürich

Die Apothekerin

Roman

Hella Moormann, von Beruf Apothekerin, leidet unter ihrem Retter- und Muttertrieb, der daran schuld ist, daß sie immer wieder an die falschen Männer gerät – und in die abenteuerlichsten Situationen: Eine Erbschaft, die es in sich hat, Rauschgift, ein gefährliches künstliches Gebiß, ein leichtlebiger Student und ein Kind von mehreren Vätern sind mit von der Partie. Und nicht zu vergessen Rosemarie Hirte in der Rolle einer unberechenbaren Beichtmutter…

»Das kommt in den besten Familien vor: Wieder scheint dies die Quintessenz der Geschichte. Mord und Totschlag passieren bei Ingrid Noll ganz beiläufig, scheinbar naturnotwendig. Das macht ihre Bücher ebenso amüsant wie hintergründig.« *Darmstädter Echo*

»Ingrid Noll ist Deutschlands erfolgreichste Krimi-Autorin.« *Der Spiegel, Hamburg*

»Weit mehr als für Leichen interessiert sich die Autorin für die psychologischen Verstrickungen ihrer Figuren, für die Motive und Zwangsmechanismen, die zu den Dramen des Alltags führen.«
Mannheimer Morgen

»Die Unverfrorenheit, mit der sie ihre Mörderinnen als verfolgte Unschuld hinstellt, ist grandios.«
Der Standard, Wien

»Eine fesselnd formulierende, mit viel schwarzem Humor ausgestattete Neurosen-Spezialistin in Patricia-Highsmith-Format.«
M. Vanhoefer/Münchner Merkur

Der Schweinepascha

in 15 Bildern, illustriert von der Autorin

Die Ottomane, der Diwan,
die Pfeife und das Marzipan,
der Seidenkaftan und sein Fez,
fast stündlich frisch der Mokka stets,

zu später Stund ein Nabeltanz
mit rosa Tüll am Schweineschwanz –
verloren ist sein Paradies,
das früher einmal Harem hieß.

Der Schweinepascha hat es schwer... Sieben Frauen hatte er, doch die sind ihm alle davongelaufen – bis auf die letzte: die macht ihn zum Vater von sieben Schweinekindern.

Kalt ist der Abendhauch

Roman

Charlotte, eine lebenskluge Frau mit Charme und Witz, erwartet Besuch: Hugo, ihren Schwager, für den sie zeit ihres Lebens eine Schwäche hatte. Sollten sie doch noch einen romantischen Lebensabend miteinander verbringen können? Wird, was lange währt, endlich gut?
Von der Onkelehe über die Angst, ein altes Mädchen zu werden, bis hin zu einem Spätheimkehrer, der buchstäblich zu spät heimkehrt: Ingrid Nolls Heldin erzählt anrührend und tragikomisch zugleich von einer weitverzweigten Familie, die es in sich hat. Nicht zufällig ist Cora, die ihren Liebhaber einst in der Toskana unter den Terrazzofliesen verschwinden ließ, Charlottes Enkelin...

»Sie ist voller Lebensklugheit, Menschenkenntnis und verarbeiteter Erfahrung.«
Georg Hensel/Frankfurter Allgemeine Zeitung

»Eigenwilliger wurden Familienprobleme wohl noch nie gelöst.« *Newmag, München*

Patricia Highsmith im Diogenes Verlag

»Die Highsmithschen Helden, gewöhnt an die pflaumenweiche Perfidie und hämisch-sanfte Tücke des Mittelstandsbürgertums, trainiert aufs harmlose Lügen und Verstellen, begehen Morde so, als wollten sie mal wieder Ordnung in ihre unordentlich gewordene Wohnung bringen. Da gibt es keine moralischen Skrupel, die bremsend eingreifen, da herrscht nur die Logik des Faktischen. Meist sind es Paare, enttäuschte Liebhaber, Beziehungen, die in der Sprachlosigkeit gestrandet sind, sich nur noch mittels Mißverständnissen einigermaßen arrangieren, ehe das scheinbar funktionierende Getriebe einen irreparablen Defekt bekommt. Diese ganz normalen Konstellationen sind es, übertragbar auf alle Gesellschaften, die die Autoren und Filmer im deutschsprachigen Kulturraum so faszinieren. Denn Patricia Highsmith findet für ihre seelischen Offenbarungseide immer die schauerlichsten, alptraumhaftesten Rahmen, die ihren ›Beziehungskisten‹ den rechten Furor geben.
Die Highsmith-Thriller sind groteske, aber präzise Befunde unserer modernen bürgerlichen Gesellschaft, die an Seelenasthma leidet.«
Wolfram Knorr/Die Weltwoche, Zürich

Der talentierte Mr. Ripley
Roman. Aus dem Amerikanischen von Barbara Bortfeldt

Ripley Under Ground
Roman. Deutsch von Anne Uhde

Ripley's Game
oder Der amerikanische Freund
Roman. Deutsch von Anne Uhde

Der Junge, der Ripley folgte
Roman. Deutsch von Anne Uhde

Ripley Under Water
Roman. Deutsch von Otto Bayer

Venedig kann sehr kalt sein
Roman. Deutsch von Anne Uhde

Das Zittern des Fälschers
Roman. Deutsch von Anne Uhde

Lösegeld für einen Hund
Roman. Deutsch von Anne Uhde

Der Stümper
Roman. Deutsch von Barbara Bortfeldt

Zwei Fremde im Zug
Roman. Deutsch von Anne Uhde

Der Geschichtenerzähler
Roman. Deutsch von Anne Uhde

Der süße Wahn
Roman. Deutsch von Christian Spiel

Die zwei Gesichter des Januars
Roman. Deutsch von Anne Uhde

Kleine Geschichten für Weiberfeinde
Eine weibliche Typenlehre in siebzehn Beispielen. Deutsch von Walter E. Richartz. Zeichnungen von Roland Topor

Kleine Mordgeschichten für Tierfreunde
Deutsch von Anne Uhde

Der Schrei der Eule
Roman. Deutsch von Gisela Stege

Tiefe Wasser
Roman. Deutsch von Eva Gärtner und Anne Uhde

Die gläserne Zelle
Roman. Deutsch von Gisela Stege und Anne Uhde

Ediths Tagebuch
Roman. Deutsch von Anne Uhde

Der Schneckenforscher
Elf Geschichten. Deutsch von Anne Uhde. Mit einem Vorwort von Graham Greene

Leise, leise im Wind
Zwölf Geschichten
Deutsch von Anne Uhde

Ein Spiel für die Lebenden
Roman. Deutsch von Anne Uhde

Keiner von uns
Elf Geschichten
Deutsch von Anne Uhde

Leute, die an die Tür klopfen
Roman. Deutsch von Anne Uhde

Nixen auf dem Golfplatz
Erzählungen. Deutsch von Anne Uhde

Suspense
oder Wie man einen Thriller schreibt. Deutsch von Anne Uhde

Elsie's Lebenslust
Roman. Deutsch von Otto Bayer

Geschichten von natürlichen und unnatürlichen Katastrophen
Deutsch von Otto Bayer

Meistererzählungen
Deutsch von Anne Uhde, Walter E. Richartz und Wulf Teichmann

Carol
Roman einer ungewöhnlichen Liebe. Deutsch von Kyra Stromberg

›Small g‹ – eine Sommeridylle
Roman. Deutsch von Christiane Buchner

Drei Katzengeschichten
Deutsch von Anne Uhde

Zeichnungen

Patricia Highsmith – Leben und Werk
Mit Bibliographie, Filmographie und zahlreichen Fotos. Herausgegeben von Franz Cavigelli, Fritz Senn und Anna von Planta